KB108267

꿀벌의 생활

La Vie des Abeilles

꿀벌의 생활

모리스 메테를링크 지음
김현영 옮김

이너북
INNERBOOK

■ 추천의 글

유모, 시녀, 송풍가, 건축가, 석수, 채집가, 화학가, 덮개전문가, 청소부, 시체운반꾼, 파수꾼, 조각가…… 모두 우리 곁에서 들어볼 수 있는 직업 이름들이자, 꿀벌을 소재로 한 이 책에서 보는 벌들의 활동을 보다 생생하게 빗대어 적은 단어들이다. 이처럼 다양한 분업적 기능을 갖추고 있어, 인간 다음으로 사회성이 발달한 생물로 꿀벌 또는 개미사회를 예로 든다.

많은 생물들의 거처 또는 살아가는 집은 대부분 겉으로 드러나 보이지만, 꿀벌은 집 구조가 외부환경으로부터 가려진 '벌집' 이라는 공간에 배치되며 꿀벌의 모든 삶의 궤적은 바로 이 안에서 그려지고 완성된다.

우리는 흔히 꿀벌이 꽃이나 꿀의 위치를 파악하면 8자 춤을 추면서 다른 동료들에게 꽃이나 꿀의 위치를 알려준다고 알고 있었다. 혼란스럽지만 여기서는 그러한 사실이 부정되고 있다. 필자가 직접 적시하고 있지는 않지만 내가 만난 글의 핵심은 일종의 무도회의 권유와 같은 행동이라는 새로운 사실이다.

즉, 춤을 추는 벌이 보이는 행동은 내가 어디에 꽃을 봐 두었으니 관심 있으면 나를 따라오라는 '권유행동'의 일종이며, 그 방향만 간단히 8자춤으로 알려둔다는 것이다. 인위적으로 설치된 꿀통에 찾아든 꿀벌의 가슴에 페인트를 칠하고, 벌집으로 돌아가 누구와 어떻게 꿀통으로 재방문하게 되는지를 확인하는 실험을 통해 이러한 사실을 알아낸 저자는 벌만을 20년째 연구해 오고 있는 벌 전문가이다.

실제 가슴에 페인트칠을 한 벌만 돌려보내고 같이 방문한 벌을 잡아두기를 반복해 보았더니, 하루에 대략 20마리 정도만 데리고 오는 것을 알았다. 결국 우리가 알고 있는 8자춤의 신비는 간단하게 여행에 동행할 친구를 불러내는 일이라는 점이 밝혀진 셈이다.

지구상에서 가장 번성한 생물인 곤충의 한 축이자 사회성이 아주 강한 생물로 알려진 꿀벌은, 분봉과 밀월여행, 수벌 제거 그리고 벌집 재건축이라는 흔히 알려진 현상들을 종족보전과 집단유지라는 중요한 과정에서 철저하리만큼 논리적이고, 지성적인 측면을 동원하여 수행한다. 결코 본적도 경험한 적도 없는 '본뜬 벌집' 을 제공받은 그들은 삶에 가장 효율적인 과정이 무엇인지를 신속하게 파악, 기초만 갖추어진 본뜬 구조를 잽싸게 밀납으로 채워 그럴듯한 그리고 완벽한 6각 구조의 건축물을 채워나간다. 그것도 훨씬 빨리 말이다.

어떻게 그렇게 짧은 시간동안 재료를 파악하고 보다 경제적이며 효율적인지를 결정하며 그 복잡한 집을 이어나가는지, 게다가 좌우로 맞대어 지은 꿀방은 몇도의 경사를 두고 배치해야 꿀이 쏟아지지 않게 되는지, 맞대어 만든 벌집의 바닥이 어떻게 한치의 오차도 없이 완벽한 요철을 이루게 하고 있는지 등의 수학적 재능을 실험적 해석을 통해 적어 내려간다.

집안에서는 그렇게 철저한 검색과 간섭 및 동족애를 발휘하던 벌들이 집밖으로 나가서는 왜 그렇게 얼음장처럼 차디찬 개별행동을 하게 되며, 여왕벌만을 신처럼 떠받드는 꿀벌세계의 순종과 감정, 벌의 정신, 인간을 위해 태어나지 않은 꿀벌을 인간을 위한 가축으로 만들어가는 과정의 문제 등에 대한 설명은 이제껏 벌에 대해 언급된 주제에서는 다루어지지 않았던 부분이기도 하다.

분봉의 과정에서 또는 종족 보존을 위한 단 한번의 신혼여행 과정에서 딱 한 마리만이 선택되고 결혼식 후에는 온 몸이 갈기갈기 찢기고 버려지는, 수많은 게으르고 지저분하며 방탕한 수벌, 우리가 흔히 만나는 꿀벌들인, 불완전해서 임신할 수 없는 더욱 많은 암펄들. 그들이 살아있는 이유는 사랑할 수 있을지도 모를 가능성, 그 하나 때문임을 저자는 강조하고 있고, 그 역시 그렇게 사랑으로 뭉쳐진 가슴으로 벌들을 만나고 생각하고 판단하고 있다.

꿀벌에 대한 새로운 사실들을 이학적 잣대가 아닌, 감성과 지성 그리고 철학을 가지고 그려내고 있는 점, 우리가 자연에 대해 아직도 모르는 것이 많다는 것은 인간이 세상에서 많은 것을 배웠음을 반증한다는 역설적 시각이, 그가 하고자 하는 많은 꿀벌의 이야기를 돋보이게 한다.

박병권 (한국도시생태연구소 소장)

차례

“내 친구, 알프레드 슈트로에게 바친다.”

1 장

벌통 앞에 서서

부지런한 꿀벌들의 신비로운 정신세계를 살펴보기 위해
우리는 그 벌집을 비틀어 열 수밖에 없었다.

일러두기

* 단어에 대한 괄호 안의 해설은 모두 옮긴이 주이다.

1

나는 이 책에 양봉과 꿀벌의 사육에 관한 논문을 쓸 생각이 없다. 이미 여러 나라에 뛰어난 연구 논문이 많이 나와 있기 때문이다. 프랑스에는 다단과 조르주 드 라양의 공저가 나와 있고, 베르트랑, 아메, 베베르, 클레망, 콜랭 신부의 저서도 있다. 영어권에서는 이미 랭스트로스, 베번, 쿡, 체이셔, 코완이 책을 냈으며, 루트와 그 제자들이 쓴 책도 있다. 독일에는 벨렙쉬, 포르만, 포겔의 저서가 있다. 찾아보자면 이밖에도 많다.

이 책은 꿀벌에 관한 학술 논문이 아니다. 새로운 관찰 기록이나 연구 논문집도 아니다. 나는 꿀벌에 친숙한 사람이라면 누구나 알고 있는 내용만 이 책에 담을 작정이다. 20년에 걸친 양봉에서 얻은 특수한 경험과 수많은 관찰 결과는 보다 전문적인 책을 위해 남겨두기로 했다. 여기에서는 그저 사람들이 친숙함과 애정을 느끼는 일을 문외한에게 알기 쉽게 설명하듯, 피에르 드 롱사르*의 노래에도 나오는 '황금 벌'의 이야기를 그려내고 싶을 뿐이다. 그러니 진실을 화려하게 포장하거나, 꿀벌과 관련된 사람들에게 레오뮈르*가 정당한 비난을 퍼부었듯 더 많은 사실을 알려주겠다는 핑계로 거짓말을 꾸며낼 생각도 없다. (피에르 드 롱사르 : 16세기에 활동한 프랑스의 시인. 레오뮈르 : 프랑스의 과학자. 『곤충학을 위한 논집』을 발표했는데, 특히 꿀벌과 개미의 생태를 상세히 기록했다)

벌통 안에는 분명 수많은 비밀들이 감춰져 있지만 그렇다고 꾸며도 될 내용이 있는 것은 아니다. 게다가 나는 이미 오래전부터 진실보다, 혹은 진실을 알고자 하는 사람들의 노력보다 흥미롭고 아름다운 것은 존재하지 않는다는 생각을 해왔다. 불확실함 속에서 삶의 위대함을 찾으려는 노력 따윈 그만두자. 확실한 것이야말로 위대한 것이다. 그러나 우리는 지금까지 그 확실한 것들조차 제대로 검토하고 음미한 적이 없다. 그러므로 나는 직접 확인한 사항이나 고전 양봉학자들이 인정해놓은 사실 이외에는 그 어떤 내용도 다루지 않을 작정이다. 내 역할은 안내문이나 실용적인 학술 논문처럼 정확한 사실만을 제시하는 일이다. 다만 다른 점이 있다면 그런 논문보다 더 생생하게 사실을 기록하고, 구체적이면서도 자유로운 고찰을 바탕으로 어느 쪽으로도 치우치지 않는 분류 방법을 택한다는 것이다. 이 책이 양봉에 큰 도움을 주지는 못하겠지만, 대신 독자들은 이 책을 통해 꿀벌에 관한 놀랍고도 흥미로운 사실들을 접할 수 있을 것이다. 물론 아직 밝혀지지 않은 사실에 비하면 이는 그리 대단한 것이 못 된다. 나는 또한 수많은 책에 기록된 양봉가의 유언비어나 헛소문은 모두 무시하기로 했다. 그리고 의문이나 다른 견해가 나올 법한 부분, 가설로밖에는 설명되지 않는 부분, 나 자신도 확신할 수 없는 부분에 직면했을 때는 이를 솔직하게 털어놓겠다. 앞으로 여러분은 내가 주저하는 모습을 여러 번 목격하게 될 것이다. 나는 꿀벌을 기르면 기를수록 내가 꿀벌에 너무 무지하다는 생각이 든다. 그러나 생명에 대해 우리가 알고 있는 지식의 바탕을 형성하는 무의식적이고 자기만족적인 무지에 비하면, 이 무지의 차원이 훨씬 더 높게 느껴진다. 또한 이 무지야말로 인간이 이 세상에서 배웠다고 자부할 수 있는 모든 것이지 않겠는가?

2

나는 처음으로 본 벌통을 잊을 수가 없다. 꿀벌을 사랑하는 법도 이때 배웠다. 몇 년 전, 저 깨끗하고 아름다운 플랑드르 젤란트 지방에서 있었던 일이다. 그 마을은 마치 젤란트 지방이라기보다 네덜란드를 고스란히 비추는 오목거울 같았다. 마을 전체가 대지의 풍물들—경사진 지붕, 탑, 화려하게 꾸민 사륜마차, 회랑의 안쪽에서 빛나는 옷장과 괘종시계, 언덕과 운하를 따라 나란히 늘어선 작은 나무숲, 세공을 한 작은 배,

꽃에 비유하고 싶을 만큼 아름다운 대문과 창문, 흠잡을 데가 없는 근사한 수문, 색채가 화려한 도개교, 잘 만들어진 도기처럼 눈부신 광택을 자랑하는 작은 집들 — 을 장난감인 양 사랑스럽게 비추고 있었던 것이다.

베르길리우스*가 묘사한 노인과 매우 흡사한 한 늙은 현자가, 라퐁텐*

(베르길리우스 : 고대 로마의 시인. 라퐁텐 : 프랑스의 시인 · 우화작가)이

왕과 같은 남자, 신들에 가까운 남자

신들처럼 마음이 따뜻한 남자

라고 노래할 것 같은 한 노인이 이 땅에서 홀로 은둔하며 살았다. 그는 이곳에 자신의 은신처를 꾸렸다. 이는 그가 인생을 비관했기 때문이 아니라 — 현자는 비관 따위를 하지 않는 법이다 — 자연이나 진리의 법칙에 대한 단 하나뿐인 질문에 동식물처럼 단순하게 대답을 해주지 않는 인간에게 지쳐버렸기 때문이다. 이곳에서 그가 행복을 느낀 것은 스퀴티아*의 철학자들이 그랬던 것처럼, 정원의 아름다움이었다. 그중에서도 특히 좋아하고 가장 자주 드나들던 곳이 양봉장이다. 이 양봉장에는 밀짚으로 만든 범종 모양의 벌집이 한 다스나 늘어서 있다. 그것들은 강렬한 장미색이나 밝은 노란색, 대부분은 옅은 파란색으로 칠해져 있었다. 이는 존 러벅 경*이 실험하기 훨씬 전부터 꿀벌이 이 색들을 좋아한다는 사실을 관찰을 통해 알고 있었기 때문이다. (스퀴티아 : 흑해 북쪽의 돈 강에서 프루트 강에 이

르는 초원지대. 존 러벅 경 : 영국의 은행가 · 인류학자 · 고고학자 · 『선사시대』, 『개미, 꿀벌, 말벌』, 『동물의 감각』 등을 지었다)

그는 자기 집의 담장 옆에 양봉장을 꾸렸다. 그곳은 네덜란드 식의 운치 있고 정결한 식당의 한쪽 구석이었다. 이 식당에는 도기로 만든 식기 선반이 놓여 있었는데, 활짝 열어젖힌 문 사이로 고요한 운하의 수면에 반사된 빛이 들어와 선반 위의 주석 그릇과 구리 그릇을 반짝이게 했다. 그리고 포플러 가로수 아래에서 물은 풍차와 목장이 보이는 지평선의 풍경을 비추며 사람들의 눈길을 유혹했다.

양봉장이 다 그러하겠지만, 이곳에서도 벌통은 아름다운 꽃들과 고요한 대기에, 달콤한 공기와 햇빛에 새로운 의미를 부여했다. 사람들은 이곳에서 이른바 정점에 달한 여름의 환희를 맛보았다. 그리고 꿀벌들이 전원의 향기를 운반하느라 바쁘게 지나가는 하늘 길의 반짝이는 교차점에서 사랑의 한때를 보냈다. 그들은 행복해 보이는 영혼의 울림, 꿀벌들이 연주하는 지적인 음악 소리를 들었다. 그곳은 기쁨의 장소였고, 꿀벌들이 가르치는 학교였다. 사람들은 전지전능한 자연의 관심사, 동물 · 식물 · 광물계 사이의 눈부신 상호 관계, 끼어들 틈 없이 잘 짜인 풍요로운 조직, 부지런하며 공평한 노동이 지닌 도덕적 가치 따위를 배우러 그곳에 모여들었다. 일벌들은 노동의 도덕성뿐 아니라 여가를 즐기는 방법까지 알려주었다. 그녀들은 허공의 들판을 굴러가는 일상의 환희를 그 작은 날개로 밑줄을 쳐가며 강조했다. 그리고 너무나도 순수한 행복이 그렇듯 추억조차 없을 것 같은 투명한 유리구슬만을 우리에게 안겨주었다.

3

벌집의 한 해를 되도록 간단히 알아보기 위해, 잠에서 깨어나 노동을 다시 시작한 봄철의 한 벌집을 예로 들어보자. 우리는 이 벌집을 통해 꿀벌들의 중요한 일상, 즉 분봉의 형성과 출발, 새로운 도시의 건설, 젊은 여왕벌의 탄생과 결투, 결혼비행, 수벌 학살, 동면 따위가 자연의 질서를 좇아 펼쳐지는 모습을 확인할 수 있다. 이때 과연 어떤 법칙과 특성, 습관, 사건이 그 일화를 일으키고 또한 지지하는지 궁금할 것이다. 그 문제를 푸는 모든 열쇠는 일화들이 직접 알려줄 것이다. 이렇게 4월부터 9월 말까지만 활동하는 꿀벌의 짧은 1년을 알아보는 동안 우리는 벌집의 신비에 매우 가까이 다가가게 된다. 벌집을 열어젖혀 그 전체 모습을 확인하기 전에는 벌집이 일족 전원의 어머니인 여왕벌 한 마리와 불완전해서 임신을 할 수 없는 암컷 일벌 수천 마리, 수벌 수백 마리로 구성되었고, 수벌들 중 단 한 마리만 새 여왕벌의 배우자로 뽑히며, 여왕벌은 어미 벌이 스스로 벌집에서 나간 후 남은 일벌들에 의해 선택된다는 사실만 알고 있으면 된다.

4

벌집을 처음 열어본 사람은 묘지를 파헤칠 때와 같은 일종의 불안감에 휩싸일지도 모른다. 확실히 꿀벌 주위에는 두려운 전설이 따라다닌다. 갑자기 밀려오는 소름끼치는 감각, 사막의 폭염처럼 상처에 퍼지는 통증, 그것을 일으키는 저 벌침에 쏘인 고통스러운 추억도 되살아난다. 벌침은 태양의 딸들이 빚은 달콤한 보물을 더욱 효과적으로 지키기 위해 아버지의 맹렬한 광선에서 눈부신 독소를 추출해놓은 것만 같다.

만약 벌집 주민의 성격이나 습성을 잘 알지도 못하는 데다 이를 존중하려고도 않는 사람이 멋대로 벌집을 열어젖힌다면, 벌집은 이내 분노에 타오르는 덤불로 변할 것이다. 그러나 벌집을 안전하게 다루는 데 필요한 솜씨는 금세 익힐 수 있다. 시기적절하게 흘려보내는 약간의 연기와 냉정함, 상냥함만 있으면 되니까. 이런 기술만 익히면 평소 무장을 게을리하지 않는 일벌도 벌침을 뽑아들지 않을 것이다. 오히려 약탈당하는 상황을 그대로 받아들일 것이다. 이는 흔한 이야기처럼 그녀들이 인간을 두려워해서가 아니다. 딱히 주거지를 위협하는 낌새도 없이 천천히 움직이는 손과 연기 냄새에, 공격당하고 있다는 생각을 하지 못한 채 그저 순응할 수밖에 없기 때문이다. 혹은 천재天災가 닥쳤다고 판단하기 때문이다. 그녀들에게는 불완전한 통찰력, 즉 지나치게 먼 미래를 내다보기 때문에 오히려 실수할 우려가 있는 통찰력이 있어 쓸데없는 싸움은 되도록 피하려고 든다. 예컨대, 지금까지의 도시가 파괴되거나 이를 버릴 수밖에 없는 사태에 처한다고 치자. 그들은 미래를 대비하자는 마음에 꿀 저장고로 달려가 어디든 좋으니 곧바로 새 도시를 건설할 수 있을 만큼의 꿀을 꺼내 자신들의 몸속에 저장하려고 든다.

5

꿀벌에 무지한 사람은 관찰용 벌통을 보고 실망을 금치 못한다.[★1] 이 문외한은 꿀벌 세계의 셀 수 없이 많은 규칙들, 놀라운 재능, 지식, 다양한 산업, 미래에 대한 예측, 영리한 습관, 온갖 불가사의한 감정이나 미덕들이 벌통 안에 감춰져 있음을 알지 못한다. 알기는커녕 커피콩이나 말린 포도알처럼 적갈색의 작은 알맹이들이 어수선하게 쌓여 있는 광경밖에 보지 못한다. 이 알맹이들은 영문도 모른 채 이해할 수 없는 미약한 진동으로 공포에 떨고 있다. 방금 전까지만 해도 꿀벌은 진주와 황금과 꽃받침을 가득 머금고 싱그러운 숨결을 내뿜으며 튀어 오르는 빛의 물방울 같았다. 그러나 문외한의 눈은 그것을 볼 수가 없다.

꿀벌들은 어둠 속에서 달달 떨고 있다. 얼어붙은 무리는 질식하기 일보 직전이다. 이래서는 정원의 눈부신 꽃들 사이에서 한순간만 기쁨을 맛본 후 곧장 너저분한 감옥으로 돌아와야 하는 질병에 걸린 죄수, 폐위당한 여왕과 다를 바 없다.

우리는 꿀벌을 관찰하는 방법을 배워야 한다. 알아차리기 어려울 정도로 천천히 움직이고, 건물이나 광장에서 서로 밀치락달치락하며, 눈에 띄는 이렇다 할 행동도 하지 않고 주거지 안에서 무언가를 기다리는 인간들을 다른 혹성의 주인이 보았다면, 그도 인간을 움직임이 둔한 하찮은 존재라고 단정할 것이다. 인간의 다양한 활동이 밝혀지려면 아마 상당한 시간이 걸릴 것이다.

거의 움직이지 않는 이 작은 알맹이들은 사실 서로 다른 일에 매달려 있다. 편히 쉬는 알맹이는 하나도 없다. 곤히 잠든 듯이 유리에 매달린 한 무리도 실은 가장 신비로운, 게다가 피로도 많이 쌓이는 업무를 수행하고 있다. 그녀들은 밀랍을 분비 중이다. 그러나 그들의 구체적인 활동은 뒤에서 다루기로 하고, 지금은 꿀벌의 한 가지 특징에만 신경을 쓰자. 꿀벌은 개미와 비교해도 손색이 없을 정도로 무리를 지어 생활하는 동물이다. 꿀벌은 집단이 아니면 살 수 없다. 벌집은 살아 있는 벽 사이에 비집고 들어가 새 통로를 개척해야 할 정도로 혼잡하지만, 집에서 한 발만 밖으로 나오면 벌은 자신에게 필요한 성분들을 몽땅 잃게 된다. 해녀가 진주를 따려고 바다에 잠수하듯 꿀벌은 꽃밭을 날아다닌다. 그러나 해녀가 숨을 쉬러 수면으로 나오듯 꿀벌도 벌집 안의 기운을 마시기 위해 규칙적인 간격을 두고 벌집에 돌아와야 한다. 만약 꿀벌 한 마리를 무리에서 떨어뜨려놓는다면 어떻게 될까? 충분한 음식물과 적당한 온기를 제공해주어도 꿀벌은 다른 무엇이 아닌 바로 고독 때문에 며칠

이내로 숨진다.

꿀벌에게 집단과 도시는 꿀과 같은 중요한 영양소다. 벌집의 법칙에 깃든 정신을 알아보려면 이 요소도 알아두어야 한다. 벌집 안에서 하나의 개체는 매우 사소한 것에 지나지 않는다. 개체의 삶은 집단의 영속성과 완전성에 철저히 희생된다. 흥미롭게도 꿀벌 이외의 동물들에서는 이러한 현상을 찾아볼 수 없다. 사육 꿀벌이 밟아온 진보의 각종 단계는 지금도 여전히 꿀을 만드는 다른 벌목(膜翅類, Hymenoptera) 안에서 쉽게 찾아볼 수 있다. 가장 덜 진화한 벌은 단독으로 활동한다. 이 벌은 자손을 보기도 어렵다. 예컨대, 구멍애꽃벌(*Prosopis*), 어리꿀벌(*Colletes*) 따위가 그렇다. 벌목 안에는 그 밖에도 자신이 낳은 가족 안에서 1년밖에 살지 못하는 뒤영벌(*Bourdons*), 서로 협력하며 살아가는 애꽃벌붙이(*Panurgus*)나 털보애꽃벌(*Dasypodes*), 꼬마애꽃벌(*Halictes*) 따위가 있다. 이들은 가장 진화한 벌집에 이르는 각 단계들을 보여준다. 거의 마지막 단계에 속하는 우리 벌집에서는 개체가 공화국에 완전히 흡수된다. 공화국 역시 미래의 추상적이며 불멸하는 도시를 위해 주기적으로 희생된다.

6

그러나 이런 사실에서 인간에게 적용할 수 있는 어떤 결론을 성급히 이끌어내서는 안 된다. 인간에게는 자연의 법칙을 따르지 않는 능력이 있다. 또한 이 능력을 발휘해야 할지 말아야 할지를 판단할 수도 있다. 이 능력은 인간의 도덕성 영역에서 가장 중요하면서도 아직 해명되지 않은 부분이기도 하다. 물론 그렇다고 인간 이외 생물들의 세계에서 자연의 비밀을 파헤쳐 보는 일이 재미없다는 뜻은 아니다. 지성知性의 측면에서 인간 다음으로 축복받은 지구상의 주민은 벌목이다. 자연이 벌목의 진화에서 보여주는 의지는 일목요연하다. 즉, 자연은 종種의 발전을 꾀한다. 그러나 동시에 그 의지는 개체 각각의 자유와 행복을 희생하게 한다. 사회 조직이 복잡하게 발달함에 따라 개체의 생활 범위는 점차 줄어든다. 어딘가에 진화가 있다면, 이는 개체의 이익이 전체를 위해 희생됨으로써 얻어진 결과물이다. 개체는 먼저 독립을 포기해야 한다. 꿀벌 문명의 전 단계에 뒤영벌이 있는데, 이는 인류의 역사에서 식인종이 차지하는 위치와 비슷하다. 뒤영벌의 일벌은 성충이 되면 알 주위를 계속 맴돌면서 호시탐탐 알을 빼앗아 먹을 기회를 노린다. 그 때문에 어미 벌은 최선을 다해 알을 보호해야 한다. 개체는 그 외에도 견디기 힘든 온갖 상황에 처해야 한다. 사육 꿀벌이 영원히 순결을 지키며 살아가는 데 비해, 뒤영벌의 일벌은 사랑을 단념할 줄 모른다. 이야기가 장황해질지도 모르니, 꿀벌이 삶의 안정과 벌집의 건축학적, 경제적, 정치적 완벽함을 위해 포기했던 여러 사항에 대해서는 뒤에서 다시 논하기로 하겠다. 또한 벌목의 놀라운 진화는 '종의 진화' 장에서 다시 언급하겠다.

★1— '관찰용 벌통'이란 검은 커튼이나 가리개가 달린 유리로 뒤덮인 벌통이다. 가장 좋은 것은 벌집 틀이 하나밖에 없는 것이다. 그렇게 하면 양쪽에서 관찰할 수 있기 때문이다. 외부로 통하는 출구가 달린 이 벌통은 거실이나 도서실에 두어도 별로 위험하지 않다. 나는 파리에 있는 내 서재에 벌집을 들여놓았는데, 여기에서 사는 꿀벌은 삶과 번영을 위한 것들을 도시의 돌사막 안에서 구한다.

2장

분봉

거부할 수 없는 매력의 시기 분봉, 그것은 꿀의 잔치,
종족과 미래의 승리, 그리고 희생에 대한 열광.

1

우리가 선택한 벌통의 꿀벌은 이제 막 겨울잠에서 깨어났다. 여왕벌은 2월 초부터 산란에 들어간다. 일벌은 아네모네, 지치, 가시금작화, 제비꽃, 버드나무, 개암나무의 꽃들을 찾아간다. 그리고 대지에 봄이 스민다. 저장고는 꿀과 꽃가루로 넘쳐난다. 날마다 꿀벌 몇 천 마리가 새롭게 태어난다. 살이 쪄서 무거워 보이는 수벌은 큰 벌집 방에서 나와 벌집 틀 사이를 돌아다닌다. 지나치게 번영한 도시의 혼잡함은 꽃 사이를 날다가 밤늦게 돌아온 일벌 수백 마리가 잘 곳이 없어 벌통 문 앞에서 밤을 새야 할 정도이다.

그러면서 불안감이 엄습한다. 전 주민이 동요한다. 여왕벌은 침착함을 잃는다. 그녀는 새로운 운명이 다가왔음을 감지한다. 지금까지 여왕은 산란벌로서의 임무를 충실히 이행했다. 그리고 임무를 다한 지금, 그녀에게 남은 것은 슬픔과 고난뿐이다. 저항할 수 없는 힘이 여왕의 안위를 위협하고 있다. 그녀는 자신이 지배하던, 자신이 낳은 성과물이자 자신의 모든 것인 이 도시를 이제 떠나야 한다. 여왕벌은 인간 세계에서 말하는 그런 여왕이 아니다. 명령을 내리기는커녕, 오히려 가면을 뒤집어쓴 어떤 하나의 힘을 신화처럼 받들 뿐이다. 그 힘이 어디에 있는지는 앞으로 알아보고, 그때까지는 그 힘을 '벌집의 정신'이라 부르기로 하자. 물론 '벌집의 정신'이 무엇이든 간에 여왕벌이 벌집의 어미이며 단 하나뿐인 기관이라는 사실에는 변함이 없다. 불안정과 빈곤 속에서 벌집을 창조해온 이는 여왕이다. 자신의 혈육으로 이 도시의 인구를 재충전한 이도 여왕이다. 도시를 번성하게 한 일벌, 수벌, 유충, 번데기, 심지어 젊은 여왕들까지도 모두 그녀의 배에서 나왔다. 그럼에도 젊은 여왕들의 탄생이 임박했다는 사실은 그녀의 폐위를 재촉하고, 젊은 여왕들 가운데 한 마리는 종족의 불멸이라는 이념 아래 보좌에 오른다.

2

'벌집의 정신', 이것은 어디에 있으며 또한 누구에 의해 구현될까? 이 정신은 정교하게 집을 짓거나 때가 되면 이동하는 조류의 본능과는 다르다. 그렇다고 맹목적으로 삶을 추구하거나, 뜻밖의 상황에 처하면 곧바로 여기저기에 머리를 박아대는 종족의 습성과도 다르다. 주인이 해결하기 어려운 어떤 문제를 냈을 때 그것을 잘 풀어내는 영리한 노예처럼, 이 정신은 모든 상황에 차근차근 대처한다.

벌집의 정신은 냉정하다. 그러나 매우 조심스럽게, 마치 위대한 의무를 수행하듯이 민족 전원의 부와 행복, 자유와 삶을 인도한다. 벌집의 정신은 날마다 출산의 수를 조정해 들판에 핀 꽃들의 수와 조화를 이루게 한다. 또한 여왕벌에게 경쟁 상대를 낳게 한다. 그리고 그 경쟁 상대들을 여왕의 지위에 알맞게 교육하고, 산모의 정치적인 증오로부터 지켜주며, 그들 중 가장 나이가 많은 벌이 요람 안에서 여왕의 노래를 부르는 다른 벌을 죽여도 좋은지 결정하게 한다. 이 결정은 꽃들이 얼마큼의 꿀을 제공하는지, 봄이 된 지 얼마큼의 시간이 흘렀는지, 결혼비행에 얼마큼의 위험이 따르는지에 따라 달라진다. 그 밖에도 벌집의 정신은 계절이 바뀌어 꽃이 피어 있는 시기가 짧아지면 여왕 교체를 중단하고, 일벌에게 여왕벌의 후계자 전원을 죽이라고 명령한다.

이 정신은 조심성이 많고 근검절약하지만 결코 인색하지는 않다. 어찌 보면 사랑에 관한 모든 사치스럽고 어처구니없는 자연법칙을 충분히 이해한 듯하다. 그렇기에 풍요로운 여름철 내내 덜렁대고, 비겁하고, 불결하고, 탐욕스러우며, 무위도식하고, 시끄럽고, 대식가인 데다 성질도 사납기까지 한 저 3, 4백 마리의 수벌을 허락했을 것이다. 이제부터 태어나는 여왕벌은 이들 중에서 자신의 애인을 선택해야 한다. 그러나 여왕벌이 수태를 마치고 가을이 되면, 벌집의 정신은 어느 날 아침 아주 태연한 얼굴로 이들에게 전원 사형을 선고한다.

벌집의 정신은 일벌들에게 각자 할 일을 알려준다. 업무는 나이에 따라 다르게 할당된다. 예를 들면 유충과 번데기를 돌보는 유모, 여왕벌에게 필요한 것을 준비해주는 시녀, 날개로 바람을 일으켜 벌집의 온도를 조절하고 꿀의 증발을 촉진하는 송풍가, 건축가, 석수, 밀랍을 만드는 밀랍공, 대열을 지어 벌집 틀을 만드는 조각가, 꿀을 만들기 위한 화밀花蜜, 유충과 번데기의 영양분이 될 꽃가루, 건축물의 틈을 메워 강도를 높이는 봉랍蜂蠟, 젊은 벌들에게 필요한 수분이나 소금 따위를 모으는 채집가 등이 있다. 또한 자기 침으로 의산*을 주입해 꿀의 보존 상태를 관리하는 화학가, 숙성된 보물을 저장하는 벌집 방을 봉하는 덮개 전문가, 통로나 공공장소를 청소하는 청소부, 시체를 멀리 내다버리는 시체 운반꾼도 있다. 입구의 안전을 위해 오가는 자를 검문하고, 젊은이들의 첫 외출을 감시하고, 부랑자와 약탈자에게 위협을 가하고, 침입자를 몰아내며, 필요하다면 입구를 막기까지 하는 파수꾼도 있다. (의산 : 자극성이 있는 무색 산의 한 가지로, 피부에 닿으면 아프고 물집이 생긴다. 포름산 또는 개미산이라고도 한다)

마지막으로 종족의 수호신에 대한 1년의 큰 희생인 분봉을 치를 시기를 정하는 것도 벌집의 정신이다. 분봉이 결정되면 일족 전체는 부와 세력이 정점에 달했음에도 다음 세대를 위해 그 모든 것들을 버리고 멀리 새로운 조국을 찾아 불안정하고 궁핍한 생활을 보낸다. 이것이야말로 인간의 도덕을 초월한 행위라 할 수 있다. 벌집의 정신은 번영한 도시를 산산이 부수거나 빈곤하게 만든다. 때로는 아예 폐허로 만든다. 이 규칙은 인간들의 규칙과 달리 숙명적이지도 맹목적이지도 않다. 벌들은 모두 벌집의 정신을 따르며, 벌집의 정신은 어떤 영웅적인 의무나 미래를 우선시하는 이성理性을 따른다. 그렇다면 이 정신은 대체 어디에서 연유하는 걸까?

이 세상의 거의 모든 사항에 해당되는 말이 꿀벌에게도 해당된다. 즉, 우리는 우리가 관찰한 꿀벌의 몇 가지 습관을 바탕으로 이렇게 말할 수 있다.

"꿀벌은 이러이러한 방법으로 일을 하고, 여왕벌은 이렇게 태어나며, 일벌은 죽을 때까지 처녀로 지내고, 벌집은 이러이러한 시기에 분봉한다."

그리고 이로써 꿀벌의 관한 대략적인 사실을 알아냈다며 더 탐구할 생각을 않는다. 또한 우리는 꿀벌이 꽃에서 꽃으로 바쁘게 날아다니는 모습을 목격하고, 분주하게 벌집을 드나드는 모습을 관찰한다. 그러면 그 생활이 너무 단순해서 이들이 다른 동물처럼 식욕과 생식을 위해서만 살아간다고 치부해버린다. 그러나 우리는 눈을 더 크게 뜨고 더 많은 사실을 이해하려고 노력해야 한다. 그렇게 해야 자연의 신비로운 현상들, 그 이면에 숨겨진 불가사의한 세계에 다가갈 수 있다.

3

이렇게 벌집 안에는 종족의 신, 그것도 이것저것 요구가 많은 신을 위한 큰 희생인 분봉이 준비되어 있다. 꿀벌 국가의 '정신'은 우리 인류의 감정이나 본능과 정반대여서 도저히 말로 설명할 수 없다. 그런 정신에 따라 전체 인구 8, 9만 마리 중 6, 7만 마리가 정해진 시기에 태어난 고향을 버린다. 게다가 벌집이 불안정한 시기에 처했을 때 버리는 것도 아니다. 어느 날 갑자기 기근이나 전쟁이나 역병으로 황폐해진 조국을 도망치는 것도 아니다. 오히려 적당한 시기가 올 때까지 이들은 심사숙고하며 인내한다. 벌집이 가난에 시달리거나 여왕 일가가 악천후며 적들의 약탈 따위로 괴로워할 때 꿀벌은 결코 집을 버리지 않는다. 일하느라 정신이 없던 봄날이 가고 12만 개나 되는 방들을 거느린 거대한 궁전이 새로운 꿀과 유충, 번데기를 기르기 위한 이른바 '꿀벌의 빵'인 꽃가루로 넘쳐나 행복의 절정을 맛볼 때에야 비로소 벌집을 떠난다.

이 영웅적인 행위가 있기 전날의 저녁만큼 벌집이 아름답게 보일 때도 없다. 이때의 벌집은 활기차 보이는 곳도 있지만 대개는 평온하다. 잠시 그런 벌집의 상태를 상상해보자. 물론 우리가 보는 벌집과 꿀벌이 보는 벌집의 모습은 확연히 다르다. 우리로서는 측면에 붙은 6, 7천 개의 겹눈이나 이마에 붙은 거대한 삼중三重의 눈에 사물이 어떻게 비춰지는지 알 길이 없기 때문이다. 따라서 여기에서는 우리가 꿀벌과 같은 크기로 작아

졌을 때 보게 되는 세계의 모습을 상상해보자.

로마의 산 피에트로 대성당보다 큰 돔의 정점에서 지면까지, 밀랍으로 만든 거대한 벽이 겹겹으로 평행하게 수직으로 드리워져 있다. 어두운 허공에 매달린 이 벽들은 그 정확함이나 대담함에서 인간의 어떤 건축물보다도 뛰어난 기하학적 양식을 자랑한다.

그 벽을 구성하는 물질은 신선하고 깨끗하며 향기롭다. 각 벽에는 방 수천 개가 들어서 있고, 일족 모두를 몇 주 동안이나 먹여 살릴 수 있을 정도의 식량이 저장되어 있다. 어떤 곳에는 빨간색, 노란색, 옅은 보라색, 검은색 꽃가루가 쌓여 있다. 그 주변에는 투명하고 향기로운 4월의 꿀이 단단한 주름을 넣은 황금 직물처럼 잠들어 있다. 그리고 이것들은 꼼꼼하게 밀폐되어 있다. 그 위에서는 5월에 딴 꿀이 아직 봉인되지 않은 큰 탱크 안에서 숙성되는 참이다. 그 옆에서는 벌들이 끊임없이 바람을 보낸다. 외부의 빛이 닿지 못하는 중앙부, 즉 벌집의 가장 따뜻한 부분에서는 미래를 짊어진 자들이 잠에서 깨어난다. 그곳은 여왕벌과 시녀들을 위해 마련된 '봉아소蜂兒所'로, 여왕의 영토다. 벌집 방 2만 개에 알이 잠들어 있다. 벌집 방 1만 5천에서 1만 7천 개가 유충으로 채워져 있다. 벌집 방 4만 개는 유모 수천 마리가 돌보는 하얀 번데기들의 거처다.★[1] 이 영역에서도 특히 성스러운 곳에는 젊은 여왕들의 거주지인 큰 왕대王臺가 3개, 6개, 또는 12개나 있다. 그녀들은 일종의 휘장 같은 옷에 둘러싸여 어둠 속에서 창백한 모습으로 때가 오기를 기다린다.

4

마침내 '벌집의 정신'이 결정한 날이 오면 엄격하게 선택된 일부 무리가 다음 세대를 위해 자리를 양보한다. 잠이 든 도시에는 여왕벌의 연인을 뽑기 위한 수벌, 알을 보살피기 위한 어린 암벌, 그리고 멀리까지 수확물을 가지러 가거나 저장된 보물을 지키기 위한 일벌 수천 마리가 남는다. 어느 벌집이든 간에 자신들만의 특별한 도덕을 준수하고 계승한다. 고결한 벌집이 있는가 하면 타락한 벌집도 있다. 때때로 양봉가는 이들의 습관을 쉽게 바꿔놓는다. 이웃 무리를 존중해야 한다는 사실을 잊게 하거나 그들을 약탈하게 만든다. 주변의 벌집에 정복과 태만의 습관을 심어주기도 한다. 꿀벌은 단 한 방울의 꿀을 만드는 데도 멀리까지 꽃이 핀 들판을 찾아다녀야 한다. 이런 꿀벌에게서 부를 얻고자 한다면 이것이 유일한 방법도, 가장 간단한 방법도 아니라는 사실을 깨닫게 하면 된다. 즉, 경계가 소홀한 다른 벌집에 침입하는 편이 훨씬 빠르다는 것을 깨닫게 하면 된다. 그러면 꿀벌은 자신의 고귀한 의무를 잃어버릴 것이다. 꿀벌이 꽃에서 꽃으로 날아다니며 마치 노예처럼 꽃부리 앞에 머리를 조아리는 까닭은 이 의무의 관념을 따르기 때문이다. 의무의 관념은 꿀벌과 꽃의 결혼을 연상시키는 자연의 조화를 형성한다. 따라서 일단 벌집을 타락시키면 다시 바로잡기가 매우 힘들다.

5

분봉을 결정하는 이가 여왕벌이 아닌 벌집의 정신이란 사실은 다양한 사실에서 확인할 수 있다. 인간 사회를 다스리는 인간에 해당되는 이야기가 여왕벌에도 해당된다. 여왕벌은 마치 명령을 내리는 듯이 보인다. 그러나 사실은 신하들이 받들어 모시는 명령보다 훨씬 강력하고 불가사의한 명령을 따른다. 벌집의 정신이 일단 분봉의 시기를 결정하면, 이 결정은 출발 당일의 새벽이나 전날, 또는 전전날에 모든 주민에게 알려진다고 봐야 한다. 아침 햇볕이 최초의 이슬을 말리기 전에 도시는 평소와 다른 흥분으로 휩싸인다. 양봉가라면 이 흥분 상태를 잘못 판단할 리 없다. 때로는 주민들이 무언가로 갈등하거나 주저하는 것처럼 보이기도 한다. 실제로 벌집 안에서 일종의 불안이 이유 없이 며칠씩 떠오르거나 가라앉을 때도 있다. 우리에게는 보이지 않으나 꿀벌에게는 보이는 어떤 그늘이 하늘에 드리워져 있는지도 모른다. 아니면 꿀벌의 지성 안에 한 가닥 미련이 샘솟았는지도 모른다. 무슨 회의라도 열어 정말로 출발해야 할지를 놓고 떠들썩하게 의논이라도 하는 걸까? 우리로서는 짐작할 수가 없다. 마찬가지로 벌집의 정신이 이제 고향을 떠나야 한다는 결정을 어떻게 민중에게 알리는지도 알 길이 없다. 즉, 꿀벌은 분명 의사소통을 하지만 인간과 같은 방법으로 의사를 전달하는지는 확실하지 않다. 꿀벌 사육자에게 가장 감미로운 기쁨인 저 꿀의 향기, 여름철 햇빛에 취한 듯 붕붕거리는 소리, 양봉장 일대를 들썩이게 하는 노동의 노랫소리, 화려하게 핀 꽃들이 토해내는 기쁨의 중얼거림. 행복의 찬가, 감미로운 향기의 메아리, 하얀 카네이션이나 마조람*의 노랫소리 같기만 한 저 소리를 꿀벌이 실제로 들을 수 있는지도 미지수다. (마조람 : 쌍떡잎식물 합판화군 통화식물목 꿀풀과의 여러해살이풀. 음식에 넣어 먹는 향초)

그녀들은 분명 깊은 환희에서 공포, 분노, 번민에 이르는 음계를 지녔고, 이는 우리도 알아들을 수 있다. 이 소리 속에는 여왕벌에 대한 송가頌歌도 있고 풍요를 축복하는 후렴도 있다. 고통의 찬미가도, 젊은 여왕벌이 결혼비행에 앞서 투쟁과 학살의 시기에 수벌을 부르는 길고 긴 신비로운 외침도 있다. 이 소리는 정녕 우연의 음악에 지나지 않는 걸까?

확실한 건 우리가 벌집 주변에서 어떤 소리를 내도 그녀들이 그 소리에 현혹되지 않는다는 점이다. 그러나 이는 그녀들이 그 소리를 자신들의 세계에 속하지 않은 소리, 즉 자신들과 상관없는 소리라고 판단했기 때문인지도 모른다. 우리도 인간의 의사소통 방법과 기관으로는 꿀벌들의 온갖 화음을 제대로 이해하지 못한다는 것을 안다. 어쨌든 우리는 언젠가 꿀벌이 종종 놀라운 속도로 서로를 이해하고 돕는다는 사실을 확인하게 될 것이다. 예컨대, 꿀벌의 대 약탈자이자 등에 인간의 두개골 모양의 반점이 찍힌 거대한 탈박각시(*Acherontia atrops*)는 특유의 끼익거리는 소리를 내며 벌집에 침입한다. 이때 벌통에서는 경고음이 입구의 파수꾼에서부터 가장 안쪽의 벌집 틀에서 일하는 일벌에게까지 순식간에 퍼져 나간다.

6

평소 그렇게 절약을 하며 매사에 신중을 기하는 꿀벌도 불안정한 생활에 뛰어들 시기가 오면 자기 왕국의 보물을 내버린다. 그래서 사람들은 이들이 결국 숙명적인 광기나 기계적인 충동, 거부할 수 없는 자연의 의지, 즉 어떤 생물도 피해갈 수 없는 저 시간 속에 감춰진 신비한 힘을 따른다고 믿어왔다.

그러나 우리는 아직 밝혀지지 않은 사실을 무엇이든 숙명이라고 부르는 경향이 있다. 다행히 오늘날에는 벌집의 물질적인 비밀 두세 가지가 해명된 덕에 이 집단 이민이 본능적인 행위도 불가피한 사건도 아니라는 사실이 확인되었다. 이 행위는 지금 세대가 다음 세대를 위해 충분히 심사숙고한 끝에 내린 희생이라고 봐야 옳다. 예컨대, 양봉가가 아직 움직임이 둔한 어린 여왕벌을 벌집 안에서 전멸시키고, 유충이나 번데기의 수가 너무 많을 때는 창고와 공동 침실을 늘려준다고 해보자. 그러면 이렇다 할 결실을 맺지 못한 분봉 소동이 완전히 가라앉는다. 그리고 평소 때의 일이 다시 꽃들 위에 펼쳐진다. 또다시 없어서는 안 될 존재가 된 옛 여왕벌은 더는 후계자를 바라거나 두려워할 필요 없이 앞으로의 활동에 마음을 놓고, 적어도 그 한 해 동안은 햇볕을 쬘 계획을 세우지 않는다. 이리하여 그녀는 어둠 속에서 이 벌집 방에서 저 벌집 방으로, 어느 방 하나 빼놓지 않고 정성스레 나선 모양을 그리며 하루에 2, 3천 개의 알을 낳는 어머니로서의 임무를 재개한다.

지금 세대가 다음 세대에 쏟는 사랑에는 어떤 숙명이 존재할 것이다. 우리에게도 이런 숙명이 존재하는데, 그 강도와 범위는 꿀벌과 비교도 되지 않을 정도로 작다. 인류의 숙명은 이 정도로 완전한, 또한 모두가 한마음으로 결정한 커다란 희생을 낳을 수 없다. 그럼, 우리는 과연 어떤 숙명을 따르는 걸까? 아쉽게도 우리는 이에 대한 답을 찾을 수 없다. 게다가 우리가 꿀벌을 바라보는 것과 마찬가지로, 우리를 바라보는 어떤 생명체의 존재를 알고 있지도 않다.

7

우리가 앞서 선택한 벌집에는 아직 인간의 손길이 미치지 않았다. 나무 아래에서 조용히, 그러나 빛나는 발걸음으로 전진해오는 아름다운 대낮의 열기가 출발 시기를 재촉하고 있다. 평행한 벽과 벽 사이를 달리는 황금색의 회랑에서는 위에서 아래까지 일벌들이 여행 준비를 마무리하는 참이다. 일벌들은 먼저 대엿새는 거뜬히 버틸 수 있는 꿀을 짊어진다. 아직 정확한 화학 작용은 밝혀지지 않았지만, 그녀들이 운반하는 꿀에서 건물을 짓는 데 드는 밀랍이 분비된다. 이 밀랍은 새 거주지의 틈을 메우거나 흔들리는 부분을 고정한다. 칸막이에 니스를 칠하거나 외부의 빛을 완전히 차단하는 봉랍 역할도 한다. 빛을 차단하는 까닭은 일벌이 새카만 어둠 속에서 일하기를 좋아하기 때문이다. 꿀벌은 자신의 겹눈이나, 어둠을 촉지하고 측정하는 촉각을 활용해 어둠을 헤쳐 나간다.

8

꿀벌은 생애 가장 위험한 날의 모험에 대비해 스스로 각오를 다져야 한다는 사실을 안다. 실제로 그날이 오면 어떤 걱정이나 공상을 할 틈도 없이 계속해서 위험이 닥쳐 정원이나 들판을 방문할 틈이 없을지도 모른다. 또한 다음 날이나 그 다음 날에는 비바람이 몰아치고, 추위에 날개가 얼거나 아예 꽃이 피지 않는 사태가 일어날 수도 있다. 그러므로 이런 일들을 예측해서 대비해두지 않으면 기근이나 죽음을 맞이하게 된다. 이때 어느 누구도 자신을 도와주지 않을 테고, 자신도 도움을 바라지 않을 것이다. 본래 다른 도시에 속한 꿀벌끼리는 서로 아는 체도 하지 않고 도와주려고 하지도 않는다. 양봉가는 때때로 분봉을 막 끝낸 여왕벌과 그녀를 둘러싼 꿀벌의 거처를 방금 떠나온 옛 거처의 바로 옆에 놔두기도 한다. 그러면 새 분봉 무리는 어떤 재앙이 닥쳐도 예전의 평화나 행복, 막대한 부와 안전을 잊기라도 한 듯 절대로 자신들의 고향에 돌아가려고 하지 않는다. 아니, 오히려 마지막 한 마리까지 불행한 여왕벌의 주위에서 추위와 굶주림에 시달리다 죽는 쪽을 택한다.

9

만약 인간이라면 이런 바보 같은 짓을 할 리가 없다. 그래서 이것이야말로 꿀벌이 훌륭한 조직을 지녔으나 진정한 지성은 지니지 않았음을 드러내는 사실이라고 할지도 모른다. 그러나 우리가 도대체 무엇을 알 수 있는가? 나는 지금 다른 생물에게도 우리와 다른 어떤 지성이 있고, 그들이 우리에게 결코 뒤떨어지지 않는 존재라고 주장하는 것이 아니다. 그저 우리가 인간이라는 하나의 작은 존재로서 다른 존재의 정신적인 영역에 대해 그렇게 큰소리칠 수 있는지 확신이 서지 않을 뿐이다. 창문 너머에 서너 명이 서 있고, 말소리는 들리지 않지만 이들이 무언가에 대해 이야기를 나눈다고 해보자. 이때 우리는 이들의 생각을 꿰뚫어볼 수 있을까? 화성인이나 금성인이 산 정상이나 어딘가 저 멀리에서 까만 점처럼 보이는 우리 인간이 길거리나 광장을 오가는 광경을 목격했다고 상상해보자. 그 이방인은 우리의 움직임이나 건물, 운하, 기계를 보고 지성이나 도덕, 사랑이나 사고방식 등 우리의 내면에 대해 정확한 판단을 할 수 있을까? 우리가 벌집에서 그랬듯이 몇 가지 놀라운 사실을 확인한 후 터무니없이 잘못된 결론을 이끌어내는 일이 고작일 것이다.

이 이방인은 우리가 벌집에서 확인할 수 있었던 위대한 도덕성이나 여러 의식 따위를 까만 점처럼 보이는 우리에게서 발견하느라 고생할 것이다. 그리고 몇 년 혹은 몇 세기 동안 우리를 관찰한 후 이렇게 말할 것이다.

"이들은 어디로 가려는 걸까? 무엇을 하는 걸까? 이들의 중심지는 어디이며 삶의 목적은 무엇일까? 어떤 신을 따르는 걸까? 무엇이 이들을 인도하는지 전혀 알 길이 없다. 어느 날 작은 건물을 짓거나 쌓아 올리는가 싶으면, 다음 날에는 그걸 무너뜨린다. 어디로 나간다 싶으면 다시 돌아오고, 모인다 싶으면 흩어진다. 도대체 무엇을 바라는 걸까? 이들은 알 수 없는 광경을 우리 앞에 내놓는다. 예컨대 일부 무리는 꼼짝도 않고 있다. 그 무리의 겉모습은 다른 무리보다 화려해서 쉽게 눈에 띈다. 게다가 대개 다른 것보다 뚱뚱하다. 그리고 일반 거주지보다 10배, 20배나 넓고 깨끗하며 화려한 건물에서 산다. 그곳에서 이들은 날마다 몇 시간에 걸쳐, 때로는 밤늦게까지 식사를 한다. 이 무리에게 다가가는 자는 모두 이들을 존경하는 모양이다. 그리고 음식물을 운반하는 자는 그 근처에 있는 작은 집에서 생활하며, 개중에는 선물을 주러 먼 시골에서 오는 이들도 있다. 따라서 이 무리가 매우 중요한 존재라는 사실에는 의심의 여지가 없다. 무언가 종족에 필요한 임무를 수행하는 중이겠지만, 유감스럽게도 우리의 연구 방법으로는 그 임무가 무엇인지 밝혀내지 못하겠다.

한편, 돌아가는 톱니바퀴가 장착된 커다란 오두막집이나 항구 주변에서 아침 일찍부터 밤늦게까지 작은 구획으로 나뉜 땅을 뒤집는 무리도 있다. 여러 가지 사실을 근거로 판단하건대, 이 분주한 행동은 어떤 잘못에 대한 벌이 분명하다. 이들 모두 불결하고 초라한 초가집에서 살기 때문이다. 게다가 입은 옷도 모두 낡았다. 이들이 유해한 혹은 적어도 쓸모없는 일에 쏟는 정열은 너무나도 대단한데, 잠을 자거나 밥 먹는 시간조차 아까워할 정도다. 이 무리와 앞서 설명한 무리의 수를 비교해보면 아마 천 대 일 정도 될 것이다. 이는 아무리 생각해봐도 발전하는 데 합리적이지 못한 비율이지만, 그럼에도 이들이 오늘날까지 종족을 유지해왔으니 가히 훌륭하다고 할 수 있다. 또한 후자의 무리는 그 고통스러운 활동에 대한 집착을 제외하면 거의 무해해 보이고, 종의 구원자가 분명한 전자의 무리가 먹다 남긴 밥으로도 충분히 만족해한다는 사실을 덧붙여야겠다."

10

그런데 다른 세계에서 시선을 던졌을 뿐인 우리에게 벌집은 확실하고도 심오한 답을 해주었으니 어찌 놀라지 않을 수 있겠는가? 자신감으로 넘쳐나는 건축물, 법률, 경제적이고 정치적인 조직, 여러 가지 미덕들, 그리고 그들의 잔혹한 성향마저도 꿀벌이 어떤 이념, 어떤 신을 섬기는지를 보여준다. 이들이 섬기는 신은 우리가 지금까지 숭배한 적이 없는 유일신, 그러나 정당성도 합리성도 부족하다고 단언할 수 없는 신, 즉 '미래'다. 우리는 때때로 인류의 역사 속에서 한 민족이나 한 인종의 능력, 도덕성 따위를 평가하려고 든다. 그때 우리는 그 민족이 추구하는 이상理想의 지속력이나 규모, 사람들이 그 이상의 실현을 위해 지불하는 자기희생의 크기 이외에 마땅한 평가 기준이 없다는 사실을 깨닫는다. 그렇다면 생각해보자. 우리는 대우주의 요구에 이토록 일치하는 이상, 이토록 확고한 이상, 이토록 엄격하고도 명백한 이상을 만나본 적이 있는가? 또한 이토록 완전하고 영웅적인 자기희생을 목격한 적이 있는가?

11

이토록 합리적이고 성실하며 적극적이고 또한 조신한 공화국이여! 덧없는 꿈의 희생을 치르는 기묘한 작은 공화국이여! 이토록 심오한 작은 민족이여! 자연에서 가장 순수한 존재인 꽃의 영혼, 가장 아름다운 웃음을 향해 가는 민족이여! 도대체 누가 우리에게 알려줄 텐가, 그대들은 이미 해결했으나 우리는 이제부터 해결해야 할 문제를. 그대들은 이미 획득했으나 우리는 아직 얻지 못한 확신을. 만약 그대들이 뭔가 원시적이며 맹목적인 충동 덕에 그러한 문제를 해결했다면 우리는 수수께끼를 풀기가 더욱 어려워질 것이다.

신앙과 희망과 신비로 가득 찬 작은 도시여, 왜 그대들의 10만이 넘는 처녀들은 인류의 어떤 노예도 감당한 적이 없는 고역을 받아들이는가? 조금 더 자신을 아끼고 그렇게 힘든 일에 정열적으로 매달리지 않는다면 그 처녀들도 또 한 번의 봄날과 두 번째의 여름을 맞이할 수 있을 것이다. 그러나 모든 꽃들이 유혹의 목소리를 높이는 시기에 그 처녀들은 죽을 만큼 힘든 노동에 취해 날개는 부러지고 몸은 상처로 얼룩져 5주가 채 가기 전에 죽어버린다.

베르길리우스는 『농경시』에서 이렇게 노래했다.

Tantus amor florum, et generandi gloria mellis.

(꽃을 향한 꿀벌의 사랑은 깊으며, 그 꿀을 만드는 데 대한 긍지는 크다.)

베르길리우스는 이렇게 공상 속에서나 존재하는 신들에게 현혹된 눈으로 자연을 관찰한 고대인들의 매력적인 오해를 전하고 있다.

12

그녀들은 왜 형제나 다름없는 나비들까지도 이미 알고 있는 안식이나 사랑, 여가의 기쁨을 그렇게 쉽게 포기할까? 나비처럼 사는 것이 불가능할까? 배고픔이 그녀들을 다그치고 있는 것도 아니다. 단순히 먹고 살기 위해서라면 두서너 송이의 꽃만 있으면 충분하다. 하지만 그녀들은 직접 그 달콤함을 맛본 적도 없는 보물을 축적하기 위해 매 시간마다 2, 3백 송이나 되는 꽃들을 찾아다닌다. 도대체 왜 그런 고통을 겪을까? 꿀벌들이여, 그대들이 목숨을 바치려는 다음 세대는 진정 그만한 가치가 있는 존재인가? 그 세대가 정녕 그대들보다 훌륭하다고 장담할 수 있는가? 아니면 그대들이 달성하지 못한 무언가를 그 세대가 정말로 이룰 수 있단 말인가?

어쩌면 유치한 몽상가처럼 그대들에게 무익한 질문만 던져대는 우리 인간이야말로 망설임과 판단 착오 속에서 괴로워하는 존재일지 모른다. 그러나 우리는 그대들이 진화를 되풀이해 전지전능한 존재가 되어 지극히 높은 곳에서 자연의 법칙을 내려다본다 해도, 그대들이 불멸의 여신이 되었다 해도, 그대들이 무엇을 바라고 어디로 가려고 하는지 묻지 않을 수 없다. 우리에게 이제 만족했다고 말할 수 있는 존재는 이 세상에 없다. 우리는 그 어떤 존재도 매사를 깊이 생각하거나 미래를 계획하는 일 없이 그저 단순하게 살아간다고는 생각하지 않는다. 우리 인간은 그런 존재다. 예컨대, 우리는 다양한 신들을 상상한다. 그중에는 등급이 낮은 신도 있고 최고의 이성을 가진 신도 있다. 그런데 우리가 그 신들이 가만히 앉아 있는 데 만족한 적이 있는가? 다수의 생명체들을 창조하도록 강요하지 않은 적이 있는가? 신 자신의 능력을 넘어선 듯한 많은 목표를 부여하지 않은 적이 단 한 번이라도 있었는가 말이다.

13

자, 분봉 무리가 지치도록 기다리고 있을 우리의 벌집으로 돌아가자. 지금 벌집에서는 새카만 파도가 끓어오른다. 마치 태양의 열기로 바짝 말려 좋은 소리가 나는 항아리 같다. 지금은 한낮이다. 벌집 주변에서는 나무들이 중대한 사태를 앞두고 숨을 고르듯 잎사귀를 모두 감추었다. 꿀벌은 자신을 돌봐주는 인간에게 꿀과 향기로운 밀랍을 제공한다. 그러나 사실 이들은 꿀이나 밀랍보다 더 근사한 보물을 우리에게 내준다. 즉, 6월의 환희를 알게 해주고, 아름다운 계절의 조화를 맛보게 해준다. 꿀벌과 관련된 일들은 모두 1년 중 가장 행복한 계절에 일어난다는 사실도 알려준다. 꿀벌은 여름의 영혼이다. 꿀벌은 풍요의 시기를 알리는 시계다. 가볍게 날아다니며 향기를 내뿜는, 민첩하게 움직이는 날개다. 그리고 춤을 추는 지혜로운 빛이고, 흔들리는 빛의 속삭임이며, 몸을 쭉 뻗고 엎드려 쉬는 대기의 노래다. 그녀들이 나는 모습은 진정한 환희, 눈에 보이는 작고 확실한 음표다. 아름다운 계절의 은밀한 소리를 저 꿀벌들이 일깨워준다. 한 번이라도 그녀들을 이해하고 사랑한 적이 있는 사람이라면 그녀들이 없는 여름은 새나 꽃이 없는 여름처럼 황폐하기만 할 것이다.

14

수많은 주민을 떠맡은 분봉은 극히 혼란스러운 일대 사건이다. 이를 처음으로 목격한 사람은 그 기세에 질리고 불안해서 벌집에 다가가기를 주저한다. 그는 열심히 일하던, 저 성실하고 얌전한 꿀벌을 더는 기억할 수 없다. 얼마 전까지, 그는 전원에서 돌아와 가사에 몰두하느라 다른 일에 눈 돌릴 겨를이 없는 소 부르주아 계급의 부인들처럼 분주하게 일하는 꿀벌을 보았다. 그 무렵 꿀벌은 별다른 낌새를 보이지 않았다. 온 힘을 다 써버려 조금 흥분한 상태였지만 태도는 조심스러웠고, 벌집에 들어갈 때는 파수꾼에게서 촉각에 의지한 가벼운 인사를 받았다. 그리고 꼭 필요한 말일 두서너 마디의 대화를 나누며 수확물을 젊은 운반벌에게 건네주었다. 혹은 봉아소 주위의 곡물창고까지 들어가 다리에 매달려 있는, 꽃가루가 든 바구니 두 개를 내려놓기도 했다. 이 일이 끝나면 번데기와 여왕이 기거하는 방이나 작업장에 무슨 일이 벌어지고 있는지 알아차릴 틈도 없이, 양봉가의 상상력이 풍부한 표현을 빌리자면 '수염을 깎고 있는 듯한' 통풍꾼의 수다에도 동요하지 않고 곧장 벌집을 나섰다.

15

그런데 오늘은 벌집의 상태가 완전히 달라졌다. 물론 이 와중에도 벌집 전체를 뒤덮은 도취감에 전염되지 않고 아무 일도 없다는 듯 침착하게 들판에 나갔다가 되돌아오는 자가 있다. 평소처럼 벌집을 청소하는 자도 있으며, 봉아소가 있는 곳까지 올라가는 자도 있다. 이 무리는 여왕벌을 따라가지 않는다. 그리고 낡은 거주지를 지킨다. 버려진 알 1만 개, 유충 1만 8천 마리, 번데기 3만 6천 개, 여왕벌 7, 8마리를 보살피고 키우기 위해서이다. 이 잔류 무리도 분명 임무를 다하기 위해 선택된 자들이겠지만, 그것이 어떤 규칙을 따라 누가 어떻게 결정했는지는 알 길이 없다. 그녀들은 그저 결정을 받아들이고 얌전히 따른다. 인내심이 강한 이 '신데렐라' 들은 너무나도 성실하고 침착해서 동요하는 민중 사이에서 한눈에 알아볼 수 있다. 나는 이들 중 몇 마리에게 더 눈에 잘 띄라고 착색 염료를 발라 그 후의 움직임을 알아보았는데, 그녀들이 분봉으로 분주한 무리 속에서 발견한 된 적은 한 번도 없었다.

16

그러나 분봉의 매력은 역시 거부하기 힘든 모양이다. 분봉은 필시 무의식의 신이 정한 희생에 대한 열광일 것이다. 그것은 꿀의 제전이며 종족과 미래의 승리다. 단 한 번의 환희와 망각과 광기의 날이다. 두 번 다시 오지 않을 꿀벌의 일요일이다. 또한 그간 축적해온 보물의 달콤함을 배가 부를 때까지 실컷 먹고 만끽할 수 있는 유일한 날일지도 모른다. 그녀들의 모습은 마치 양기로 충만한 나라에 갑자기 끌려나온 죄수 같다. 그래서 그녀들은 정신없이 기뻐하며 자신을 잊는다. 그 전까지 쓸데없는 행동을 전혀 보이지 않던 그녀들이 동포를 유혹하고, 여왕벌의 채비가 끝나기를 기다리는 동안 달아오른 흥분을 달래기 위해 벌집을 연방 드나들며 안절부절못한다. 그리고 여느 때보다 높이 날아올라 벌집 주변에서 큰 나뭇잎이 스치는 듯한 소리를 낸다. 그렇게 불안과 걱정을 달랜다. 이때의 꿀벌은 평소처럼 사납거나 신경질적이지도 않고, 공격적이지도 않으며, 다가가기 힘든 존재도 아니다.

인간은 꿀벌의 주인, 인정받지 못한 감춰진 주인이다. 평소의 꿀벌들은 자신들의 법칙을 준수한다. 그녀들은 자신들이 미래의 행복을 위해 나아갈 수 있게 해주는 주인이 아니면 결코 따르는 법이 없었다. 그런데 인간도 이때만큼은 그녀들에게 다가갈 수 있다. 황금색의 따뜻한 막을 찢고 마치 과일을 비틀어 따듯 꿀벌의 방을 집어낼 수 있다. 이때의 꿀벌은 잠자리나 자나방의 무리처럼 무해한 존재로 변신한다. 그리고 이날만큼은 그녀들도 행복에 취해 자신의 본래 모습을 즐기고 미래를 신뢰한다. 그 미래를 몸에 간직한 여왕벌을 떼어놓지 않는 한, 어떤 일에든 복종하려 들며 누구에게도 해를 가하지 않는다.

17

그러나 진짜 신호는 아직 떨어지지 않았다. 지금 벌집 안에는 이해할 수 없는 동요와 까닭 모를 혼란만이 있을 뿐이다. 평소 꿀벌은 벌집에 돌아오는 순간 자신에게 날개가 있다는 사실을 잊는다. 활동을 완전히 멈추지는 않지만 각자 배정받은 일의 종류에 따라 해당 벌집 틀 위에 꼼짝 않고 앉아 있는다. 그런데 지금 이들은 서로 모여 미친 듯이 위아래로 어지럽게 움직인다. 그 모습은 마치 보이지 않는 손이 뒤흔들어놓는 곡물 반죽 같다. 그리고 밀랍이 녹아 건물 모양이 변형될 정도로 내부 온도가 급격히 올라간다. 여느 때라면 중앙의 벌집 틀에서 절대로 나오지 않을 여왕벌도 가쁜 숨을 몰아쉬며 흥분한 군중 주위를 돌아다닌다. 이 여왕벌의 행동은 출발을 서두르기 위해서일까, 아니면 늦추기 위해서일까? 군중에게 명령이라도 내리는 걸까, 아니면 자신의 흥분 상태를 어떻게든 견뎌보려는 움직임일까?

꿀벌의 일반 심리학에 대해 우리가 아는 사실을 토대로 판단하자면, 분봉이 옛 여왕벌의 의지에 반해 일어난다는 사실만큼은 확실하다. 여왕벌의 딸인 금욕적인 일벌이 보기에, 여왕벌은 반드시 필요한 사랑의 기관이 틀림없지만, 여왕벌 자신은 제 역할을 제대로 자각하지 못하고 있는 어린아이와 같다. 그렇기에 딸들은 여왕벌을 보호해야 할 어머니로서 대우한다. 딸들은 어미 벌에게 한없는 존경과 애정을 쏟는다. 특별히 증류

해서 거의 완전히 소화할 수 있는 가장 순수한 꿀을 여왕벌에게 바친다. 또한 여왕벌은 자신을 주야로 보살펴주고, 모친으로서의 역할을 원활히 수행하게 하고, 알을 낳는 방을 정돈해주며, 자신을 소중히 아끼고 애무해주며, 영양분을 공급하고, 몸을 깨끗하게 해주고, 때로는 자기 배설물까지 삼키는 측근, 즉 플리니우스가 말한 일종의 경호원들을 거느린다.

여왕에게 어떤 사소한 사고가 발생하면 그 소식은 삽시간에 퍼지고 민중은 서로 몸을 비비며 슬퍼한다. 예컨대, 인간이 여왕벌을 제거한 후 그 임무를 대신할 수 있는 그 어떤 벌도 벌집에 남겨두지 않았다고 해보자. 여왕벌이 후계자를 낳지 않았거나 생후 3일이 지나지 않은 일벌의 유충이 없을 때 말이다(생후 3일 이내의 유충은 특별한 영양분만 공급해주면 여왕벌의 번데기로 탈바꿈한다). 이런 상황에서 여왕벌을 붙잡아 어딘가에 가두거나 그 주거지에서 멀리 떨어뜨려놓자. 그러면 여왕벌의 부재가 확인되자마자—그 소식이 모든 벌에게 전달되는 데 두세 시간이 걸리기도 한다. 도시는 그만큼 광활하다—거의 모든 곳에서 일제히 작업이 중단된다. 유충은 그대로 방치된다. 어미 벌을 찾아 정처 없이 헤매는 벌이 있는가 하면 밖에까지 찾으러 나가는 벌도 있다. 벌집 틀 건설 담당자가 만들던 꽃줄*은 무참히 잘려 너덜너덜해지고, 채집가도 더는 꽃을 찾아다니지 않는다. 입구의 파수꾼은 직장을 팽개친다. 엄격히 관리하던 보물은 그 누구도 돌보려하지 않기 때문에 외부의 약탈자며 기생충들이 벌집에 침입하는 사태가 발생한다. 이렇게 도시는 몰락해가고 한산해진다. 그리고 여름에 피는 꽃들이 그녀들의 눈앞에서 지고 있는데도 벌집의 주민들은 움직일 생각을 않고 슬픔과 비참함 때문에 죽는다. (꽃줄 : 몸에서 분비한 밀랍을 이리저리 다듬어 이어 붙이기 때문에 꽃줄이라 표현한다)

그러나 여왕벌의 부재가 돌이킬 수 없는 기정사실이 되기 전에, 즉 벌집의 혼란 사태가 너무 심각해지기 전에(꿀벌은 인간과 마찬가지로 심한 불행이나 절망이 너무 오랫동안 계속되면 지성을 상실하고 성격마저 이상해진다) 여왕벌을 벌집에 되돌려놓자. 그때 그녀들이 여왕벌에게 보여주는 환대는 실로 대단하다. 아니, 감동적이기까지 하다. 전원이 여왕벌 주위로 몰려든다. 그 혼잡한 틈 속에서 서로 밀쳐가며 아직 다 밝혀지지 않은 신비로운 촉각을 이용해 그녀를 애무하고, 꿀을 선사하고, 왕궁까지 소란스러운 소리를 내며 호위한다. 그리고 곧바로 질서를 회복해 봉아소가 있는 중심 벌집 틀에서 잉여 수확물이 저장된 가장 먼 별관에 이르기까지, 벌집 곳곳에서 업무가 재개된다. 채집가는 대열을 맞춰 문 밖으로 나가고, 때로는 채 3분도 지나지 않아 화밀과 꽃가루를 가득 담아 돌아온다. 약탈자나 기생충은 추방되거나 학살된다. 도시는 깨끗이 청소된다. 이렇게 벌집 내부에서는 여왕의 건재를 알리는 노랫소리가 조용히 울려 퍼진다.

18

여왕벌에 대한 일벌의 애착이나 절대적인 충성심을 나타내는 예는 일일이 열거할 수 없을 정도로 많다. 벌집이 추락하거나 인간의 난폭한 행동에 파괴되거나 추위며 기근, 질병들이 닥쳐 민중이 대량으로 죽을 때가 있다. 그러나 어떠한 타격을 입어도 여왕벌은 거의 매번 안전하게 살아남는다. 인간은 흔히 이럴 때 충직한 딸들의 시체 밑에서 살아 있는 여왕벌을 발견한다. 이는 그녀들 모두가 여왕벌을 보호하고, 탈출을 돕고, 자기 몸을 던져 방어벽을 만들었으며, 건강에 좋은 음식물과 최후의 꿀 한 방울까지 모두 여왕을 위해 마련해두었음을 뜻한다. 그리고 여왕벌이 살아 있는 한, 설사 어떤 재해가 닥친다 해도 이 '이슬을 머금은 처녀들' 의 도시는 실의에 빠지지 않는다. 시험 삼아 20회 연속으로 벌집 틀을 부수어보아도 좋다. 20회 연속으로 어린 벌이나 저장된 음식물을 끄집어내보아도 좋다. 그래도 결과는 마찬가지다. 군중이 학살되거나 기근이 닥치고, 침입자에게서 어미 벌을 숨길 수 없을 정도로 집단의 수가 줄어들었을 때도, 그녀들은 콜로니(colony)*의 규칙을 재편성해 가장 시급한 일부터 끝낸 후 일을 다시 분담한다. 원래 대부분의 생물이 이런 상황에서 인간 이상으로 용기를 발휘한다고 한다. 그러나 꿀벌은 자연계에서 그 유례를 찾아볼 수 없을 정도의 인내와 지혜를 짜내어 곧바로 노동을 재개한다.(콜로니 : 하나의 종이나 여러 종의 생물이 일정지역에서 정주하는 집단)

실의를 떨치고 애정을 유지하기 위해 여왕이 꼭 필요한 것은 아니다. 그저 여왕벌이 죽기 직전이나 분봉 무리를 데리고 출발하기 전에, 자손 몇 마리만 남겨두면 된다. 근대 양봉학의 아버지 중 한 사람인 랭스트로스는 다음과 같이 말했다.

"우리는 10㎠의 벌집 틀도 다 뒤덮지 못할 만큼 많은 꿀벌 무리가 여왕벌 한 마리를 태어나게 하려고 애쓰는 모습을 본 적이 있다. 2주일 동안 꿀벌들은 희망을 버리지 않았다. 그리고 이들의 수가 절반으로 줄어들었을 때 마침내 여왕벌이 태어났다. 그런데 그녀의 날개는 도저히 날아다닐 수 없을 만큼 결함이 많았다. 그러나 불구인 여왕벌에게 꿀벌들은 변함없는 사랑과 존경을 보냈다. 1주일 후에 꿀벌들은 대부분 죽고 12마리 정도밖에 남아 있지 않았다. 그로부터 며칠 후에는 가엾게도 몇 마리만이 남았고, 여왕벌은 이미 숨을 거둔 상태였다."

19

다음 예는 불행한 처지에 있으나 불굴의 정신을 가진 꿀벌이, 인간의 무지막지한 간섭 때문에 겪어야 했던 시련에 대한 것이다. 여기서 인간은 어미 벌을 향한 딸 벌의 효성과 자기희생을 확인할 수 있다. 나는 꿀벌 애호가라면 누구나 그렇듯이 수태한 여왕벌을 여러 차례에 걸쳐 이탈리아에서 가져왔다. 이탈리아 종이 프랑스 종보다 건강하며 번식력이 왕성한 데다 활발하기 때문이다. 이탈리아에서 발송할 때는 구멍이 뚫린 상자를 사용한다. 그리고 여행하는 동안 여왕벌에게 영양분을 공급하고 시중을 들게 하기 위해 되도록 나이가 많은 일벌들을 같이 데려온다(꿀벌은 나이를 먹을수록 윤기가 흐르고, 마르고, 체모가 부족하며, 특히 날개가 가혹한 노동으로 찢겨 있을 때가 많아 쉽게 판별할 수 있다). 그리고 목적지에 도착하면 대부분의 일벌이 죽어 있다. 한 번은 모두 다 굶어 죽어 있었다. 그러나 이때도 다른 때와 마찬가지로 여왕벌만큼은 상처 하나 없는 건강한 모습으로 목적지에 도착했다. 필시 마지막에 남은 일벌이 자신보다 소중한 존재인 여왕벌에게 자신의 먹이 주머니 밑에 보관해 두었던 최후의 꿀을 먹이면서 숨을 거두었을 것이다.

20

인간은 이 끈끈한 애정을 관찰한 후 그 속에 깃든 정치적 감각, 노동에 대한 열의, 인내심, 미래에 대한 정열 따위를 이용하는 데 성공할 수 있었다. 인간이 최근 몇 년 동안 이 난폭한 꿀벌들을 본인들 모르게 사육하게 된 것은 모두 이 애정 덕분이다. 어느 정도까지, 그것도 본인들 모르게 사육하는 까닭은 이들이 외부에서 다가오는 폭력에 굴하지 않는 성질을 지닌 데다 항상 자신들만의 법칙을 따르기 때문이다. 만약 여왕벌을 장악했다면 벌집의 영혼과 숙명을 손에 넣었다고 보면 된다.

인간은 여왕벌을 이용해 분봉의 횟수를 늘리거나 억제할 수 있다. 또한 꿀벌 부락들을 합병시키거나 분할시키고, 왕국의 이동을 유도할 수도 있다. 그러나 정말 중요한 상징은 눈에 보이는 여왕벌이 아니라, 그 뒤에 있는 눈에 보이지 않는 무엇이다. 양봉가가 만약 실망하고 싶지 않다면 이 사실을 충분히 알고 있어야 한다. 꿀벌들도 그 사실을 잘 알고 있다. 그녀들은 눈에 보이는 헛된 여왕벌의 저편에 눈에 보이지 않는 영원한 진짜 지배자가 있음을 안다. 이렇게 고차원적인 생각이 과연 어디에서 비롯되었는지는 중요하지 않다. 꿀벌의 조그만 몸속에서든, 대자연이라는 커다란 몸속에서든, 우리가 주목할 만한 사항이라는 사실이 중요한 것이다.

21

어쩌면 사람들은 앞서 말한 의견이 상당히 위험한 추측이자 인간적인 억측이라고 생각할지 모른다. 그리고 꿀벌에게는 사랑이든 미래든 종족이든, 그 무엇에 대한 관념이 없다고 반문할 수도 있다. 고통이나 죽음을 두려워하고 쾌락에 끌리는 것처럼, 그저 살아가는 데 필요한 하나의 방식이 있을 뿐이라고 말이다. 나 역시 그 의견에 동조한다. 앞서 언급한 내용에도 절대적인 의미를 둘 생각은 없다. 다만 분명한 것은 이러이러한 상황에서 꿀벌이 여왕벌에게 이러이러한 방법으로 응대한다는 사실이 확인되었다는 점이다. 우리는 확인된 사실에 대해서만 분명하게 말할 수 있다. 그리고 그 외의 것에 대해서는 추측만 할 수 있을 뿐이다. 우리는 인간에 대해 말할 때에도 꿀벌에 대해 말한 것 이상의 것을 말할 권리가 없다. 우리도 어쩌면 단순히 고통에 대한 공포, 쾌락에 대한 이끌림을 따르고 있을 뿐인지도 모른다. 게다가 우리가 지성이라 부르는 것 역시 동물의 본능이라 부르는 것과 그 기원이나 사명에서 다르지 않다. 우리는 그 결과를 잘 안다고 여기는 어떤 행위를 할 때 그 원인을 잘 밝혀낼 수 있다고 자부한다. 그러나 실제로 인간이 그 원인과 결과를 잘 아는 행위는 매우 드물다. 잘 알고 있는 행위도, 그렇지 못한 행위도, 비열한 행위나 위대한 행위도, 친숙한 행위나 낯선 행위도 그 본질은 모두 깊은 어둠 속에 있다. 결국 인간은 우리가 꿀벌이 그렇다고 믿는 것과 같이 맹목적인 존재다.

22

꿀벌에 대해 실로 우스꽝스러운 한을 품고 있던 뷔퐁*은 다음과 같은 의견을 피력했다.(뷔퐁 : 프랑스의 철학자 · 박물학자이며 주요 저서로는 『박물지 Histoire naturelle, generale et particuliere』가 있다)

"꿀벌을 살펴보면 개나 원숭이를 비롯한 대개의 동물보다 지성이 떨어진다. 그들에게는 순종, 애정, 그 밖의 감정 등의 미덕이 부족하다. 따라서 꿀벌의 표면적인 지성은 수많은 벌들이 한데 모인 데서 생겨난 것에 지나지 않는다. 단, 집합 자체에는 어떠한 지성도 존재하지 않는다. 그녀들은 도덕적인 차원에서 모인 것도, 전원이 동의해서 모인 것도 아니기 때문이다. 꿀벌 사회는 어떤 지식이나 이성의 작용과 상관없는 단순한 집합체에 불과하다. 어미 벌은 1만 개의 개체를 한 번에 같은 장소에 낳는다. 1만의 개체가 내 생각보다 천 배나 더 우매하다고 해도, 이들은 계속 살아가기 위해 어떻게든 방법을 짜내야 한다. 각 개체는 다른 개체와 마찬가지로 똑같은 힘을 지니고 있으므로 처음에는 서로 방해하는 데 급급하다가 지칠 테고, 그러면서 되도록 서로를 방해하지 않는 쪽으로 방향을 틀 것이다. 즉, 이들은 서로 돕게 된다. 이 때문에 이들은 서로를 이해하며 협력하는 듯이 보인다. 아니, 그렇게 보이기만 한다. 그래서 관찰자는 실제로는 있지도 않은 어떤 의도나 정신을 이들에게 있다고 가정한다. 사소한 움직임 하나에도 어떤 동기가 있다고 여기고, 그러면서 수많은 논리의 기적을 만들어낸다. 함께 태어나 함께 모여 살고, 거의 동시에 변태變態하는 이들은 전원이 동일한 행동을 취할 수밖에 없다. 모두 공통된 습관을 지니고, 서로 화해하고, 사이좋게 살고, 벌집을 돌보고, 멀리 외출한 후에 다시 돌아오는 따위의 행동을 취할 수밖에 없다. 바로 이런 점 때문에 건축학, 기하학, 질서, 통찰력, 조국애, 공화국이라는 개념이 생겨난 것이다. 그러나 이 모든 개념은 그저 관찰가의 칭찬일 뿐이다."

이렇게 뷔퐁은 우리와 정반대 방법으로 꿀벌을 설명했다. 하지만 이 설명은 결국 아무것도 설명하지 못했다. 그 오류를 구체적으로 다루지는 않겠다. 하지만 서로 순응하고 서로 협력하며 공동생활을 영위하려면 그 나름의 지성이 있어야 한다. 또한 '1만 개체'가 어떤 방법으로 서로를 방해하지 않는지, 어떻게 서로 돕게 되었는지를 자세히 조사하면 할수록, 그 지성이 참으로 대단해 보이지 않겠는가?

게다가 생각해보면 우리의 역사도 이와 다르지 않다. 이 신경질적인 늙은 박물학자의 말 중에 우리 인간 사회에 들어맞지 않는 대사가 어디 있는가? 화려하게 치장하기는 했지만 사실은 필요가 만들어낸 쓰디쓴 과실에 불과한 것들이 인간 사회에는 매우 많다. 예를 들어 정치만 해도 그렇다. 자연 상태에서 내버려두면 유해한 각 개인의 활동을 이기주의를 이용해 공동의 이익을 추구하지 않는가. 그래도 굳이 꿀벌에게 인간의 관념이나 감정 같은 것이 없다고 주장하고 싶은가? 그렇다면, 우리는 우리가 놀랍게 생각하는 대상을 꿀벌에서 다른 것으로 바꾸면 된다. 꿀벌을 찬미하는 일이 그렇게 경솔한 짓이라면 자연을 찬미하면 된다. 이도 싫다면 다른 것을 찬미하면 된다. 결국 마지막에는 어떤 하나의 지점이 남게 될 것이다. 그러니 후퇴하고 양보해봤자 우리가 잃을 건 아무것도 없다.

23

어쨌든 내가 할 수 있는 말은 다음과 같다. 꿀벌들이 칭송하는 대상은 여왕벌 자체라기보다 그 안에 든 자신들 종족의 무한한 미래다. 꿀벌은 감상에 젖지 않는다. 중상을 입어 아무짝에도 쓸모없다고 판단된 동료는 가차 없이 버린다. 그러나 그녀들이 어미 벌에게 특별한 애착을 품지 않는다고 단언하기는 이르다. 꿀벌은 군중 속에서 단번에 어미 벌을 식별해낸다. 어미가 제아무리 연로하고 심지어 불구가 되었더라도 파수꾼은 낯선 여왕벌의 침입을 결코 허락하지 않는다. 설사 그 여왕벌이 무척 아름답고 왕성한 번식력을 지녔다 해도 말이다. 만약 여왕벌이 더는 임신할 수 없는 상태가 되면 일정한 수의 왕녀를 길러 새 여왕벌을 왕위에 앉힌다. 그럼 새 여왕이 뽑혔을 때 꿀벌은 옛 여왕벌에게 어떤 태도를 취할까? 아직 확실히 밝혀지지는 않았다. 그러나 화려하고 아름다운 여왕벌이 벌집 틀 위로 내려오면 벌집의 한쪽 구석에서, 노르망디 지방의 표현을 빌리자면 마르고 힘없는 옛 여왕의 모습이 종종 발견된다고 한다. 꿀벌들은 필시 옛 여왕을 죽이려고 하는 새 여왕의 증오로부터 옛 여왕을 철저히 보호해주었을 것이다. 여왕벌은 한 집에 두 마리가 함께 생활하게 된 그 순간부터 싸움을 시작할 정도로 서로에 대한 증오심이 깊기 때문이다. 따라서 연로한 여왕벌이 마지막 순간을 조용히 맞이하도록 꿀벌들이 도시의 한쪽 구석을 은신처로 제공해준다고 믿는 수밖에 없다. 이번에도 우리는 밀랍 왕국의 수많은 비밀들 중 하나에 접근했다. 그리고 꿀벌들의 정치나 그 밖의 습관들이 결코 미개하거나 옹졸하지 않고, 우리의 믿음 이상으로 정교하고 논리적이라는 사실을 확인했다.

24

그런데 우리 인간은 꿀벌이 확고하다고 믿는 자연법칙을 끊임없이 흔들어놓는다. 누군가가 시험 삼아 우리 주변의 중력, 공간, 빛 혹은 죽음 따위의 법칙을 모조리 없앤다면 우리는 어떻게 될까? 우리는 날마다 그와 비슷한 상황으로 꿀벌을 몰아넣는다. 예컨대 인간이 강제로 혹은 옳지 못한 방법으로 벌집 안에 제2의 여왕벌을 넣는다면 어떻게 될까? 이런 일이 벌어지면 그녀들은 절대적으로 준수해온 두 가지 법칙을 기준으로 사태를 원만히 해결하려고 한다. 그 첫째 법칙은 어미 벌은 한 마리뿐이라는 것이다. 이는 이제껏 지배해온 여왕벌이 불임일 때(아주 특수한 상황이다)를 제외하면 결코 바뀔 수 없다. 둘째 법칙은 좀 희한해서 그 자체를 완전히 없앨 수는 없지만 살짝 바꿀 수는 있다. 즉, 어떤 여왕이든 여왕벌이라는 정체성에 일종의 불가침성을 부여하는 것이다. 꿀벌에게 독이 든 1만 개의 침으로 이 새로운 미지의 여왕을 공격하는 것만큼 쉬운 일도 없을 것이다. 그렇게 하면 새 여왕벌은 죽을 것이고, 시체는 멀리 내다버리면 그만이다. 게다가 일벌은 서로 싸우거나 수벌을 죽이고, 기생충을 쓰러뜨리기 위해서라면 언제든 침을 뽑아드는 수고를 마다하지 않는다. 그런 일벌이 여왕벌에게는 절대로 침을 뽑지 않는다. 여왕벌도 자신의 침을 인간이나 동물이나 보통의 일벌에게는 휘두르지 않는다. 여왕벌의 무기는 곧게 뻗은 일벌의 무기와 달리 초승달처럼 굽어 있고, 그녀는 이를 다른 여왕벌과 싸울 때만 사용한다.

꿀벌은 자기 손으로 여왕을 죽이려고 하지 않는다. 여왕벌이 죽어야 질서가 회복되고 공화국이 번영하는 상황에 처했을 때도 그 죽음을 자연사로 위장하려고 애쓴다. 말하자면 죄를 무한히 세분화하여 결국 익명의 죄로 만들어버린다.

그녀들은 이를 위해서 먼저, 양봉가의 전문 용어를 빌리자면, 새로운 여왕벌을 '포장'한다. 즉, 그녀들은 서로 얽히고설키며 그 여왕벌을 감싼다. 일단 그녀가 이 움직이는 감옥에 들어오면, 굶어 죽거나 혹은 질식해서 죽을 때까지 종일토록 가둬둔다.

만약 그때 원래의 여왕벌이 다가와 경쟁자의 존재를 눈치 채고 공격 태세를 취하면 이 움직이는 감옥은 곧바로 그녀 앞에서 입을 벌린다. 그리고 꿀벌들은 이 두 여왕벌을 둘러싸고 싸움을 주시한다. 싸움에 가담하지 않는 것은 오직 어미 벌만이 다른 어미 벌에게 침을 쏠 수 있고, 백만 개의 생명을 품은 자만이 다른 백만의 생명을 죽일 수 있기 때문이다.

그러나 이 싸움이 시간을 오래 끌어 서로의 침이 몸 위를 맥

없이 스치기만 하거나 어느 한쪽이 도망치려는 낌새를 보이면, 꿀벌들은 그가 누구든 간에 도망자를 붙잡는다. 그리고 도망자가 다시 전의를 불태울 때까지 포위하고 기다린다. 덧붙이자면, 수많은 실험에서 매번 원래의 여왕이 승리했다. 이는 그녀가 자신의 영토에서 자신의 민중에게 둘러싸였다는 데 힘을 얻었기 때문일 수도 있고, 결투의 순간에는 공평하던 꿀벌들이 경쟁자를 감금하는 순간에는 그렇지 않았기 때문일 수도 있다. 새 여왕벌이 감옥에서 나올 때는 눈에 띌 정도로 많은 상처를 입고 매우 지쳐 있는 데 비해, 원래의 여왕벌은 전혀 고생한 빛을 보이지 않기 때문이다.

25

꿀벌이 어미 벌을 분간해내고 그녀에게 참된 애정을 쏟는다는 사실을 증명하는 데는 백 가지 말보다 한 가지 실험이 낫다. 먼저 벌집에서 여왕벌을 끄집어낸다. 그러면 앞서 묘사했듯이 꿀벌들은 각기 불안과 슬픔을 드러낸다. 몇 시간 후 여왕벌을 제자리에 돌려놓으면, 그녀들은 모두 나와 여왕을 영접하며 꿀을 바친다. 어떤 벌들은 여왕벌이 지나는 길에 울타리를 치고 기다린다. 어떤 벌들은 머리를 아래로, 배를 위로 향하게 한 자세로 그녀 앞에 반원형의 대열을 형성한다. 그리고 여왕의 무사 귀환을 축복하듯 큰소리를 내며 환영한다. 이 대열은 엄숙한 존경과 지극한 축복을 나타내는 왕가의 의식과도 같다.

이 실험에서 원래의 여왕벌 대신 외부에서 온 미지의 여왕벌을 넣어 꿀벌들을 속이려 하면 안 된다. 만약 그런 짓을 한다면 이 외부인이 두세 걸음을 채 떼놓기도 전에 화가 난 일벌들이 곳곳에서 달려들어 그녀를 붙잡아 감옥에 가둬버릴 것이다. 이 집요한 감옥의 벽은 서로 교체되면서 그녀가 죽을 때까지 계속된다. 그녀가 살아날 가능성은 거의 없다.

따라서 양봉가에게는 여왕벌의 도입과 교체가 큰 골칫거리일 수밖에 없다. 꿀벌은 어떤 시련이 닥쳐도 참아낸다. 그리고 슬기롭게 대처한다. 그렇다면 인간은 이처럼 영리하고 성실한 작은 곤충에게서 자신의 욕망을 채우기 위해, 또한 이들을 속이기 위해 어떤 술책을 쓸 수 있을까? 결론부터 말하면, 이러한 인간의 책략 때문에 꿀벌들이 혼란에 빠졌을 때 인간이 기댈 수 있는 것은 꿀벌의 훌륭한 현실 감각, 질서와 평화, 공공의 재산에 대한 애정, 미래에 대한 믿음, 정확하고 공정한 성격, 그리고 무엇보다도 지칠 줄 모르는 끈기뿐이라는 것이다.★2

26

지금까지 꿀벌이 지닌 각별한 애정에 대해 이런저런 이야기를 했다. 그런데 이 문제에 결말을 내기 위해서는 이들에게 애정이 존재하는 것은 사실이나 그 애정을 기억하는 기간이 매우 짧다는 점을 덧붙여야 한다. 예컨대 어미 벌을 며칠 동안 멀리 떼놓은 후 되돌려놓으면, 이 어미 벌은 딸들에게서 미지의 여왕벌이 받는 금고형보다 더한 처벌을 받는다. 이는 어미 벌이 없는 동안 일벌이 자신들의 거주지 10개 정도를 왕실로 바꾸었고, 따라서 종족의 미래에 더는 위기가 존재하지 않기 때문이다. 그녀들의 애정은 여왕벌이 미래를 위해 얼마큼의 공헌을 할 수 있는지에 따라 그 깊이가 달라진다. 그래서 처녀 여왕벌이 '결혼비행'의 위험한 의식을 치를 때면 시민들은 종종 여왕을 잃을까 두려워서 모두 함께 이 비극적인 사랑의 여행에 동참한다. 그러나 이 시민들에게 봉아소가 마련된 벌집 틀을 나눠주어 다른 어미 벌을 키울 수 있다는 희망을 품게 하면, 그런 광경은 완전히 사라진다. 꿀벌은 미래라는 신에 대한 열망이 인간보다 훨씬 더 강하다. 그래서 여왕벌이 이 신에 대한 의무를 게을리하면 애정은 곧 분노와 증오로 바뀐다. 예컨대 양봉가는 다양한 이유에서 여왕벌이 분봉 무리에 참석할 수 없게끔 한다. 이때는 날렵하고 민첩한 일벌은 빠져나갈 수 있으나 체격이 크고 무거운 여왕벌은 빠져나갈 수 없는 격자를 이용한다. 분봉 무리가 출발할 때, 여왕벌이 격자를 빠져나오지 못하면 꿀벌들은 벌집으로 돌아와 그녀의 태만함을 질책하고, 혹은 의지가 약하다며 비난한다. 두 번째 출발할 때도 여왕벌이 격자를 빠져나오지 못하면 아예 출발할 의욕이 없다고 판단하여 심하게 학대한다. 세 번째에는 종족의 미래를 책임질 능력이 없다고 여겨 감옥에 가둔 후 살해해버린다.

27

여기에서 알 수 있듯 꿀벌들은 통찰력, 협동성, 불굴의 투지, 상황 판단력 등 다양한 지혜를 지니고 있고, 그 모든 것들을 미래를 위해 쓴다. 우리 인간이 최근 그들을 간섭하면서 벌집에 생긴 여러 가지 초자연적인 사건들을 떠올리면, 그들의 지혜가 더욱 대단하게 느껴질 것이다. 앞서 든 예에서 여왕벌이 출발하지 못한 이유를 일벌이 잘못 해석하지 않았느냐고 반론할 수도 있다. 그러나 자연현상과 마찬가지로 우리와 차원이 전혀 다른 어떤 미지의 존재가 계략을 꾸며 우리를 함정에 빠뜨렸다면, 우리는 과연 꿀벌보다 민첩하게 사태를 파악할 수 있을까? 우레에 대해 그럴싸한 해석을 내놓기까지 우리는 몇 천 년이나 되는 시간을 허비하지 않았던가?

어떤 존재든 자신의 작은 영역을 벗어났을 때나 예측 불허의 사건을 겪게 되었을 때는 본래의 감각이 둔해지기 마련이다. 만약 격자 실험이 널리 퍼진다면 그녀들도 언젠가는 사태를 이해하고 대책을 세울 것이다. 실제로 꿀벌은 이미 다른 수많은 실험을 이해했고 재치 있게 대처해왔다. 예컨대, '움직이는 벌집 틀' 실험이나 '분리된 벌집 방' 실험이 그렇다. 이 실험은 대칭형으로 쌓은 작은 상자 안에 꿀을 저장시키는 실험이다. '본뜬 밀랍' 이라는 매우 놀라운 실험도 있다. 이 실험에서 인간은 꿀벌에게 밀랍으로 얇은 윤곽을 그린 벌집 구멍을 제공한다. 그러면 꿀벌은 그 용도를 곧바로 이해한다. 양분이나 노력을 낭비하지 않은 채 완벽한 벌집 방을 지으려고 그 밀랍 윤곽을 신중하게 늘려 나가기 때문이다. 즉, 꿀벌은 마음씨 고약한 어떤 신이 준비해둔 함정만 아니라면 어떤 상황에서든 인간이 생각할 수 있는 가장 바람직하고 유일한 해결책을 찾아낸다. 자연 상태에서 일어날 수 있는 아주 이례적인 상황을 꼽자면, 민달팽이나 생쥐가 벌집에 잠입한 후 그곳에서 죽었을 때를 생각할 수 있다. 이때 그녀들은 벌집의 내부 공기에 악영향을 끼칠 것이 분명한 그 시체를 어떻게 처리할까? 내다버릴 수 없는 상황이라면 도시의 건물들 사이에 밀랍과 봉랍으로 신기한 형태의 묘를 만들어 그 안에 밀폐시켜버린다. 작년에 나는 한 벌통 안에서 밀랍을 최대한 절약해 만든 무덤 세 기를 발견했다. 그것들은 한곳에 모여 있었는데, 한 묘의 경계가 다른 묘의 경계가 되는 벌집 방 구조를 띠고 있었다. 묘의 주인은 누군가 들여놓은 달팽이 세 마리였다. 흔히 시체가 달팽이일 때는 패각의 입구를 밀랍으로 뒤덮기만 하면 된다. 그런데 이때는 패각이 다소 부서져 금이 갔기 때문에 꼼꼼한 장의사들은 전체를 통째로 매장하는 편이 쉽겠다고 판단했다. 게다가 왕래를 방해하지 않도록 거추장스러운 덩어리 안에 일정한 수의 통로까지 만들어놓았다. 또한 통로는 그녀들 체격보다 두 배나 큰 수벌의 체격에 맞게 만들어졌다. 이 사실이나 다음에 예로 들 다른 사실에서 나는 여왕벌이 격자를 통과하지 못하는 이유를 언젠가 꿀벌도 알아차릴 수 있으리라 확신한다. 꿀벌은 몸을 움직이는 데 필요한 간격이나 틈에 대해 정확한 감각을 지녔다. 이는 흉

측한 탈박각시가 멋대로 세력을 휘두르는 지역에 사는 꿀벌들이 벌집 입구에 밀랍으로 만든 작은 원기둥을 세워 그 거대한 약탈자가 들어오지 못하게 한다는 사실에서 확인할 수 있다.

28

어쨌든 이 점에 대해서는 더 설명하지 않아도 될 것이다. 여왕벌의 역할과 처지를 정의하면, 여왕벌은 도시의 심장이자 노예이고 그 주위를 도시의 지성인 일벌이 둘러싸고 있다. 여왕벌은 유일한 지배자이나 동시에 하녀이기도 하다. 또한 사랑의 포로이면서 그 사랑에 책임을 져야 하는 대리인이다. 민중은 여왕을 섬기고 그녀를 존경하지만 자신이 여왕벌 자체에 종속된 것이 아니라 여왕이 수행하는 사명에, 여왕이 대표하는 운명에 종속되었음을 잊지 않는다. 우리 인간 사회에서 자신의 바람을 이렇게 잘 표현한 공화국은 아마 없을 것이다. 또한 이토록 합리적인 독립심과 이토록 완전한 복종심이 동시에 존재하는 민주정치도 찾기 어렵다. 이토록 가혹하고 절대적인 희생을 강요하는 정치 체제도 드물다. 나는 지금 희생 자체를 찬미하는 것이 아니다. 희생 없이도 좋은 결과를 얻을 수 있다면 그것이 최상이다. 그러나 그 희생의 원래 의미를 생각한다면—우리 지구의 사고방식에서는 이 원리가 꼭 필요한지도 모른다—꿀벌 조직이 얼마나 대단한지를 실감하게 될 것이다.

삶이란 즐거운 시간의 연속이고 괴로운 기억은 피할 수 없는 순간에만 겪으면 된다는 인간의 사고방식은 벌집에서는 통용되지 않는다. 벌집에서는 삶을 미래를 위해 엄격히 공유하고 활용해야 하는 것이라고 여긴다. 그래서 벌들은 행복과 권리를 절반 이상씩 포기해야 한다. 여왕벌은 낮 동안의 빛이나 꽃들, 자유에게 안녕을 고한다. 일벌은 사랑과 4, 5년 동안의 수명, 어미가 되는 환희를 단념한다. 여왕벌은 생식기관 때문에 뇌의 기능이 거의 제로 상태에 가깝다. 이에 비해 일벌은 뇌 활동 때문에 생식기관이 쇠약하다. 이러한 일들이 꿀벌들의 의지와 상관없이 일어난다고 여겨서는 안 된다. 물론 일벌은 자신의 운명을 개척할 수 없다. 그러나 주변에 있는 딸들의 운명을 주관하고 있다. 일벌의 유충은 여왕용 식사와 주거지를 제공받으면 여왕벌이 될 수 있다. 마찬가지로 여왕벌의 유충 역시 식사를 바꾸고 벌집을 작게 만들어주면 일벌로 변신한다. 이 경탄할 만한 현상은 벌집의 황금빛 어둠 속에서 수시로 일어난다. 또한 결코 즉흥적인 생각에서 비롯되지도 않았다.

인간만이 악용하는 그들의 예지, 늘 깨어 있는 예지는 도시 밖에서 일어나는 일과 도시 안에서 일어나는 일을 모두 고려한 후에야 판단을 내린다. 예컨대, 들판에 꽃들이 갑자기 넘쳐나거나 새로운 수확물이 생겼을 때, 여왕벌이 연로하거나 아이를 낳지 못하게 되었을 때, 인구가 증가해서 주거 공간이 좁다고 느꼈을 때, 우리는 꿀벌들이 새 왕실을 짓는 모습을 목격할 수 있다. 만약 수확량이 부족하거나 벌집이 지나치게 커졌을 때는 마찬가지로 왕실이 파괴되기도 한다. 또한 젊은 여왕벌이 결혼 비행을 마치지 않았거나 아직 성공하지 못했을 동안에는 왕실이 그대로 유지되지만, 그녀가 수태를 하고 돌아오면 왕실은 곧 붕괴된다. 그렇다면 이 예지, 지금 눈에 보이는 현재보다 아직 눈에 보이지 않는 미래에 더 비중을 두는 이 예지는 도대체 어디에 있는가? 단념하거나 선택하고, 양육하는가 싶으면 억제하고, 다수의 일벌을 여왕벌로 만들 수 있는가 하면 반대로 다수의 어미를 단순한 한 무리의 처녀 벌로 만드는 이 이름 없는 재능은 도대체 어디에 자리하는가?

나는 어떤 곳에서 이 예지가 '벌집의 정신' 안에 들어 있다고 이야기한 적이 있다. 그런데 만약 이 '벌집의 정신' 자체가 일벌들의 의회에 존재하는 것이 아니라면, 우리는 도대체 어디에서 이것을 찾아야 할까? 우리는 이 예지가 일벌들의 의회에 존재한다는 것을 확신할 수 있다. 뒤자르댕*, 브란트, 지라르, 포겔 등 여러 곤충학자들이 그런 것처럼, 현미경 아래에서 알맹이가 텅 빈 여왕벌의 두개골이나 2만 6천 개의 눈이 빛나는 수벌의 멋진 머리 옆에 처녀 일벌의 딱딱한 머리를 놓아두자. 그러면 우리는 이 작은 머리 안에서 벌집에서 가장 크고 주름이 많은 뇌를 보게 될 것이다. (뒤자르댕 : 프랑스의 동물학자)

이 두뇌의 조직은 인간의 그것과 확실하게 다르다. 자연계에서 인간 다음으로 아름답고 복잡한, 섬세한, 또한 완벽한 두뇌다.★3 우리가 아는 이 세계의 모든 정치 체제가 그렇듯, 여기에서도 두뇌가 존재하는 곳에 권력과 대부분의 힘, 예지와 승리가 존재한다. 또한 여기에서도 물질을 굴복시키고, 죽음이나 공허의 한복판에 작지만 긍지로 가득 찬 영원의 장소를 만들어 내는 데 성공한 것은 바로 저 지성이라는 신비로운 물질이다.

29

자, 이쯤에서 길고 긴 강의가 끝날 때까지 도저히 기다려주지 않을 것 같은 저 분봉이 일어나는 우리의 벌집으로 돌아가자. 출발 신호가 떨어지면 곧바로 도시의 모든 문들이 막강한 힘에 의해 활짝 열린다. 새카만 무리가 그 문의 수에 맞춰 2중, 3중, 4중으로 끊임없이 쏟아져 나온다. 이 분봉 무리는 수십만 개의 투명한 날개로 짜인 소란스러운 그물이 되어 공중에 퍼져 나간다. 그 모습은 마치 흥분한 손가락 수천 개가 반투명한 견직물을 짰다가 풀기를 반복하는 것 같다. 그리고 그물은 견직물이 스치는 듯한 소리를 내며 몇 분 동안이나 벌집 위를 떠다닌다. 그물은 보이지 않는 손이 집어든 기쁨의 베일처럼 물결치고, 방황하고, 고동친다. 붕붕거리는 노랫소리에 둘러싸여 햇볕을 실컷 쬔 이 화려한 그물은 한쪽 귀퉁이가 살짝 개켜지고 다른 한 귀퉁이가 살짝 들리면서 마침내 한 점을 향해 달려간다. 그 모습은 동화 속에서 소원을 들어주러 지평선 위를 날아가는 마법의 양탄자 같다. 이 양탄자는 미래의 성스러운, 현재 살아 있는 여왕벌을 뒤덮으러 그녀가 있는 곳으로 간다. 여왕벌은 나무에 달라붙어 있다. 마침내 그녀 앞에 이른 마법의 베일은 양탄자 자락을 황금의 쐐기에 걸고, 빛나는 날개로 둘둘 감기 시작한다.

이제는 침묵이다. 소동은 잠잠해진다. 엄청난 위험과 분노를 간직한 듯 보이던 저 무서운 베일도, 주변 사물에 매달려 시끄럽게 울어대던 황금빛 눈송이들도 곧 조용해져 나뭇가지에 매달린다. 무해하고 얌전한 방, 수천 개의 작은 입구들을 가진 살아 있는 방으로 변신한다. 그리고 피난처를 찾으러 나간 척후병의 복귀를 끈기 있게 기다린다.

30

'1차 분봉' 이란 이 분봉의 1단계를 말하며 반드시 여왕벌이 선두에 선다. 이 무리는 대개 가까운 나무나 관목에 정박하려고 한다. 여왕벌이 알을 품어 몸이 무거운 데다, 결혼비행 이후 혹은 전년도의 분봉 이후 햇빛을 본 적이 없어 날기를 꺼려하고, 심지어는 날개의 사용법까지 잊은 듯이 보이기 때문이다.

양봉가는 꿀벌 무리가 확실하게 모이기를 기다렸다가 큰 밀짚모자를 머리에 써야(꿀벌이 머리카락 안에 들어가면 덫에 걸린 줄 알고 침을 쏘기 때문이다) 한다. 만약 경험이 많은 양봉가라면 마스크도 쓰지 않은 채 팔꿈치까지 드러낸 팔을 찬물에 담근 후, 꿀벌들이 매달린 가지를 벌통 위에서 세차게 흔든다. 그러면 내용물이 잘 익은 과일처럼 벌통 안에 떨어진다. 만약 가지가 너무 튼튼해서 흔들 수 없을 때는 수저처럼 생긴 도구로 내용물을 직접 떠낸다. 그리고 그것을 벌통 안 곳곳에 흩뿌린다. 이때 양봉가는 주위에서 붕붕거리며 달려드는 꿀벌 무리를 두려워하지 않아도 된다. 또한 분봉 무리가 뿔뿔이 흩어지거나 이리저리 도망치진 않을까 걱정할 필요도 없다. 양봉가는 분노의 소리와 다른, 무언가에 도취된 노랫소리를 듣게 된다. 이미 언급했듯이, 이날만큼은 일벌도 축제의 기쁨에 취해 있기 때문이다. 재산을 꼭 지켜야 한다는 의무감에서 해방된 지금, 그녀들은 적을 의식하지 않는다. 그녀들은 지금 행복에 젖어 있다. 모든 동물이 이러한 맹목적인 행복의 순간을 맛본다. 이는 자연이 자신의 목적을 달성하고자 할 때 마련해주는 선물이다. 꿀벌이 이 자연의 섭리에 휘둘리고 있다고 놀랄 필요는 없다. 꿀벌보다 훨씬 진화한 두뇌를 지니고 몇 세기 전부터 자연을 관찰해온 우리 인간 역시 사정은 마찬가지니까.

여왕벌이 떨어진 장소가 무리의 거처가 된다. 설령 여왕벌 한 마리만 벌통에 떨어져도, 그 사실이 확인된 순간 모든 꿀벌들이 검은 대열을 지어 어미 벌이 있는 곳으로 달려온다. 이때 대부분의 벌이 서둘러 벌통에 들어가는 데 비해, 일부 무리는 낯선 입구에 잠시 멈춰 서서 환희의 원을 그린다. 농부들은 이를 가리켜 '집합 나팔을 분다' 고 표현한다. 그리고 이 순간 이 뜻밖의 피난처는 새 거처로 승인을 받아 아주 작은 구석까지 조사를 받게 된다. 이들은 먼저 벌집의 형태나 색깔, 양봉장 안에서의 위치 따위를 기억하고, 작은 머릿속에 이를 각인시킨다. 주변에 특징이 될 만한 사물도 확인하고 나면 이 신도시는 그녀들의 풍부한 상상력 속에서 완전한 모습으로 거듭난다. 그리고 모든 주민의 정신과 마음속에 확실하게 기억된다. 마침내 벌통 안에서는 여왕벌의 건재를 축복하는 찬가가 울려 퍼지고 노동이 재개된다.

31

만약 인간이 분봉 무리를 벌통 안에 채집해놓지 않으면 무리의 역사는 여기에서 끝나지 않는다. 이때 무리는 나뭇가지에 매달린 채 분봉이 시작되자마자 새 거주지를 찾으러 사방으로 흩어진 척후병이나 선발대가 돌아오기를 기다린다. 하나둘씩 돌아온 척후병은 자신이 알아온 사실을 무리에 보고한다. 사실 꿀벌의 생각을 읽을 수 없는 우리는 앞에 펼쳐진 광경에 대해 그저 인간의 경우와 비교해서 해석하는 수밖에 없다. 내 해석에 따르면, 무리는 척후병의 보고를 귀담아듣는다. 어떤 척후병은 자기가 본 나무에 파인 틈을 추천한다. 다른 척후병은 낡은 벽의 편리함을 득의양양하게 설명한다. 또 어떤 벌은 동굴의 우묵 팬 곳이나 버려진 구멍도 쓸 만하다고 말한다. 그들은 좀처럼 합의를 보지 못하고 다음 날 아침까지 회의하기도 한다. 마침내 결론이 도출되면 방 전체가 요동을 친다. 무리를 지었다 흩어지기를 반복하면서 세차게 날갯짓을 하여 울타리나 호밀밭, 아마 밭이나 건초 더미, 늪, 마을, 시내 따위를 단숨에 뛰어넘는 것이다. 그리고 흔들리는 구름이 되어 저 멀리 정해진 목적지를 향해 일직선으로 날아간다. 인간은 이 제2의 정박지까지는 쫓아가지 못한다. 꿀벌 무리는 자연의 품으로 돌아간다.

★1— 이 숫자는 정확하다. 단, 이는 번영의 정점에 있는 벌집일 때만 그렇다.
★2— 보통 외부에서 온 여왕벌을 들여놓으려면 먼저 철사가 달린 작은 바구니에 새 여왕벌을 가두고, 두 개의 벌집 틀 사이에 매달아둔다. 바구니에는 밀랍과 꿀로 만든 문이 달려 있다. 새로운 침입자 때문에 화가 났던 일벌은 화가 누그러들자마자 그 문을 물어뜯기 시작한다. 이리하여 일벌은 갇힌 여왕벌을 풀어주고, 대개는 별다른 나쁜 감정 없이 새 여왕을 환영한다. 로팅딘 양봉장의 소장인 S. 시민즈는 최근 극히 단순한 다른 방법을 발견했다. 이 방법은 성공률이 높아서 양봉가들 사이에 널리 보급되기 시작했다. 일반적으로 새 여왕벌을 들여놓기 어려운 까닭은 그 여왕벌의 태도에 문제가 있기 때문이다. 새 여왕벌은 흥분하거나 이성을 잃어 도망치고, 침입자처럼 행동해 일벌들의 의심을 산다. 그래서 시민즈는 들여놓을 여왕벌을 먼저 반 시간 정도 완전히 격리해놓고 먹이를 주지 않는다. 그런 다음 어미를 잃은 벌집의 안쪽에 새 여왕벌을 놓아둔다. 그러면 그때까지의 격리에 절망하던 여왕벌이 다시 꿀벌들 속에 놓였다는 행복감에 취해, 또한 배고픔에 못 이겨 일벌들이 가져다주는 식량을 말끔히 먹어치운다. 일벌은 이 자신만만한 태도에 속아 새 여왕벌을 의심하지 않고 옛 여왕벌이 되돌아왔다고 착각한다. 이 실험에서는 유베르를 비롯한 여러 관찰자들의 의견과 반대로 일벌이 여왕벌을 분간해낼 수 없다는 결론이 나온다. 두 가설 중 그래도 가장 그럴싸한 제2설—진실은 아직 알려지지 않은 제3설일지도 모른다—은 꿀벌의 심리가 얼마나 복잡하고 난해한지를 다시 한 번 입증한다고 할 수 있다. 분명한 것은 어떤 가설을 통해서든 하나의 결론은 이미 도출되었다는 것이다. 그것은 바로 일벌들은 호기심으로 가득 차 있다는 것이다.
★3— 뒤자르댕의 계산에 따르면, 꿀벌의 뇌는 곤충 몸무게의 174분의 1에 해당하고, 개미는 296분의 1이라고 한다. 그러나 지적 능력은 개미가 더 월등하다고 한다. 가설은 그대로 두고, 양쪽의 특징을 종합해보면 개미와 꿀벌의 지적 능력이 비슷한 수준이라고 결론짓는 편이 무난하다.

3
장

도시건설

이 도시는 지표에서 우뚝 솟은 인간의 도시와 달리,
허공에서 아래로 내려가는,
역逆 원뿔 모양으로 거꾸로 선 도시다.

1

이 장에서는 양봉가가 채집한 무리가 새 벌집 안에서 무슨 일을 하는지 알아보자. 그리고 먼저 처음에 롱사르가

작은 몸에 온순하고 신비로운 자

라고 노래한 5만 마리의 처녀들이 치러온 희생을 떠올리자. 또한 지금 이런 사막 같은 곳에서 생활하려는 그녀들의 용기를 다시 한 번 찬양하자. 그녀들은 자신이 태어나고 자란 도시, 생활이 그토록 안정되고, 그토록 훌륭하게 조직된 도시, 꽃들의 과즙으로 한겨울에도 미소 지을 수 있었던 저 풍요로운 도시를 완전히 잊었다. 게다가 그녀들은 다시는 만날 수 없는 많은 딸들을 요람에 눕혀놓은 채 떠나왔다. 밀랍과 봉랍과 저장해둔 막대한 보물뿐 아니라, 60킬로그램, 즉 전 주민의 체중의 12배, 꿀벌 약 60만 마리의 무게에 해당하는 꿀까지 두고 왔다. 이 꿀

은 인간을 기준으로 환산하면 4만 2천 톤의 식량에 해당한다. 비교해서 말하자면 이 꿀은 우리가 아는 그 어떤 것보다도 귀중하고 완벽한 음식물을 적재한 대형 선단船團이나 다름없다. 그 어떤 것보다 귀중하고 완벽한 음식물이라고 표현한 것은 꿀벌에게 이 꿀이 일종의 유동식 — 곧바로 소화할 수 있고, 게다가 앙금이 거의 남지 않는 — 이자, 일종의 젖으로 만든 죽이기 때문이다.

그런데 이 새로운 거주지에는 아무것도 없다. 꿀 한 방울도, 밀랍 기둥 하나도, 표적 하나도, 어떤 거점조차 없다. 이곳에는 지붕과 벽뿐인 거대한 건축물이 있을 뿐이다. 둥글고 미끄러운 벽에는 그림자만 드리워져 있고, 위에는 둥근 천장이 있다. 그러나 꿀벌은 후회를 모른다. 중간에 포기하는 법도 없다. 이들의 열의는 꺾이기는커녕 오히려 더 맹렬히 불타오른다. 벌통이 제자리에 놓이고 혼란이 가시면 곧바로 무질서한 군중 사이에 매우 체계적인 분업이 시작된다. 먼저 대부분의 꿀벌은 명령을 따르는 군인처럼 두꺼운 기둥이 되어 건물의 깎아지른 벽을 기어오른다. 이 무리가 천장의 정점에 닿으면 처음 그곳에 도착한 벌들이 앞다리의 발톱을 이용해 천장에 매달린다. 그 다음 벌들이 최초의 벌들을 붙잡고, 그 다음 벌들도 끊임없이 올라오는 군중을 위한 가교가 만들어질 때까지 같은 일을 되풀이한다. 이 가교는 점점 두꺼워지고 튼튼해지며 한없이 이어진다. 이리하여 수많은 벌들이 끊임없이 올라가면 이번에는 그것 자체가 두꺼운 삼각형의 커튼이 된다. 삼각형의 꼭짓점은 둥근 천장에 고정되고 밑변은 벌집 높이의 절반이나 3분의 2가 되는 지점까지 내려간다. 거꾸로 선 원뿔 모양으로 변하는 것이다. 최후의 꿀벌이 어둠 속에 매달린 이 커튼에 합류하면, 벌집 안은 서서히 고요해진다. 이 기묘한 원뿔은 오랫동안 움직이지 않으며 종교적 행사를 떠올리게 하는 침묵 속에서 밀랍의 신비가 도래하기를 기다린다.

이 경이로운 커튼의 주름에는 이제 곧 마법의 선물이 내려올 것이다. 그러는 동안 이 커튼의 형성에 관심을 보이지 않던 다른 꿀벌, 즉 벌통 바닥에 멈춰 있던 무리는 다른 일에 뛰어든다. 이들은 지면을 꼼꼼히 청소한다. 마른 잎, 작은 나뭇가지, 모래알 따위를 하나씩 정성껏 멀리까지 운반한다. 일벌은 거의 편집적이라 할 만큼 청소를 좋아한다. 그 정도가 얼마나 심하냐 하면, 한겨울에 닥친 혹한 때문에 양봉 언어에서 말하는 '청결 비행'을 할 수 없을 때는 병에 걸려 집단으로 사망할 정도다. 그러나 수벌은 구제할 수 없을 정도로 청소에 무심하다. 자신이 드나드는 벌집을 마구 어지럽히기 때문에 일벌은 끊임없이 수벌의 뒤를 따라다니며 청소를 해댄다.

청소가 끝나면 또 하나의 무리가 벌집 아랫부분에 꼼꼼히 진흙을 발라 기초를 다진다. 그리고 균열이 생긴 부분을 모두 찾아내 밀랍으로 채운다. 그러면 주거지는 위에서 아래까지 광택이 나기 시작한다. 시간이 흘러 입구의 파수꾼이 재편성되면 일정한 수의 일벌이 들판으로 나가 화밀과 꽃가루를 채집해 돌아온다.

2

주거지의 진짜 토대는 저 신비로운 커튼 속에 감춰져 있다. 커튼을 열어젖히기 전에 먼저 우리는 꿀벌들의 지성, 주거지를 쾌적한 곳으로 만들고 허공에 도시의 도면을 그리거나 논리적으로 기록하는 데 필요한 결단력, 계산, 기술의 정확함 등을 이해하려고 노력하기로 하자. 건물은 되도록 경제적이고 신속하게 지어야 한다. 여왕벌이 산란을 서두르고 있는 데다 알 몇 개가 벌써 지면에 흩뿌려진 상태이기 때문이다. 게다가 아직 상상 속에 머물러 있긴 하지만, 지금까지 보지 못한 형태가 될 것이 분명한 다양한 건축물의 환기, 안정성, 강도의 법칙 따위도 소홀히 할 수 없다. 그 밖에도 밀랍의 내구력, 저장해야 할 식량의 성질, 교통의 편리함, 여왕의 습관, 사전에 어느 정도 결정되어 있는 배치 — 그 배치가 구조상 가장 좋기 때문이지만 — 창고, 집, 도로, 통로의 간격 등 일일이 열거하기에도 벅찬 여러 가지 문제들을 고려해야 한다.

게다가 인간이 꿀벌에게 제공한 벌집의 형태는 너무도 다양하다. 나무 구멍 벌집, 아시아나 아프리카에서 아직까지도 사용하는 도기 통 모양의 벌집도 있다. 해바라기며 풀협죽도, 접시꽃 덤불 따위에서 볼 수 있는 고전적인 범종 모양에서 오늘날 이동식 양봉의 본격적인 공장이라고 할 수 있는 형태에 이르기까지, 그야말로 천차만별이다.

순종적인 분봉 무리를 어느 날 갑자기 낯선 거주지에 살게 하는 것은 인간의 변덕과 책략이다. 하지만 그 황당한 거주지를 잘 활용하고 설계도를 적절히 변경하며 겨울에 대비하는 창고의 위치를 결정하는 것은 벌들이다. 흔히 벌통 옆에서는 동면하는 동물이 열을 뿜어낸다. 따라서 벌은 겨울을 대비한 창고를 그 따뜻해진 땅에 지어서는 안 된다. 봉아소의 벌집 틀이 모일 지점을 예상하는 것도 그녀들의 몫이다. 봉아소가 있는 벌집 틀은 엄청난 재난을 피하기 위해 유의할 점이 많다. 너무 높거나 너무 낮아도 안 되고, 문에서 너무 가깝거나 너무 멀어도 안 된다. 예컨대 어떤 꿀벌 무리가 좁고 긴 복도만 있는 쓰러진 나무줄기에서 인간이 만든 벌통 안으로 왔다고 해보자. 이들이 보기에 새 집은 탑처럼 우뚝 솟은 데다 천장은 아예 캄캄한 어둠 속에 묻혀 보이지도 않을 것이다. 꿀벌은 이미 몇 세기 전부터 시골에 흔히 있는 짚으로 만든 벌집의 돔 아래에서 생활하는 데 익숙해져 있다. 그런데 지금 그것보다 서너 배나 넓은 상자에, 그것도 나무 틀이 입구와 평행 또는 수직으로 겹쳐져 있고 표면에는 그물이 어수선하게 뒤덮여 있는 상자에 들어와 있다. 얼마나 황당할지 짐작이 가는가?

3

그러나 그건 그리 큰 문제가 아니다. 제공된 주거지가 도저히 살 만한 곳이 못 되는 경우를 제외하고, 분봉 무리가 일하기를 거부하거나 이 이상한 상황에 낙담한 채로 가만히 있는 일은 일어나지 않기 때문이다. 또한 그러한 상태에 처했을 때도 꿀벌들은 실망하거나 반기를 들거나 의무를 저버리지 않는다. 그곳을 떠나 더 좋은 곳을 찾아 나갈 뿐이다. 또한 지금까지 이 무리에게 유치하고 불합리한 일을 시켜서 성공한 사례는 단 한 건도 없었다. 꿀벌이 이성을 잃었다는 이야기도 들어본 적이 없고, 어떤 방침을 취해야 할지 모르는 채 되는 대로 건축을 했다는 사실이 확인된 적도 없다. 시험 삼아 꿀벌을 구체球體나 정육면체, 피라미드형이나 타원형이나 다각형의 바구니 안, 또는 원통이나 나선형의 벌통 안에 넣어보자. 그녀들이 새 주거지를 받아들였다면 며칠 후에 그곳을 다시 방문한다. 그러면 이 독립심이 풍부하고 지성이 뛰어난 꿀벌들은 곧장 회의를 통해 그곳에서 가장 적절한 공간을 창출해낼 것이다.

인간이 조금 전에 언급한 나무 상자를 꿀벌의 새 거주지로 정했을 때, 그 틀이 벌집 틀을 만드는 데 좋은 출발점이나 거점을 제공하지 못한다면 그녀들은 그 틀을 무시해버릴 것이다. 꿀벌이 인간의 바람이나 의도를 염두에 두지 않는 것은 매우 당연한 일이다. 그런데 이때 양봉가가 나무 틀에 가늘고 긴 밀랍 덩어리를 붙여두면, 꿀벌은 거기서 생기는 이점을 곧바로 알아챈다. 그래서 가느다란 밀랍을 조심스럽게 늘리고 자신의 밀랍을 그곳에 붙여가면서 양봉가의 설계도대로 벌집 틀을 연장해 나간다. 마찬가지로 — 오늘날의 대규모 양봉업에서는 매우 흔한 일이지만 — 분봉 무리를 넣을 벌통의 각종 나무 틀에 형태를 잡아놓은 밀랍 판을 붙여두면, 꿀벌은 그 옆에 새 건축물을 지을 생각을 하지 않는다. 밀랍을 낭비할 마음이 없기 때문이다. 그들은 자신들의 일이 절반쯤 끝나 있음을 깨닫고, 밀랍 판에서 벌집 방을 하나씩 파내려간다. 밀랍 판이 엄밀히 수직이 되어 있지 않은 곳은 차례대로 수정을 가하는 데 만족한다. 이러한 방법으로 그녀들은 떠나온 도시에 비해 전혀 뒤떨어지지 않는 훌륭한 도시를 1주일 이내에 완성한다. 만약 자신들의 힘만으로 이를 시도한다면 이처럼 풍부하고 하얀 밀랍 창고와 집을 짓는 데 2, 3개월은 족히 걸릴 것이다.

4

이러한 적응 정신은 본능의 영역을 훨씬 초월하는 듯하다. 게다가 본능과 지성을 구별하는 것만큼 제멋대로인 것도 없다. 존 러벅 경은 개미와 말벌과 꿀벌에 관한 극히 개성적이며 흥미로운 관찰을 실시한 인물인데, 특히 열심히 연구한 개미를 편애했다. ―어떤 관찰자든 자신이 연구하는 곤충이 다른 곤충보다 머리가 좋고 주목할 가치가 있기를 은근히 바란다. 이러한 사소한 자존심은 연구 성과에 결점이 될 수 있으므로 주의하는 것이 좋다― 그 편애 때문인지 존 러벅 경은 꿀벌에게는 이렇다 할 분별력도, 이성적인 능력도 없다고 단정하는 경향이 있다. 그는 그 증거로 누구나 간단히 시험해볼 수 있는 한

가지 실험을 들었다.

먼저 유리 단지 안에 파리 6마리와 같은 수의 꿀벌을 넣는다. 다음에 이 유리 단지를 수평으로 눕혀서 밑바닥이 창문을 향하도록 한다. 그러면 꿀벌은 배고픔과 영양실조로 죽을 때까지 몇 시간이나 단지의 바닥에서 출구를 찾으려고 안달한다. 이에 비해 파리는 2분도 채 지나지 않아 반대쪽에 있는 입구를 찾아 전원 탈출한다. 존 러벅 경은 이 사실에서 꿀벌의 지성이 극히 낮은 수준에 있다고 결론지었다. 그러나 이 결론은 옳지 않다. 투명한 단지의 밑과 입구를 20회 정도 교대로 밝은 곳을 향하게 해보자. 그러면 꿀벌은 20회 모두 빛이 들이치는 쪽으로 방향을 튼다. 즉, 영국의 석학이 실시한 실험에서 꿀벌의 발목을 잡은 것은 그녀들의 빛에 대한 사랑과 갈망이었다. 꿀벌은 각종 감옥에서 가장 강한 빛이 들이치는 방향에 해방의 실마리가 있다고 생각했고, 또 그에 따라 행동했다. 바꿔 말하면 너무나 논리적으로 행동했을 뿐이다. 꿀벌은 유리라는 초자연적인 물질을 이제껏 한 번도 경험해보지 못했음이 확실하다. 오히려 파리는 논리라든가 빛에 대한 유혹, 유리의 수수께끼 따위에는 아무런 관심도 없고, 그저 유리 감옥 안을 이리저리 날아다니다가 마치 소 뒷걸음치다 쥐 잡은 격으로 출구를 찾았을 뿐이다.

5

이 박물학자는 꿀벌에게 이렇다 할 지성이 없음을 나타내는 또 하나의 예를 들었다. 그가 든 예는 미국의 저 위대한 양봉가 랭스트로스의 문장에 나와 있다.

"파리는 꽃 위가 아닌, 익사할 가능성이 충분한 물질 위에서 생활할 운명을 타고났다. 그래서 액체 형태의 먹이가 든 기구의 가장자리에 앉을 때는 매우 세심한 주의를 기울이고, 상당히 조심스럽게 먹이를 퍼낸다. 이에 비해 저 애처로운 꿀벌은 무턱대고 머리부터 들이밀기 때문에 액체에 빠져 익사한다. 또한 다른 꿀벌이 이 먹이에 접근할 때도, 동포들의 불길한 운명은 그녀들을 저지하지 못한다. 그녀들은 마치 미치광이처럼 동포의 시체 위로 계속 떨어져 비참한 최후를 함께 맞이한다."

굶주린 수많은 꿀벌에게 습격당한 과자점을 본 적이 없다면 이들의 광기가 얼마나 대단한지를 상상할 수 없을 것이다. 나는 실제로 그런 광경을 목격한 적이 있다. 시럽에 빠진 수천 마리의 꿀벌은 빠져나오지 못해 안달을 했다. 설탕 위를 지나간 다른 수천 마리의 꿀벌은 땅에 떨어져 새카만 융단을 만들었다. 창문은 꿀벌 무리로 뒤덮여 빛이 들어올 수 없는 지경이었다. 어떤 벌은 몸을 질질 끌고, 어떤 벌은 날기 위해 펄쩍대며, 또 어떤 벌은 너무 끈적이는 탓에 날개를 주체하지 못했다. 이 참담한 상황에서 간신히 먹이를 건져 집으로 돌아간 벌들은 전체의 10퍼센트도 되지 않았다. 그러나 더 불행히도 하늘은 이들의 뒤를 이은 신참의 행렬로 뒤덮여 있었다.

그러나 인간이 지닌 지성의 한계를 측정하려 드는 초인간적인 관찰자가 알코올 중독자의 황폐함이나 전쟁의 참담한 광경을 보았을 때와 비교한다면 이 참상은 그리 대단하다고 할 수 없다. 이 참상은 꿀벌로서는 매우 이례적인 일이다. 꿀벌은 냉정하고 무자비한 자연에서 생활하기 위해 태어난다. 자연의 확고한 법칙을 무너뜨리고 기이한 현상들을 잇달아 만들어내는 인간이라는 존재 옆에서 생활하기 위해 태어나는 것이 아니다. 자연의 질서 안에서라면, 또한 그들이 태어나고 자란 숲의 단조로운 삶 속에서라면 랭스트로스가 묘사한 그 광기 어린 사태는 일어날 수 없다. 꿀이 가득 든 벌집이 우연히 부서져 떨어지기라도 하지 않는 한 말이다. 설사 벌집이 떨어진다 해도 창문이라든가 설탕, 빠져 죽을 만큼 많은 양의 시럽이 존재할 리 없다. 그러니 많은 희생자를 내지 않고 사태는 곧 수습될 것이다.

만약 어떤 이상한 힘이 우리의 이성을 시시각각 시험한다면 우리는 꿀벌 이상으로 냉정함을 유지할 수 있을까? 꿀벌의 지성은 인간의 함정을 간파하기 위해 존재하는 것이 아니다. 이는 인간의 지성이, 어떤 미지의 뛰어난 생물체가 꾸민 함정을 파악하기 위해 존재하는 것이 아닌 것과 마찬가지다. 우리는 우리를 지배하는 생물을 알지 못하기에 이 지구에서 우리가 모든 생물의 위에 있다는 결론을 내렸다. 하지만 이 결론에는 이론異論의 여지가 있다. 나는 지금 인간이 무언가 어리석은 행위를 저질렀을 때, 그것이 실은 어떤 우수한 지성이 파놓은 덫에 걸린 것이라고 주장하는 것이 아니다. 그러나 이것이 사실로 밝혀지지 말란 법도 없다. 또한 꿀벌이 우리를 원숭이나 곰과 구분하지 못한다고 해서 이들에게 지성이 없다고 단정할 수는 없다. 인간의 내부나 주변에도 실제로는 매우 다른데 이를 잘 식별하지 못하는 어떤 영향력이나 힘이 존재하기 때문이다.

나 자신도 조금 전에 존 러벅 경을 비난한 것과 같은 실수를 범하기 시작했다. 그러므로 어서 빨리 이 변명을 끝내야겠다. 그래도 한 가지 덧붙인다면, 이 정도의 어리석은 행동을 저지를 수 있으려면 그 나름의 지성을 지녀야 한다는 것이다. 그렇지 않은가? 지성과 마찬가지로 불확실한 것 중에 정열이 있다. 이 정열만 해도 그것이 불꽃이 다 타오른 후의 연기인지, 불꽃이 한창 타오르고 있는 심지인지는 분명하지 않다. 이때 꿀벌의 정열은 지성의 비틀거림을 변명하는 데 충분할 정도로 고상하다. 저돌적인 행동을 하도록 꿀벌을 몰아세우는 것은 꿀로 마음껏 목을 축이고 싶다는 동물적인 욕구가 아니다. 그런 욕구라면 벌집의 저장실에서 얼마든지 해소할 수 있다. 이 의문은 똑같은 상황에서 꿀벌의 행동을 가만히 관찰하면 곧바로 풀린다. 이들은 먹이 주머니가 가득 차면 곧바로 벌집으로 돌아와 수확물을 내려놓고, 다시 수확물을 가지러 갔다가 돌아오기를 1시간에 30번 정도나 반복하기 때문이다. 이런 대단한 일을 하게끔 몰아붙이는 욕구는 저 어리석은 행동을 유도하는 욕구와 성질이 같다. 즉, 그것은 동포와 벌집의 미래를 위해 되도록 많은 이익을 가져다주려는 열의다. 만약 인간의 광기가 이들의 열의처럼 순수한 동기에서 비롯되었다면 우리는 아마 그것을 광기가 아닌 다른 이름으로 불렀을 것이다.

6

그러나 진실은 전부 밝혀야 한다. 꿀벌들의 산업, 보안 체제, 놀라운 자기희생 정신은 우리를 놀라게 하지만, 그들에게는 우리가 결코 칭찬할 수 없는 부분이 분명히 있다. 그것은 동료의 죽음이나 불행에 무심하다는 것이다. 꿀벌은 매우 신기한 이중성을 지녔다. 벌집 안에 있을 때 이들은 서로 사랑하고 돕는다. 마치 여러 마리가 한 마리인 양 결합한다. 그중 한 마리가 상처를 입으면 다른 천 마리가 그 원수를 갚는 데 기꺼이 자기 목숨을 내놓는다. 그러나 벌집에서 한 발자국만 떨어지면 이들은 완전히 안면을 바꾸고 서로를 무시한다.

시험 삼아 벌집에서 몇 발자국 떨어진 곳에 꿀이 든 벌집 틀을 놓아보자. 그 위에 같은 벌집에서 나온 꿀벌 10마리, 20마리, 혹은 30마리를 다리를 분지르거나 짓뭉개서 올려놓자 — 아니, 이 실험은 지나치게 잔혹하므로 정말로 실행하는 것은 관두도록 하자. 어차피 결과는 뻔할 테니까 — 어쨌든 그런 가정을 해보자. 그러면 이 위를 날아가는 멀쩡한 꿀벌들은 상처 입은 동료들을 쳐다보지도 않는다. 중국도中國刀처럼 생긴 이상한 혀를 사용해서 벌집 틀의 꿀을 빨아들이기만 한다. 옆에서 죽어가는 동료가 최후의 몸부림을 치든 절규를 하든 전혀 신경 쓰지 않는다. 그리고 꿀이 든 벌집 틀이 텅 비면 이번에는 다친 동료들에게 묻어 있는 꿀을 먹고자 달려든다. 물론 동료들을 구할 생각은 없다.

그녀들에게는 자신들이 빠져 있는 위험에 대한 관념도 없고 연대감이나 동정 따위는 더더욱 없다. 사실 그녀들은 위험을 모른다. 연기를 제외하면 그 무엇으로도 그녀들을 쩔쩔매게 할 수 없기 때문이다. 그녀들은 벌집을 나설 때 푸른 하늘과 함께 인내심이나 배려의 감정을 빨아들이는 모양이다. 그리고 방해하는 자가 있으면 순순히 물러나고, 자신에게 가까이 다가오지 않는 자는 무시해버린다. 즉, 모두의 것이며 동시에 저마다의 장소가 있는 이 세계에서 그녀들은 자기 몫을 확실하게 인지하고 있다. 그러한 정신의 바탕에는 충만한 자신감이 있다. 누군가에게 위협을 당하면 멀리 돌아갈지언정 절대로 도망치지는 않기 때문이다. 벌집 안에서라면 이러한 위험에 대해 수동적이고 소극적인 태도를 취하는 법도 없다. 그때는 위협을 가하는 생물이 무엇이든 간에 믿을 수 없을 정도의 격렬함으로 맞서 싸운다. 개미든 사자든 혹은 인간이든 간에 일제히 단합해 공격을 퍼붓는다. 이는 우리가 말하는 분노나 집념, 혹은 집단 영웅주의와 흡사하다.

그러나 이들이 벌집 안에서는 그토록 강력한 연대감을 드러내면서 왜 벌집 밖에서는 서로를 무시하는지, 나는 설명하지 못하겠다. 어떤 종류의 지성이든 이런 뜻밖의 한계를 가지고 있다고 해야 할까? 아니면 지성이라는 작은 불꽃은 늘 이렇게 불확실해서 사소한 한 가지 일을 해결하는 데도 수많은 희생을 담보로 한다고 여겨야 할까? 꿀벌은 다른 어떤 생물보다 완벽하게 공동 작업을 실천하며 미래를 숭배하고 미래를 사랑한다. 그래서일까? 그래서 그녀들은 무엇이든 그렇게 쉽게 잊어버리는 걸까? 꿀벌은 자기들 앞에 놓인 것을 사랑하고, 우리는 우리 주위에 있는 것을 사랑한다. 어느 한쪽을 사랑하면 다른 한쪽에 소홀해지기 마련이다. 게다가 자비나 동정의 대상만큼 변하기 쉬운 것도 없다. 이 비정한 태도만 해도 그렇다. 만약 옛날이었다면 그녀들의 비정한 모습을 보고도 그리 놀라지 않았을 것이다. 선조들은 이런 일로 그녀들을 비난하려 들지 않았을 것이다. 아니, 그 무엇보다도 우리가 꿀벌을 관찰하듯 어떤 미지의 존재가 우리를 관찰한다면, 우리는 그 미지의 존재가 느낄 놀라움을 과연 얼마나 꿰뚫어볼 수 있을까?

7

꿀벌의 지성에 대해 보다 확실히 알기 위해서는 그들이 서로 어떻게 자신의 의지를 전달하는지를 알아보아야 한다. 꿀벌이 서로 이해하고 있는 것은 분명하다. 이토록 많은 인구가 서로 협조하며 살아가는 공화국에서 주민들이 서로 이해하지 못하고 있다는 것은 말이 되지 않는다. 주민들에게는 분명 자신의 생각이나 감정을 나타내는 능력이 있을 것이다. 어쩌면 음성적인 언어를 사용할지도 모른다. 촉각적인 언어를 활용하거나 우리는 전혀 짐작할 수 없는 미지의 감각 또는 물질의 특성에 따른 자기적磁氣的 직관의 도움을 빌릴지도 모른다. 만약 이 가정이 사실이라면 그 직관의 근원은 어둠 속에서 어떤 사물이나 상황을 알아채는 저 불가사의한 촉각 — 체이셔의 계산에 따르면, 일벌은 촉모* 1만 2천 개와 촉각 구멍觸角孔 5천 개를 지녔다고 한다 — 의 어딘가에 존재할 가능성이 크다. 그녀들의 언어에는 일상생활을 표현하기 위한 것뿐 아니라 비정상적인 상황을 의미하는 단어가 확실히 존재할 것이다. 이는 좋은 소식이든 나쁜 소식이든, 또한 일상적인 종류의 것이든 초자연적인 종류의 것이든 간에 어떤 소식이 벌집 안에서 순식간에 전달되는 과정을 보면 알 수 있다. 그러한 소식에는 어미 벌의 실종이나 귀환, 벌집 틀의 낙하, 적의 잠입, 다른 여왕벌의 침입, 도적의 접근, 보물 발견 따위가 있다. 이러한 각 사건마다 꿀벌이 취하는 태도나 그때 지르는 소리는 매우 다르고 또한 특징적이어서, 경험이 풍부한 양봉가라면 무리에게 어떤 일이 일어났는지를 쉽게 예상할 수 있다. (촉모 : 절지동물의 촉각을 담당하는 감각모)

만약 더 확실한 증거를 원한다면 창틀이나 탁자의 한쪽 구석에서 몇 방울의 꿀을 발견한 한 마리 꿀벌을 관찰해보면 된다. 이 꿀벌은 꿀을 담는 데 심취해 있기 때문에 작은 붓으로 그 가슴팍에 아주 쉽게 표시를 남길 수 있다. 사실 이 탐욕스러움도 겉모습에 지나지 않는다. 이때 꿀은 위에 들어가는 것이 아니다. 꿀은 먹이 주머니, 이른바 공동체의 위에 쌓인다. 벌은 이 저장 탱크가 가득 차면 그 자리를 떠나는데, 나비나 파리처럼 곧바로 날아오르지 않는다. 잠시 창문턱이나 탁자 주위를 조심스럽게 오간 후 얼굴을 건물 쪽으로 향한 채 날아간다.

그렇게 장소를 정확히 파악하고 자신의 기억 속에 보물의 정확한 위치를 새긴다. 그런 후 벌집으로 돌아가 저장실에 수확물을 토해낸다. 다시 3, 4분 후에는 발길을 돌려 새 수확물을 가지러 가기 위해 그 창턱으로 날아온다. 이렇게 쉴 새 없이 벌은 창문에서 벌집으로, 벌집에서 창문으로 규칙적인 여행을 되풀이한다.

8

나는 꿀벌에 대해 글을 쓴 다른 많은 사람들처럼 진실을 포장할 생각은 없다. 이 종족에 대한 관찰 기록은 그 내용이 전적으로 사실일 때에야 비로소 흥미를 불러일으킬 수 있다. 예컨대 꿀벌이 외부에서 일어난 사건을 동료들에게 전달할 수 없다는 것이 사실이라 해도, 나는 절대로 실망하지 않을 것이다. 그리고 결국 인간이 이 지구상에서 가장 지적인 존재임을 재확인하고 기뻐할 수도 있다. 게다가 어느 정도 삶의 연륜이 쌓이면 놀라운 사실을 지껄이기보다는 진실을 이야기하는 데 더 큰 기뿜을 느끼는 법이다. 전혀 꾸미지 않은 어떤 진실이 그 시점에서 가능한 포장보다 위대하지도, 고귀하지도, 흥미롭지도 않다면 우리에게 잘못이 있는 것이다. 우리의 존재나 우주의 법칙이 그 진실과 맺은 관계를 식별하지 못한 잘못 말이다. 풍요롭게 하고 발전시켜야 할 것은 진실이 아닌 우리의 지성이다.

따라서 앞의 실험에서 꿀벌이 이따금 홀로 돌아온다는 사실을 이 자리에서 고백한다. 꿀벌도 인간과 마찬가지로 성격이 제각각이어서 과묵한 자가 있는가 하면 수다스러운 자도 있다. 내 실험에 입회한 어떤 이는 수많은 꿀벌이 부의 원천을 밝히지 않거나, 노동의 공로를 남들과 공유하려고 하지 않는 것은 이기주의나 허영심 때문이라고 주장했다. 몇 천 마리나 되는 자매들과 함께 살아가야 하는 벌집에 어울리지 않는 단점이라는 것이다. 그러나 어떤 꿀벌이 두세 마리의 동료를 데리고 꿀이 있는 곳에 되돌아온 적도 종종 있었다.

존 러벅 경은 『개미, 꿀벌, 말벌』이라는 저서를 보충하면서 매우 길고 자세한 관찰 일람표를 작성해두었다. 거기에는 다른 꿀벌이 정보를 제공한 꿀벌을 뒤따르는 일이 거의 전무했다는 결론이 나와 있다. 그러나 나는 이 박식한 박물학자가 어떤 종류의 꿀벌을 대상으로 했는지, 또 그 정황이 합리적이었는지 어땠는지를 알지 못한다. 그래서 나는 내 나름으로 정성껏 작성한 나만의 표를 참조했다. 꿀벌들이 꿀 냄새에 이끌려 직접 다가오는 일이 없도록 최선의 노력을 기울인 후 조사했다. 그 결과 꿀벌이 10회 중 4회는 다른 동료를 데려온다는 사실을 확인했다.

그리고 어느 날 내가 앞가슴에 파란색 표시를 해둔 실로 근사한 이탈리아 산 꿀벌을 목격하기도 했다. 그 꿀벌은 두 번째 여행에서 일찌감치 동료 두 마리를 데리고 나타났다. 나는 그녀를 방해하지 않고 잽싸게 다른 두 마리 동료를 가두었다. 그러자 그녀는 벌집으로 돌아가 다시 다른 동료 두 마리를 데리고 나타났다. 이번에도 그 동료들을 가두는 등 오후 늦게까지 같은 과정을 반복한 후 잡아들인 동료의 수를 세어보니 그녀가 모두 18마리에게 소식을 전했음을 알 수 있었다.

만약 독자 여러분이 이와 같은 실험을 한다면 규칙적이지는 않더라도 적어도 빈번하게 소식이 전달되는 모습을 확인할 수 있을 것이다. 미국의 꿀벌 채집가들은 이 능력을 이미 잘 알고 있기 때문에 야생 벌집을 발견할 때 항상 이를 활용한다고 한다. 조시아 에머리에 따르면 다음과 같다.

"꿀벌 채집가는 제일 먼저 사육 꿀벌의 무리와 멀리 떨어진 들판이나 숲을 선택한다. 그곳에서 화밀을 찾아다니는 야생 꿀벌 몇 마리를 잡아 꿀이 든 상자에 가둔다. 꿀벌이 뱃속에 꿀을 가득 저장하면 일단 풀어준 후 잠시 기다린다. 이 기다리는 시간은 꿀벌이 사는 나무가 얼마나 멀리 떨어져 있느냐에 따라 다르다. 끈기 있게 기다리다 보면 반드시 몇 마리의 동료를 데리고 돌아오는 꿀벌을 만날 수 있다. 그러면 아까와 마찬가지로 이들을 붙잡아 꿀을 먹인 후 한 마리씩 다른 장소에서 놓아준다. 그리고 벌들이 벌집으로 돌아가는 방향을 되도록 정확히 관찰한다. 이 방향을 연장한 후 그 연장선이 교차하는 지점에 가보면 야생 벌집을 발견할 수 있다."

9

독자 여러분이 직접 실험해본다면, 최초의 꿀벌의 지시를 따르는 듯 보이는 동료들이 꼭 보조를 맞추어 날아오는 것은 아님을 알게 될 것이다. 그들이 도착하는 시간에는 각기 몇 초씩 차이가 있다. 따라서 존 러벅 경이 개미의 전달 문제를 해명했듯이 여기에서도 꿀벌의 전달에 대해 언급해두어야 할 것 같다.

동료들이 최초의 꿀벌이 발견한 보물에 다가가는 까닭은 단순히 최초의 꿀벌을 따라갔기 때문일까, 아니면 최초의 꿀벌이 알려준 설명을 근거로 자기들이 직접 보물을 발견한 것일까? 이 둘에는 막대한 차이가 있다. 저 영국의 석학은 육교와 회랑, 물을 가득 담은 도랑과 가교 따위로 구성한 잘 만들어진 복잡한 기계를 사용해서 개미가 단순히 정보 제공자의 흔적을 따라갈 뿐이라는 사실을 밝혀냈다. 그러나 이 실험이 실험가가 원하는 장소로 개미를 지나가게 할 수 있는 데 비해, 날개 달린 꿀벌은 사방이 다 길이다. 그러므로 우리는 다른 방법을 생각해야 한다. 아래는 내가 직접 고안한 방법에 대한 설명인데, 아직 이렇다 할 결과는 얻지 못했으나 조금 더 보완하면 만족할 만한 결과를 얻을 수 있으리라 확신한다.

시골에 있는 내 서재는 2층에 있다. 그 아래 1층은 천장이 매우 높다. 보리수나 배나무의 꽃이 피는 시기를 제외하면 꿀벌이 2층까지 올라오는 일이 거의 없다. 그래서 나는 관찰을 시작하기 전에 약 1주일 이상 뚜껑이 없는 벌집(벌집 방의 입구가 열려 있는 벌집)을 2층 서재의 탁자 위에 올려놓고, 그 냄새에 이끌려 찾아오는 꿀벌이 한 마리도 없음을 확인했다. 그리고 집에서 그리 멀지 않은 곳에 있는 유리 벌통에서 이탈리아 산 꿀벌을 한 마리 꺼냈다. 이 꿀벌을 서재의 탁자 위에 놓고 벌이 꿀을 빨아들이는 동안 앞가슴에 눈에 띄는 표시를 해두었다.

배가 부른 꿀벌은 날아올라 벌집으로 돌아갔다. 따라가보니 그녀가 빈 벌집 방에 머리를 처박고 꿀을 토해낸 후 다시 날아오르려고 하였다. 몰래 숨어서 이 모습을 지켜보던 나는 출구에 나타난 이 꿀벌을 붙잡아 가두었다. 그리고 다른 관찰 대상을 붙잡아 같은 과정을 반복하고, 그때마다 다른 꿀벌이 그 자취를 따라가지 못하도록 '유인하는' 꿀벌을 제거하면서 20회가량 실험을 계속했다. 실험의 편의를 위해 벌통의 문에 위로 여는 뚜껑이 달리고 방이 두 개로 나뉜 유리 상자를 비치했다. 만약 표시를 한 꿀벌이 홀로 나오면 처음과 마찬가지로 그 꿀벌만 가두었다. 그리고 그 꿀벌에게서 소식을 들었을지도 모르는 다른 채집가가 도착하기를 서재에서 기다렸다. 유인하는 벌이 두세 마리의 동료와 함께 나오면 그 유인하는 벌만 유리 상자의 첫째 방에 가두어 동료와 떨어뜨렸다. 그리고 동료들은 다른 색으로 표시를 한 후 놓아주고, 그들이 가는 곳을 눈으로 좇았다. 만약 보물이 있는 장소나 방향을 어떤 언어나 자기磁氣를 이용해 전달했다면 정보를 제공받은 일정 수의 꿀벌이 내 서재에서 발견되어야 한다. 그러나 서재를 찾은 꿀벌은 단 한 마리뿐이었다. 그 한 마리는 벌통 안에서 제공받은 어떤 지시를 따른 것일까, 아니면 우연히 내 서재를 방문한 것일까? 좀 더 관찰했어야 하지만 불행히도 내게 닥친 여러 상황이 허락하지 않았다. 나는 '유인하는 꿀벌'을 놓아주었고, 결국 서재는 평소의 방법대로 보물의 소식을 전해들은 소란스러운 한 무리에게 침략당하고 말았다.★[1]

10

이 불완전한 실험에서는 아무런 결론도 이끌어내지 못했다. 그러나 흥미진진한 다른 사실, 예컨대 이들이 서로 '예'나 '아니오' 이상의 어떤 의사소통을 한다는 사실을 확인할 수 있었다. 특히 벌집에서의 노동의 분담, 규칙적인 교대 등에서 이를 관찰할 수 있었다. 나는 아침에 표시를 해둔 채집가가 오후에—꽃이 흐드러지게 피어 있지 않는 한—알을 따뜻하게 하거나 바람을 불어넣고, 밀랍공이나 조각가가 잠자는 커튼 속에 들어가 있는 모습을 종종 확인했다. 또한 하루나 이틀 동안 꽃가루를 한데 모으던 일벌이 다음날은 꽃가루를 전혀 운반하지 않고 그저 화밀을 채집하러 외출하거나, 그 반대의 현상을 관찰한 적도 있다.

노동의 분담에 대해서는 프랑스의 유명한 양봉가 조르주 드 라양이 말하는 '제밀製蜜 식물에서의 꿀벌 분포'를 예로 들 수 있다. 날마다 태양이 뜨기 시작하면 이른 새벽에 외출한 탐험가가 돌아오고, 이제 막 잠에서 깬 벌통은 그 탐험가에게서 땅에 관한 소식을 듣는다. "오늘은 운하 옆 보리수에 꽃이 피었어", "하얀 토끼풀이 길가에 나 있어", "목장의 메리로드와 사루비아가 곧 필 것 같아", "백합과 물푸레나무가 꽃가루로 넘쳐나는 중이야" 등 다양한 소식을 접하면 서둘러 편성대를 짜고 계획을 세워 일을 분담해야 한다. 아마 가장 튼튼한 5천 마리는 보리수로 달려가고, 그보다 좀 젊은 3천 마리는 토끼풀로 몰려갈 것이다. 어제 꽃부리의 화밀을 찾아다니던 자들은 혀와 먹이 주머니의 분비샘을 쉬게 하기 위해 일부는 물푸레나무의 빨간 꽃가루를 채집하러, 다른 일부는 백합의 노란 꽃가루를 채집하러 떠날 것이다. 같은 꿀벌이 같은 날에 색이나 종류가 다른 꽃가루를 채집하거나 그 꽃가루를 섞이게 하는 일은 절대로 없다. 꽃가루를 색깔별로, 종류별로 창고에 저장하는 일은 벌집의 중대한 일들 중 하나다. 이렇게 눈에 보이지 않는 정신은 다양한 지시를 내린다. 그러면 일벌들은 곧바로 긴 대열을 지어 각자 자신의 의무를 다하러 날아간다.

"꿀벌은 벌집에서 일정 반경 이내에 있는 각종 식물의 장소, 그 꿀의 상대적인 가치, 그곳까지의 거리를 완전히 숙지한 듯하다"

라고 드 라양은 말했다.

"만약 채집가가 날아간 다양한 방향을 주의 깊게 표시해두고 주변의 온갖 식물에서 이들이 얼마큼의 꿀을 수확하는지 관찰한다면, 채집가 조직이 한 종류의 식물의 수에 맞게 편성되었을 뿐 아니라, 그 규모가 식물에서 나오는 꿀의 양과 연관되어 있음을 알게 될 것이다. 그뿐 아니라 그녀들은 매일 어떤 꿀이 가장 달콤한지도 정확히 꿰뚫어본다.

예컨대 버드나무의 개화 시기가 지나고 아직 들판에 꽃이 피지 않은 봄날에, 사람들은 채집가가 아네모네, 지치, 가시금작화, 제비꽃 따위를 열심히 찾아다니는 모습을 볼 수 있다. 그리고 며칠 후 양배추며 기타 채소밭에 많은 꽃들이 피면 이들은 숲에 핀 꽃들 대신 이 꽃들을 방문하느라 정신이 없다.

이렇게 채집가들은 날마다 채집할 식물에 맞춰 조직을 편성하고, 되도록 짧은 기간에 최상의 꿀을 수확하려고 노력한다. 즉, 꿀벌 무리는 벌집 내부에서와 마찬가지로 수확을 할 때도 분업의 원칙을 고수하며, 일벌의 합리적인 편성을 위해 애를 쓴다."

11

그러나 꿀벌이 지성을 지닌 존재라는 사실이 도대체 우리와 무슨 상관이 있느냐고 반문할지도 모르겠다. 왜 눈에 잘 보이지도 않는 작은 생명체의 발자취를 그것이 마치 인간의 운명을 좌우하기라도 하듯 열심히 찾아다니느냐고 말이다. 그러나 어떠한 과장도 없이 말하건대, 나는 그곳에서 찾아낼 수 있는 이익이 다 측정할 수 없을 만큼 크다고 확신한다. 인간 이외의 생물에게서 진정한 지성의 증표를 발견하는 데 우리는 무인도의 모래사장에서 인간의 흔적을 발견한 로빈슨 크루소의 감동과 비슷한 감정을 느낀다. 우리는 우리의 생각보다 덜 고독한 존재인 것 같다. 꿀벌의 지성을 이해하려고 할 때 우리가 진정으로 연구하고자 하는 대상은 결국 우리의 본질, 특히 그중에서도 가장 귀중한 부분인 지성이다. 지성은 인간의 삶에 아름다움과 풍요를 부여한다. 생명체의 영혼을 집어삼키는 무분별한 감정들을 실로 놀라운 방법으로 중단시킬 줄 안다.

만약 인간만이 지성을 소유한 유일한 존재라면, 인간은 확실히 축복받은 위치에 있다고 자부할 수도 있을 것이다. 그러나 여기에 벌목이라는 또 다른 존재가 있다. 이것이 지구에서 우리 인간의 위치를 해명하는 데 중요한 역할을 할 것이다.

어떤 견해에서 보면, 그들은 인간이라는 존재의 가장 불가사의한 부분을 복사한 일종의 복사본이다. 그들의 세계는 우리 인간이 철저히 풀어헤칠 수도, 최후까지 파헤칠 수도 없는 크고 단순한 선으로 축소되어 있다. 그들은 정신과 물질, 진화와 불변, 과거와 미래, 생과 사가 한 손으로 다 들 수 있을 정도로 작은 방에, 한쪽 눈으로 그 구석구석까지 다 살펴볼 수 있을 정도로 작은 방 안에 모여 있다. 우리는 인간의 며칠이 그들의 백

년에 해당하는 벌집의 작은 역사에서, 3세대만으로도 1세기를 훌쩍 넘기는 인간의 큰 역사에 감춰진 자연의 이념을 파악하고자 한다. 따라서 이 이념이 인간과 꿀벌 사이의 차이, 육체적인 차이나 그 육체가 시공 속에서 차지하는 위치의 차이에 따라 얼마큼 변하는지를 살펴보아야 한다.

12

자, 다시 우리의 벌통으로 돌아가자. 그 커튼을 열어보자. 커튼 안에서 분봉 무리는 이미 눈처럼 하얗고 깃털처럼 가벼운 불가사의한 분비물을 뱉어내기 시작했다. 불가사의하다고 말하는 까닭은 새로 탄생하는 밀랍의 형태가 우리가 아는 밀랍과 완전히 다르기 때문이다. 이 밀랍은 얼룩이라고는 찾아볼 수도 없으며 어떠한 중량감도 느껴지지 않아 마치 꿀의 영혼 같다. 그 영혼은 푸른 하늘과 향기, 숭고한 빛, 순수함, 화려함을 떠올리게 한다.

13

벌집을 만들기 시작한 분봉 무리가 어떻게 밀랍을 분비하고 그 밀랍을 어떤 용도로 쓰는지 단계별로 추적하기란 실로 어렵다. 무리가 한 덩어리로 뭉치면 밀랍 분비에 적당한 온도가 형성되는데, 이 모든 과정은 그들 덩어리의 가장 은밀한 곳에서 진행된다. 유베르는 인내심과 용기를 발휘해 꿀벌의 이러한 행동을 연구한 최초의 인물이다. 그는 자신의 저서에서 무려 250쪽을 이 현상을 기술하는 데 할애했다. 이 부분은 상당히 흥미로우며 동시에 혼란스럽기 짝이 없다. 나는 지금 전문 서적을 쓸 생각이 없으므로 유베르가 그토록 공들여 관찰한 성과를 필요에 따라 조금씩 참조만 할 것이다.

먼저 꿀벌의 몸 안에서 어떤 연금술이 작용해 꿀이 밀랍으로 변하는지, 그 정확한 원리가 아직 밝혀지지 않았음을 고백한다. 우리가 확인할 수 있는 사항은 그저 벌통 안에 불에 그슬리는 것이 아닐까 싶을 정도의 고온이 18시간에서 24시간 정도 유지되면 꿀벌 복부의 양 옆에 자리한 네 가닥의 작은 주름에 새하얗고 투명한 무엇인가가 나타난다는 정도다.

역 원뿔 모양으로 모여 있는 꿀벌들의 복부에 그 하얀 밀랍의 흔적이 나타날 즈음, 갑자기 한 마리가 무슨 영감이라도 받은 양 무리에서 떨어져 나온다. 그는 정지해 있는 군중의 위를 지나 둥근 천장의 안쪽 정점까지 서둘러 올라간다. 그리고 움직임을 방해하는 이웃들은 머리로 밀쳐가면서 그곳에 달라붙는다. 그녀는 자기 배에 붙어 있는 밀랍 조각들 8개 중 하나를 다리와 주둥이로 붙잡아 이리저리 깎고, 부드럽게 만들고, 침으로 개기를 되풀이한다. 그리고 이렇게 완성된 재료를 천장에 밀어붙여 신도시의 초석을 세운다. 아니, 이 도시가 인간의 도시와 달리 위에서 아래로 내려오는 형태로 지어지는 만큼, 초석이 아닌 아치의 요석要石이라고 불러야겠다.

어쨌든 이 작업이 끝나면 그녀는 이 요석에 자신의 복부에 남은 다른 밀랍 조각들을 이어 붙인다. 그리고 혀와 촉각을 이용하여 그 전체를 마무리한다. 이 일이 끝나면 천장에 올라올 때와 마찬가지로 상당히 당돌한 태도를 취하며 군중 속으로 사라진다.

그 직후에 다른 한 마리가 그녀의 뒤를 이어 같은 일을 한다. 그리고 종족의 이상적인 설계도대로 되지 못한 부분이 있으면 수정을 한 후 사라진다. 이렇게 세 번째, 네 번째 꿀벌이 나타났다가 사라지기를 반복한다. 말하자면 한 마리가 처음부터 끝까지 모든 일을 맡아 하는 것이 아니라, 전원이 이 협동 작업에 참여해 자기에게 주어진 몫을 다한다.

14

이리하여 아직 제 형태를 띠지 않은 밀랍 덩어리가 둥근 천장의 정점에서 수직으로 내려온다. 이것이 충분히 굵어지면 방에서 그때까지 기초공사를 하던 꿀벌과 겉모습이 확연히 다른 꿀벌 한 마리가 모습을 드러낸다. 그녀는 아무것도 없는 곳에 최초의 벌집 방이 놓일 위치를 결정하는 일종의 기사技師가 확실하다. 다른 모든 벌집 방은 이 최초의 벌집 방을 기준으로 규칙적으로 배열된다. 그녀는 밀랍을 직접 생산하는 것이 아니라, 다른 벌이 생산한 밀랍을 이리저리 손질하는 조각가 부류에 속한다. 그녀는 최초의 방이 놓일 부지를 선택한 후 잠시 동안 밀랍 덩어리에 구멍을 판다. 밑 부분에서 제거한 밀랍을 덩어리 주위에 우뚝 솟아 있는 가장자리로 되돌린다. 이어서 기초 공사 담당자들과 마찬가지로 그녀도 하던 일을 멈춘다. 그러면 끈기 있게 기다리던 다른 일벌이 그 일을 이어받는다. 이어서 세 번째 벌이 일을 마무리한다. 이들이 벌집 방을 만드는 동안 다른 벌들 역시 일을 시작하고 중단하는 방법으로 밀랍 벽의 반대쪽을 손본다. 그 모습은 마치 벌집의 기본 법칙이 노동의 긍지를 모든 벌에게 공평하게 분담한 듯하다. 벌들이 서로 더욱 유대감을 쌓을 수 있도록 모든 일이 공동 명의로 이루어지거나 아예 명의가 없어야 한다고 결정한 것 같다.

15

드디어 벌집 틀이 제 모습을 갖추기 시작했다. 그러나 아직은 렌즈처럼 볼록하다. 벌집 틀을 구성하는 기둥 모양의 관 길이가 제각각인 데다, 중앙에서 끝으로 갈수록 그 길이가 짧아지기 때문이다. 이때의 벌집 틀은 인간의 혀와 흡사한 모양에 두께도 비슷하다. 양면에는 등을 마주 보며 나란히 놓인 육각형의 방들이 들어차 있다.

최초의 벌집 틀에 방들이 차면 창설자들은 두 번째 밀랍 덩어리를 천장에 고정시킨다. 그리고 차례대로 세 번째, 네 번째 틀을 건설한다. 이 밀랍 덩어리들은 벌집 틀이 각종 기능을 갖추었을 때, 꿀벌들이 평행으로 세워진 벽 사이를 왕래할 수 있을 만큼 규칙적으로 떨어져 있다.

따라서 꿀벌은 벌집 틀의 최종 두께가 22~23밀리미터임을 이미 설계도 단계에서 예상했어야 한다. 그와 동시에 벌집 틀 사이에 놓이는 통로의 폭도 예상했어야 한다. 이 폭은 약 11밀리미터, 즉 꿀벌 몸길이의 두 배에 달한다. 이는 벌집의 틀과 틀 사이를 오갈 때 꿀벌이 서로 등을 맞대고 지나가야 하기 때문이다.

물론 이들도 실수를 저지른다. 어쩌다 곤란한 상황에 빠지면 아주 중대한 잘못을 하기도 한다. 공간을 너무 크게 잡았거나 반대로 너무 작게 잡을 때도 있다. 그때는 너무 붙어 있는 벌집 틀을 옆으로 밀기도 하고, 남는 공간에 별도의 틀을 짓기도 한다. 이에 대해 레오뮈르는 "이따금 꿀벌도 실수를 저지른다. 이것 역시 그녀들에게 판단력이 있음을 나타내는 사실 중 하나다"라고 했다.

16

이미 알려졌듯이 꿀벌은 4종류의 벌집 방을 짓는다. 먼저 예외적인 방으로, 도토리처럼 생긴 왕실이 있다. 이어 수벌의 사육에 쓰고 그 밖에 꽃이 남아돌 때 식량 저장고로도 쓰는 커다란 방, 일벌의 요람과 일반 저장고 역할을 하는 작은 방이 있다. 이는 벌통의 전체 면적의 80퍼센트를 차지한다. 마지막으로 큰 방과 작은 방을 연결하기 위한 중간 크기의 방들이 있다. 큰 방과 작은 방은 규격이 매우 일정하다. 그래서 미터법이 제정될 무렵 사람들이 자연계에서 뭔가 확고부동한 기준이나 미터원기가 될 만한 것이 없을지 고민했을 때, 레오뮈르는 꿀벌의 벌집 방을 제안했다. 그러나 이 미터원기는 곧 폐지되었다. 벌집 방의 지름은 놀라운 규칙성을 자랑하지만, 생명체가 만들어내는 모든 사물이 그렇듯 동일한 벌집에서조차 각각의 방이 수학적으로 엄밀히 말해 불변은 아니었기 때문이다. 또한 모리스 지라르가 지적했듯이, 벌집 방의 변심거리*는 벌의 종류마다 달라서 미터원기로 제정했을 때 어떤 벌이 사느냐에 따라 그 길이도 달라지기 때문이다.(邊心距離 : 정다각형의 중심에서 변까지의 거리)

각 벌집 방은 피라미드 모양의 토대 위에 놓인 육각형의 관처럼 생겼다. 각 벌집 틀은 토대를 중심으로 이 육각형의 관이 등을 맞대고 있는 꼴이다. 그래서 바깥쪽 벌집 방에서 피라미드 모양의 토대를 형성하는 마름모꼴 3개가 각각 반대쪽 방에서도 마찬가지로 피라미드 모양의 토대를 형성한다.

봉밀은 이 기둥 모양의 관 속에 저장된다. 이 관이 얼핏 그래 보이는 것처럼 수평을 이룬다면 봉밀은 숙성되는 동안 다 흘러나오고 말 것이다. 하지만 실제로는 이를 방지하기 위해 4, 5도 정도 살짝 들려 있다.

레오뮈르는 이 훌륭한 건축물을 고찰하면서 다음과 같이 말했다.

"이렇게 해서 절약되는 밀랍의 양은 제쳐두고라도, 즉 꿀벌이 벌집 방을 아무 틈 없이 틀어막을 수 있다는 점은 제쳐두고라도, 이 건축물의 구조는 견고함에서 단연 으뜸이다. 각 방의 토대는 그 모서리에 의해 지탱된다. 세 개의 마름모꼴에 의해 닫힌 웅덩이의 한 우각*을 채운 두 개의 삼각형, 혹은 반대쪽 육각 기둥의 두 면의 연장선은 그 접촉점에서 평면각*을 이룬다. 벌집 방의 안쪽을 향해 오목한 이들 평면각은 각각 다른 방의 육각을 형성하는 가느다란 조각 하나를 지탱해준다. 이 조각은 밖으로 밀려나려는 힘에 버틸 수 있는 구조로 되어 있다. 이렇게 모든 각의 힘이 강화된다. 각 방의 견고함은 벌집 방의 형태 자체에서, 서로 배열된 방법 자체에서 생겨난다." (優角 : 180도보다 큰 각) (평면각 : 한 평면에 다른 평면 또는 직선이 만나 이루는 각)

17

라이트 박사는 다음과 같이 말했다.

"한 면을 같은 크기의 정다각형으로 빈틈없이 나누는 데 쓸 수 있는 도형은 세 종류밖에 없다. 이는 기하학자라면 누구나 다 아는 사실이다.

세 종류의 도형은 정삼각형, 정사각형, 정육각형이다. 그중에서도 정육각형이 건축할 때 편리성이나 내구성 면에서 가장 월등하다. 꿀벌은 그 사실을 알고 있기라도 한 것 같다.

벌집 방의 토대는 한 점에서 교차하는 세 평면으로 구성된다. 그리고 이 건축 방법은 힘도 덜 들일 수 있고 재료도 많이 절약할 수 있는 방법이다. 그렇다면 가장 경제적으로 건축물을 지으려면 면의 경사각이 어느 정도여야 할까? 이는 매우 고난도의 수학 문제이다. 몇몇 학자들이 해답을 찾았다. 특히 매클로린은 해답을 런던의 영국 학사원 회보에 실었다. 해답의 각도는 벌집 방 바닥에서 측정한 각도와 일치한다."★2 (매클로린 : 영국의 수학자)

18

물론 꿀벌이 실제로 이 복잡한 계산에 매달렸을 리 없다. 하지만 우연히, 정말 어쩌다가 이 놀라운 결과가 빚어졌다고 생각하기도 힘들다. 예컨대, 말벌도 꿀벌과 마찬가지로 육각형의 벌집 방을 만들지만 이들의 방은 꿀벌의 방에 비해 졸렬하기 짝이 없다. 말벌의 벌집 틀은 층이 하나밖에 없기 때문에 꿀벌의 납판처럼 서로 반대쪽을 향하는 각 층을 동시에 막을 수 있는 토대가 없다. 따라서 그리 견고하지도, 규칙적이지도 않다. 또한 필요한 노동의 4분의 1, 필요한 장소의 3분의 1에 해당하는 시간과 재료와 장소의 낭비가 발생한다. 마찬가지로 진정한 사육 꿀벌의 동료이면서 문명이 그다지 발달하지 않은 침없는 꿀벌(*Trigones*)속이나 큰침없는 벌속 따위도 사육 방을 한 줄만 짓는다. 그나마도 꼴사납고 낭비가 심한 밀랍 기둥이 수평으로 쌓은 납판을 떠받치는 형식이다. 그 저장고는 아무렇게나 긁어모아 만든 큰 가죽 주머니 같다. 그리고 침없는벌은 각 벌집 방을 서로 교차시킬 수 있는 곳에, 꿀벌처럼 재료나 장소를 절약할 수 있는 곳에 그런 절약이 가능하다는 사실을 깨닫지 못한 채 평평한 격벽隔壁을 지닌 벌집 방을 아무렇게나 끼워 넣는다. 이들 벌집 중 어느 하나를 우리 꿀벌의 수학적이고 체계적인 도시와 나란히 놓는다면 현대인의 대도시 옆에 원시적인 초가집을 나란히 놓은 듯한 기분이 들 것이다.

19

뷔퐁 이후에 새롭게 주목받은 통설이 하나 있다. 그 설에 따르면, 꿀벌에게는 피라미드 모양의 토대를 지닌 육각형의 벌집 방을 만들고자 하는 의지가 전혀 없다고 한다. 다만 밀랍 안에 방을 팔 때 주위의 다른 벌들이나 틀 반대쪽에서 일하는 벌들이 동시에 똑같이 파내려가기 때문에 벌집 방이 서로 닿아 결과적으로 육각형이 될 뿐이라고 한다. 그러면서 이는 결정結晶이나 생선 비늘, 비눗방울 따위에서도 흔히 일어나는 일이라고 덧붙였다. 이는 뷔퐁이 제안한 다음의 실험에서도 확인할 수 있다. 뷔퐁은 이렇게 말했다.

"어떤 용기에 원통형의 콩이나 씨를 담고, 그 사이사이에까지 꽉 차도록 물을 붓는다. 그리고 뚜껑을 덮는다. 이 물을 끓이면 원통형이던 알맹이가 육각기둥으로 변할 것이다. 이 기계적인 원리는 명백하다. 원통형의 콩이나 씨는 팽창할 때 일정한 공간 내에서 되도록 넓은 장소를 차지하려고 한다. 그러니 서로에게 압력을 가해 육각형으로 변할 수밖에 없다. 꿀벌도 마찬가지로 일정한 공간 안에서 되도록 넓은 장소를 차지하려 한다. 따라서 이때도 꿀벌의 몸이 원통형인 이상, 벌집 방은 서로 영향을 받는다는 똑같은 원리에서 육각형이 될 수밖에 없다."

20

즉, 서로에게 압력을 가하는 과정에서 이 놀라운 결과가 생겨났다는 것이다. 마치 인간 개개인의 악덕이 같은 이유에서 전체의 미덕을 낳았듯이 말이다. 인류는 개인으로 있을 때는 추악한 존재이나 그 미덕만 있으면 전체로 있을 때 추악해지지 않을 수 있다. 그러나 나는 브라운, 커비, 스펜스와 같이, 비눗

방울이나 콩의 실험이 사실은 아무것도 증명하지 못했다고 반론할 수 있다. 압력은 극히 불규칙한 형태밖에 만들어내지 못하는 데다, 이 설이 벌집 방에 왜 결정 모양의 토대가 존재하는지에 대한 이유를 설명하지 못했기 때문이다.

특히 다음과 같이 반론할 수 있다. 아무리 맹목적인 모방이라고 해도 거기에는 다양한 방법이 있다. 예컨대 말벌이나 뒤영벌, 멕시코나 브라질에 사는 침없는벌이나 침없는꿀벌 따위는 같은 상황에 놓이고 똑같은 목적을 지녔음에도 전혀 다른, 게다가 확실히 뒤떨어지는 결과밖에 낳지 못했다. 설사 꿀벌의 벌집 방이 결정이나 눈이나 비눗방울이나 뷔퐁의 콩 따위의 법칙을 따르는 데 지나지 않는다고 해도, 꿀벌은 방 전체의 조화나 등을 마주 보는 배열, 치밀하게 계산된 경사 등 다른 수많은 법칙을 동시에 응용하고 있다. 우리는 이 사실을 잊지 말아야 한다.

반론의 근거가 될 만한 또 하나의 실험을 알아보자. 어느 날, 나는 육각형 건축이 꿀벌의 정신에 실제로 각인되어 있음을 확인하고자 했다. 벌집 틀의 중앙부에서 어린 꿀벌이 든 벌집 방과 꿀이 가득 든 벌집 방을 동전 크기만 한 원반 모양으로 떼어냈다. 그런 다음 이 원반의 가장자리의 중앙, 즉 방의 토대가 양쪽으로 나뉘는 부분에서 두 쪽으로 쪼갰다. 이렇게 얻은 두 원반의 한쪽 토대에 원반과 똑같은 크기의 주석 조각을 붙였다. 이 주석 조각은 꿀벌이 변형시킬 수도, 굽힐 수도 없을 만큼 단단했다. 그런 다음 주석 조각이 붙은 원반을 본래 장소에 되돌려놓았다. 벌집 틀의 한쪽은 원반을 도로 붙여놓았으니 별다른 이상이 없어 보이지만, 반대쪽에는 30개나 되는 벌집 방 대신 주석 조각이 바닥에 깔린 큰 구멍이 뚫려 있게 된다. 꿀벌들은 낭패한 듯 모여들어 그 구멍을 꼼꼼히 들여다보았다. 며칠 동안은 주위를 방황할 뿐 아무런 결정도 내리지 못했다. 그러는 동안 나는 매일 밤 충분한 양의 식량을 공급했고, 결국 남은 식량을 저장하기 위한 여분의 벌집 방이 부족해졌다. 위대한 기사技師, 선발된 조각가와 밀랍공들이 이 구멍을 어떻게든 방으로 만들라는 지령을 받은 것은 그 즈음이었다.

먼저 밀랍공은 밀랍 분비에 필요한 열을 유지하기 위해 구멍을 메웠다. 그러는 동안 다른 벌들은 구멍 안에 내려가 금속 조각을 확실하게 고정시키는 작업에 착수했다. 벌집 방이 깨끗하게 잘리지 않아 구멍 주위에 있던 방은 모서리마다 작은 밀랍 조각들이 너덜너덜하게 붙어 있었다. 같은 간격으로 나란히 돌출된 이 부위가 작업의 토대가 되었다. 꿀벌들은 금속 조각의 반원형 윗부분에서 서너 개의 벌집 방을 예의 돌출 부위에 연결했다. 새로 만들어지고 있는 방은 각각 그 윗부분이 인접한 벌집 방에 연결되어야 했기에 모양이 어느 정도 변형되었다. 그런데 아랫부분은 주석 판 위에서 항상 정확한 세 개의 각도를 그렸다. 그리고 그 각도에서는 다음 벌집 방의 전반부의 윤곽을 그리는 세 개의 작은 직선이 뻗어 나왔다.

구멍 안에 들어가 일을 할 수 있는 꿀벌은 고작 두세 마리였다. 그런데도 48시간이 지나자 주석 조각의 전체 표면은 윤곽이 뚜렷한 벌집 방으로 뒤덮였다. 이 방들은 물론 일반적인 벌집 방에 비해 매우 불규칙적이었다. 그래서 여왕벌은 그곳을 통과할 때 참으로 현명하게도 그 안에는 알을 낳으려고 하지 않았다. 그런 벌집 방에서는 허약한 새끼밖에 태어나지 못하기 때문이다. 그러나 어느 방이나 모두 완전한 육각형이었다. 곡선을 띠거나 굴곡이 진 방은 하나도 없었다. 여느 때와 조건이 완전히 달랐음에도 말이다. 즉, 이들의 벌집 방은 유베르가 덩어리라고, 다윈이 밀랍 두건이라고 표현한 저 벌집 틀에 그냥 구멍이 뚫린 것도, 원래는 둥글었어야 할 방이 이웃의 압력으로 육각형이 된 것도 아니다. 압력 따위는 문제가 되지 않는다. 벌집 방은 일정한 단계를 거쳐 만들어졌다. 육각형은 기계적인 모방의 결과가 아니다. 꿀벌의 설계도 안에 모든 것이 들어 있었다. 꿀벌의 경험, 지성, 의지 안에 말이다.

이 실험에서 나는 꿀벌의 영리함을 엿볼 수 있는 흥미로운 사실을 또 하나 알아냈다. 꿀벌은 금속 조각을 토대로 벌집 방을 지었다. 공사를 위해 모여든 기사들은 주석 위에 밀액蜜液을 담아놓아도 괜찮으니 애써 토대를 만들기 위해 밀랍을 낭비할 필요가 없다고 판단한 것이다. 그런데 한참이 지나 이 토대 중 두 개에 몇 방울의 꿀이 흘러가자 기사들은 밀액이 금속에 닿으면 성질이 변한다는 사실을 알아챘다. 그래서 생각을 바꾸어 주석의 표면 전체를 일종의 반투명한 니스로 뒤덮었다.

21

이 기하학적 건축물에 감춰진 모든 비밀을 캐내고 싶다면 몇 가지 문제들을 더 검토해야 한다. 예컨대, 벌집 천장에 매달려 있는 가장 위의 벌집 방은 천장에 더 많은 면이 닿도록 약간 변형되어 있다. 그에 대해 알아보아야 한다.

벌집 틀을 평행하게 만듦에 따라 결정되는 간선 통로의 방향 문제도 알아봐야 한다. 그러나 그보다도 작은 노지露地나 통행로의 배치 문제에 더 주목해야 한다. 이 작은 통로는 물건을 운반하는 도로이자 공기가 순환하는 통로이며, 어디를 가든 가장 효과적으로 갈 수 있도록 벌집 안 여기저기에 설계되어 있다. 나아가 중간 크기의 벌집 방이 어떻게 건설되는지도 알아보아야 한다. 특정 시기가 되면 방의 규모를 확대해야 한다고 꿀벌을 재촉하는 공통의 본능에 대해서도 연구해야 한다. 방을 확대해야 한다고 느끼는 것에 대해서는 막대한 수확량 때문에 대용량의 창고가 필요해졌다거나, 주민의 수가 너무 많다고 판단되었거나, 수벌의 수가 부족하다는 식의 이유들을 생각해볼 수 있다. 또한 이렇게 작은 벌집 방에서 큰 벌집 방으로, 큰 방에서 작은 방으로, 즉 완벽하게 대칭인 방을 비대칭 방으로 바꾸어야 할 때 나타나는 그녀들의 절약 정신과 결단력을 보고 있노라면 감탄사가 저절로 흘러나온다. 이 작업은 단 하나의 벌집 방도 낭비되지 않게끔 한다.

자신의 눈으로 꿀벌의 비상을 관찰한 적도 없고 벌에 대해서는 그저 피상적인 흥미밖에 가진 적이 없는 독자라면 분명 이쯤에서 재미있지도 않은 자질구레한 이야기에 지루함을 느꼈을 것이다. 마치 꽃이나 새나 보석 따위에 잠깐 동안 흥미를 느낀 누군가가 공허한 확신밖에 얻지 못하는 것처럼. 우리는 자신의 가장 흥미로운 정열, 가장 독선적으로 탐구되는 정열만이 자신의 목적이나 기원의 수수께끼와 연관되어 있다고 생각한다. 그러나 사실은 자연의 모든 대상에 감춰진 수수께끼가 우리의 그러한 수수께끼와 깊이 연관되어 있다.

22

책의 내용이 지루해지는 것을 막기 위해, 꿀벌이 벌집 틀을 확대할 때 틀의 끝을 얇게 펴거나 해체한다는 놀라운 사실에 대해서는 더 이상 언급하지 않겠다. 단, 한 번 만든 건물을 더욱 규칙적으로 짓기 위해 부수는 행동에 본능과 다른 무언가가 있다는 사실에는 누구나 동의할 수 있을 것이다. 나는 인간이 꿀벌에게 원이나 타원형, 원통형, 나아가 더 기이한 윤곽을 지닌 벌집 틀을 짓게 할 수 있는 다양한 실험 방법이나, 벌집 틀의 돌출된 부분을 확대시켜 만든 벌집 방을 이웃 벌집 틀에 가장 적합한 형태로 이어붙이는 방법에 대해서도 언급하지 않겠다.

그러나 다음 주제로 넘어가기 전에 한번 생각해보자. 꿀벌이

한 벌집 틀에서 서로 등을 맞댄 양면을 동시에, 그것도 서로 만나지 않고 파들어갈 때 과연 어떤 희한한 방법으로 협의하는 것인지 말이다. 벌집 틀을 가만히 들여다보면 반투명한 밀랍 안에 그림자처럼 드리워진, 확실하게 각이 진 기둥 모양의 그물 조직을 볼 수 있다. 이 조직은 마치 철강으로 본을 뜬 것처럼 정확하고 뚜렷하다.

벌집 내부를 들여다본 적이 없는 사람은 벌집 틀의 배치나 외관을 제대로 상상할 수 없겠지만, 그래도 예를 들자면 꿀벌이 자기 멋대로 만든 듯한 농가의 벌집을 생각해볼 수 있다. 이런 벌집은 대개 볏짚이나 버드나무의 가는 가지로 만든 범종 모양을 하고 있다. 이런 벌집은 위에서 아래까지 평행으로 5, 6, 8, 때로 10개나 되는 밀랍 조각들로 나뉘어 있다. 이 조각들은 범종의 정점에서 아래로 매달려 있고, 윤곽은 벽의 모양과 거의 일치한다. 각 조각들은 약 11밀리미터 간격으로 떨어져 있다. 꿀벌은 이곳에 멈춰 서 있거나 이 위를 지나다닌다. 벌집의 상부에서 이런 조각 하나가 건설되기 시작했을 때 그 밀랍 벽은 겉에서 일하는 50, 60마리의 일벌을 반대쪽에서 일하고 있는 50, 60마리의 일벌들과 완전히 분리시킨다. 그녀들은 두꺼운 밀랍 벽 너머로 상대방을 절대 알아볼 수 없다. 그럼에도 겉에서 일하는 꿀벌은 안쪽의 돌기나 웅덩이에 정확히 대응하는 구멍을 파고 밀랍 조각을 붙인다. 안쪽의 꿀벌도 마찬가지다. 어떻게 이런 일이 가능할까? 무엇을 보고 어느 쪽은 깊이 파고, 어느 쪽은 얕게 파는 걸까?

또한 양쪽 마름모꼴의 각도는 반드시, 거의 기적처럼 일치한다. 무언가가 꿀벌들에게 여기에서 시작해서 여기에서 끝내라고 시키기라도 하는 걸까? 우리는 이번에도 '이것이야말로 벌집의 신비 중 하나다' 라는 답 같지도 않은 답에 만족해야 한다. 유베르는 꿀벌이 일정한 간격을 두고 다리나 이빨로 압력을 가해 벌집 틀의 안쪽에 작은 돌기를 만들지는 않을까, 밀랍의 유연성이나 탄성이나 뭔가 다른 물리적인 특성을 통해 덩어리의 두께를 알아보지 않을까, 혹은 이들의 촉각이 물체의 세밀한 부분이나 윤곽까지 조사할 수 있어 보이지 않는 세계에서의 컴퍼스 역할을 담당하는 게 아닐까, 모든 벌집 방의 위치는 제1열의 배치와 치수가 처음부터 수학적으로 정해져 있어 아예 다른 측정을 할 필요가 없지 않을까, 등의 의견으로 이 신비를 설명하려고 했다. 그러나 모두 충분한 답이 되지 못했다. 일부는 검증이 불가능한 가설이고, 일부는 같은 수수께끼를 다른 말로 슬쩍 바꿔치기 했을 뿐이다.

23

이제 벌집 틀은 거의 완성되어 거주 가능한 공간이 되었다. 우리의 눈에는 아무런 변화가 느껴지지 않지만, 밤낮을 가리지 않고 진행되는 밀랍 공사는 놀라우리만큼 속도가 빠르다. 그러나 조바심이 난 여왕벌은 어둠 속에서 하얗게 빛나는 공사 현장을 몇 번이나 들락거린다. 그리고 거주지의 첫 부분이 완성되면 자신의 호위병, 고문 혹은 하인(여왕벌이 감독을 받는지, 시중을 받는지, 존경을 받는지, 감시를 받는지 알 수 없으므로)으로 보이는 무리와 함께 그 거주지를 재빨리 점유한다. 여왕벌 자신이 가장 좋다고 판단한 장소 혹은 고문이 그렇게 강제한 장소에 다다르면 여왕벌은 등을 팽창시켜 몸을 굽힌 후 방추형의 긴 배 끝을 벌집 방의 토대에 밀어 넣는다. 그러는 동안 호위대의 작은 머리 부분은 마치 그녀에게 용기를 북돋아주고 산란을 재촉하고 축복을 보내는 듯 전원이 다 함께 정열적인 울타리를 만들어 그녀를 에워싼다. 여왕의 다리를 떠받치거나 날개를 애무하거나 혹은 열로 들뜬 더듬이를 그녀 위에서 꿈틀거린다.

이 별 모양의 휘장 안에서 여왕벌이 있는 장소는 쉽게 눈에 띈다. 아니, 휘장이라기보다는 가운데에 황옥이 박힌 타원형의 브로치와 비슷하게 생겼다고 하는 편이 맞겠다. 지금이 절호의 기회다. 그 전에 한 가지 짚고 넘어가자면, 일벌들은 여왕벌에게 결코 등을 보이지 않는다. 여왕벌이 일벌들에게 다가가면 그 순간 일벌들은 눈과 더듬이가 여왕에게 향하도록 하고, 여왕 앞에서는 뒷걸음질을 치며 걸으려고 애쓴다. 존경의 표시인 셈이다. 다시 우리의 여왕벌로 화제를 돌려보자. 여왕벌이 출산할 때 경련을 일으키는 동안 종종 딸 벌 한 마리가 여왕을 팔로 안고 얼굴을 부비고, 또는 입을 대고 무언가 낮은 소리로 여왕에게 말을 거는 듯한 모습을 볼 수 있다. 그러나 여왕벌은 이 도가 지나친 경의의 표시에도 아랑곳하지 않고 천천히 시간을 들여 출산을 한다. 그리고 몇 초가 지나면 조용히 일어나 한 발자국 위치를 바꾸어 몸을 옆으로 튼다. 그리고 이웃 벌집 방에 배의 끝부분을 넣기 전에 내부가 제대로 정돈되었는지, 혹시 한 벌집 방에 알을 두 번 낳는 것은 아닌지 확인하고자 머리부터 들이민다. 그동안 다른 두세 마리가 작업이 끝났는지를 조사하고, 막 낳은 푸르스름한 작은 알을 돌보거나 그 알을 적절한 장소에 놓기 위해 여왕벌이 있던 벌집 방 안으로 날아든다. 이 순간부터 초가을의 한기가 덮칠 때까지 여왕벌은 쉬지 않고 알을 낳는다. 식사를 하는 동안에도 알을 낳고, 잠을 잘 때도 낳는다. 이렇게 여왕은 종족의 미래라는 강력한 존재를 준비하고 만들어낸다. 여왕벌은 요람을 짓느라 힘을 다 써버린 가련한 일벌의 움직임과 보조를 맞추려고 한다. 즉, 우리는 두 가지 강한 본능이 서로 경합하는 모습을 목격하게 된다.

예컨대 일벌이 지나치게 앞서 나갈 때가 있다. 언제 닥칠지 모르는 불행한 날들을 위해 수확물을 저장해야 한다는 노파심에서 그만 벌집 방을 꿀로 채우고 만 것이다. 그러나 이내 여왕벌이 다가온다. 그러면 물질적인 재산 따위는 자연의 이념 앞에서 물러설 수밖에 없고 당황한 일벌은 서둘러 여분의 보물을 이동시킨다.

때로는 일벌이 벌집 틀 하나를 앞서 건설하기도 한다. 그러면 일벌은 그 절호의 기회를 빌려 더욱 쉽고 빨리 지을 수 있는 큰 벌집 방, 즉 수벌이 쓰는 벌집 방을 건설한다. 여왕벌은 그곳에 이르면 썩 내키지는 않지만 그래도 알 몇 개를 낳고는 그곳을 지나 벌집 틀 끝까지 간다. 그리고 일벌에게 새로운 벌집 방을 요구한다. 이에 일벌은 여왕의 뜻에 따라 큰 벌집 방을 점차 작게 줄여 나간다. 이리하여 다시 추격전이 시작된다. 이 추격전은 여왕벌이 벌집의 끝에 다다른 후 다시 최초의 벌집 방에 돌아올 때까지 계속된다. 이 최초의 방은 여왕벌이 순회하는 동안 부화한 제1세대에 의해 버려진 채로 남아 있다. 이 어둑어둑한 탄생지의 한 구석에서 나온 제1세대는 요람에서 자기들의 뒤를 잇고 있는 다음 세대를 위해 주변에 핀 꽃들을 찾아 날아다니고, 햇빛 안에서 살아가며 유익한 시간에 활기를 불어넣는다.

24

그렇다면 여왕벌이 뒤쫓는 건 무엇일까? 일벌이 가져다주는 식량이다. 여왕은 스스로 식량을 채집하지 않기 때문이다. 그녀는 자신의 다산이 일벌들을 피폐하게 만들고 있음에도 그들에게서 보살핌을 받는다. 그런데 일벌이 가져다주는 식량은 꽃받침을 방문한 자가 가져온 수확량에 비례한다…… 따라서 세계 곳곳이 그러하듯 여기에서도 둥근 고리의 일부가 어둠 속에 잠겨 있다. 또한 세계 곳곳이 그렇듯 외부에서, 자연이라는 미지의 힘에서 더없이 훌륭한 명령이 내려진다. 꿀벌도 우리와 마찬가지로, 동력으로 쓰이는 자들의 의지를 밟아 부수면서 돌아가는, 이 자연이라는 톱니바퀴의 주인을 따르는 것이다.

나는 최근 어떤 사람에게 유리 벌통 안에서 일어나는, 큰 시계의 톱니바퀴처럼 확실히 알아볼 수 있는 이 톱니바퀴의 운동을 보여준 적이 있다. 벌집 틀의 무수한 소란, 봉아소 유모들의 광기 어린 활약을 구경하고 밀랍공들이 만드는 살아 있는 현수교와 사다리, 여왕벌의 침략적인 나선 운동, 군중의 다양하고 끊임없는 활동, 열기에 압도될 것처럼 분주한 왕래, 내일의 노동을 미리 준비하는 요람의 주민을 제외한 그 밖의 주민들에게는 찾아오지 않는 수면, 질병이나 묘지를 허락하지 않아 거주지에서 멀리 떨어진 곳에서 죽음을 맞는 장면을 목격한 그 사람은 결국 눈을 돌리고 말았다. 그리고 그 눈 속에서 나는 비애가 어린 공포를 읽었다.

확실히 처음의 벌집은 큰 환희로 용솟음치는 듯했다. 벌들의 활발한 왕래를 보고 있노라면 벌집은 아름다움이나 행복을 표현하는 꽃들과 흐르는 물과 창공의 저 평화로운 풍요로움과 하나로 이어진 듯했다. 그런데 이 모든 환희 속에는 인간이 눈으로 확인할 수 있는 가장 비참한 광경이 숨어 있었다. 그리고 우리는 이 무고한 죄수들을 보면서 우리가 동정하는 대상은 이들뿐 아니라 우리 자신을 활동하게 하는 저 커다란 힘이기도 하다는 사실을 깨닫게 된다.

그렇다. 이렇게 말해도 될지 모르겠지만 그 모습은 참으로 슬프다. 자연을 자세히 바라보면 자연에서 일어나는 온갖 일이 다 슬퍼 보인다. 이는 우리가 자연의 비밀을 알기 전까지, 혹은 정말로 자연이 그런 비밀을 지녔는지 어떤지를 알기 전까지, 우리로서도 어쩔 수 없는 일일 것이다. 만약 어느 날엔가 자연에는 그런 비밀이 없다거나 비밀이 있어도 그리 무서운 것이 아니라는 사실을 알게 된다면, 필시 아직 이름도 지니지 않은 다른 어떤 의무가 우리에게 주어질 것이다. 어쨌든 그때까지는 원하는 만큼 '슬프다' 고 말하면 된다. 그 대신 우리의 이성은 '그건 원래 그렇게 생겨먹었다' 고 이해하고 만족하려 들 것이다. 우리가 지금 완수해야 할 의무는 이러한 슬픔 뒤에 정말 아무것도 존재하지 않는지를 조사하는 일이다. 그리고 이를 위해 슬픔에서 눈을 떼지 말아야 한다. 오히려 그 슬픔을 뚫어져라 쳐다보고, 마치 그것이 기쁨인 양 우리의 흥미와 용기를 집중시켜 연구해야 한다. —한탄하거나 자연을 이리저리 재보기 전에, 자연에서 들을 수 있는 모든 소리를 들어보는 것이 올바른 길이지 않겠는가?

25

우리는 일벌이 어미 벌의 다산이 자신을 그리 몰아붙이지 않는다고 느낄 때 더욱 경제적으로 건물을 짓고 더욱 큰 저장실을 만든다는 사실을 확인했다. 한편, 어미 벌은 작은 벌집 방에 산란하기를 좋아해서 일벌에게 끊임없이 작은 방을 요구한다는 사실도 알아보았다. 그러나 작은 방이 없어 새 벌집 방을 제공해줄 때까지 기다리는 시간 동안 어미 벌은 우연히 발견한 큰 방에 알을 낳는 데 만족한다.

그리고 그곳에서 태어난 꿀벌은 일벌을 낳는 알과 똑같은 알인데도 불구하고 모두 수벌이다. 일벌에서 여왕벌로 변모할 때와 달리, 여기에서 변경을 결정하는 인자는 벌집의 형태나 용량이 아니다. 큰 벌집 방에 산란된 알을 일벌용 벌집 방에 옮겨 놓아도(너무 작고 약하고 깨지기 쉬워 이동시키기 힘든데, 나는 대여섯 번이나 성공했다) 이 알에서 태어나는 꿀벌은 다소 발육이 부진하기는 하나 수벌이다. 따라서 여왕벌은 산란할 때 자신이 낳는 알의 성별을 구분하거나 결정할 수 있고, 또한 자신이 웅크리고 있는 벌집 방에 맞춰 알을 낳을 수 있어야 한다. 게다가 여왕은 좀처럼 실수를 범하지 않는다. 어떻게 이런 일이 가능할까? 여왕은 두 난소에 들어 있는 무수히 많은 알의 암수를 구별해낼 수 있을까? 또한 구별해낸 알을 어떻게 자신의 의지대로 유일한 수난관輸卵管 안으로 내려 보낼 수 있을까?

여기에서 우리는 또 벌집의 수수께끼, 가장 짐작하기 어려운 수수께끼와 직면했다. 처녀 여왕벌이라고 해도 결코 불임이 아니라는 사실을 우리는 알고 있다. 그러나 처녀 여왕벌은 수벌밖에 낳지 못한다. 결혼비행을 해서 수태를 한 후에야 비로소 일벌이나 수벌을 선택해서 낳을 수 있다. 결혼비행을 마치면 그녀는 수명이 다할 때까지 가엾은 애인에게서 받은 막대한 정자를 소유한다. 로이카트 박사의 추정에 따르면, 2천 5백만 개에 달하는 이 정자들은 난소 아래의 수난관 입구에 있는 저장낭貯精囊에 산 채로 보존된다고 한다. 따라서 작은 벌집 방의 비좁은 입구가 여왕벌의 웅크리는 자세에 어떤 압력을 가하면 저정낭에 그 압력이 전해져 정자가 튀어나오고, 그 과정에서 알을 수태하게 된다고 추정했다. 큰 벌집 방에서는 이 압력이 가해지지 않아 저정낭이 개방되지 않는다는 말이다. 이와 달리 어떤 사람은 여왕벌이 저정낭을 질 위에서 열고 닫는 근육을 직접 통제한다고 주장했다. 실제로 여왕벌에게는 이런 근육이 매우 많고 그 힘도 대단하다.

나는 위의 두 가지 가설 중 어느 쪽이 더 뛰어나다고 결론을 내릴 마음이 없다. 연구를 진행할수록 우리는 인간이 지금까지 알려지지 않은 자연이라는 큰 바다에 떠 있는 조난자에 불과하다는 사실을 깨달을 테니까. 또한 진실이 그때까지 믿어온 모든 사실을 한순간에 무너뜨리듯 파도 속에서 갑자기 떠오를 것임을 알게 될 테니까. 그러나 그럼에도 제2의 가설에 더 쏠린다는 사실을 고백하겠다. 먼저 보르도 지방의 양봉가인 드롤리의 실험이 있다. 이 실험에서 그는 벌집에서 큰 벌집 방을 모두 제거하면 수벌을 낳아야 할 시기가 왔을 때 어미 벌이 망설이지 않고 일벌용 벌집 방에 알을 낳는다는 사실을 알아냈다. 반대로 그 이외의 벌집 방에 자유롭게 드나들 수 없을 때는 수벌용 벌집 방에 일벌의 알을 낳는다고 한다.

가위벌(*Gastrilegides*)류에 속하며 독립심이 강한 야생 꿀벌인 뿔가위벌(*Osmise*)에 대해 파브르가 실시한 놀라운 관찰도 있다. 이 관찰에 따르면, 뿔가위벌은 장차 자신이 낳을 알의 성별을 미리부터 알고 있을 뿐 아니라 어미 벌이 그 성별을 임의로 결정할 수 있다고 한다. 뿔가위벌의 여왕은 자신이 자유롭게 선택한 공간에 따라 여기에서는 수벌을, 저기에서는 암벌을 낳는 식으로 알의 성별을 결정한다. 나는 이 프랑스의 위대한 곤충학자가 실시한 실험을 자세히 언급할 생각이 없다. 그건 지나치게 공을 들이는 처사이자 우리를 이 책의 주제에서 벗어나게 하는 일이기 때문이다. 어떤 가설이든 모두 미래의 예지력과 무관하며, 단순히 여왕벌이 일벌의 벌집 방에 알을 낳으려는 경향을 아주 잘 설명한 데 지나지 않는다.

여왕벌은 어쩌면 지나치게 연애를 좋아하는 존재일지도 모른다. 자신의 몸 안에서 일어나는 남성성과 여성성의 결합에서 극도의 쾌락을 느끼는지도 모른다. 사랑의 덫과 연관될 때 가장 교묘하고 교활할 정도로 조심스럽게 다양한 형태를 취하는 자연이 여기에서도 역시 종족의 이익을 쾌락으로 보강하려고 작정했는지도 모른다. 단, 오해하지도 말고 이 설명에 속지도 말자. 하나의 관념을 자연에 부여해놓고 그것으로 됐다고 돌아서는 일은 어리석고 무모하다.

★1— 나는 아직 날씨가 쌀쌀한 이른 봄의 햇살 아래에서 같은 실험을 되풀이해보았다. 그러나 이전과 동일한 부정적인 결과가 나왔다. 극히 성실한 관찰자이자 내 친구인 한 양봉가에게 이 이야기를 꺼냈는데, 그는 최근 같은 방법으로 그러한 결과가 나온 예가 네 번이나 된다고 답장을 보내왔다. 이 사실은 좀더 검증해보아야 한다. 나는 내 친구가 실험을 성공시키고 싶다는 욕심 때문에 실수를 저질렀을 거라고 확신한다.
★2— 레오뮈르는 유명한 수학자인 쾨니히(독일의 물리학자)에게 아래와 같은 문제를 냈다. "서로 합동인 세 개의 마름모꼴이 피라미드 모양을 형성하고, 이를 토대로 한 육각기둥 모양의 벌집 방이 있다. 이런 벌집 방 중에서 가장 적은 재료로 지어진 방은 어떤 방일까?" 쾨니히는 넓은 각이 109도 26분, 좁은 각이 70도 34분인 세 개의 마름모꼴로 토대가 만들어진 방이라고 대답했다. 이에 비해 마랄디(이탈리아의 수학자 · 천문학자)는 꿀벌이 만든 마름모꼴의 각도를 되도록 정확하게 측정해서 넓은 각을 109도 28분, 좁은 각을 70도 32분이라고 정했다. 따라서 두 해답에서 각도의 차이는 2분밖에 나지 않는다. 만약 오차가 있어도 이는 꿀벌이 아닌 마랄디에게 잘못이 있다고 봐야 한다. 벌집 방의 각도를 한 치의 오차도 없이 정확하게 측정할 수 있는 기구가 존재하지 않기 때문이다.
수학자 크뢰머(독일의 물리학자)는 꿀벌이 산출해낸 해답에 매우 가까운 답을 내놓았다. 즉, 넓은 각이 109도 28.5분, 좁은 각이 70도 31.5분이라고 했다. 매클로린은 쾨니히의 해답을 수정해서 70도 32분과 109도 28분이라고 했고, 레옹 라란느는 109도 28분 16초와 70도 31분 44초라고 했다.

4장

젊은 여왕벌들

그녀는 자신의 경쟁 상대가 도전해오는 소리를 듣자마자,
자신의 운명과 여왕으로서의 의무를 깨닫고 용감하게 맞선다.

1

벌통에서는 또다시 삶의 순환이 시작된다. 널리 번식이 행해지며, 힘과 세력이 극에 달할 때마다 분열이 일어난다. 그러나 이 벌통은 이쯤에서 문을 닫자. 그리고 마지막으로 한 번 더 고향 도시를 버린 분봉 무리가 떠난 후 그곳에서 무슨 일이 벌어지는지를 알아보자.

여행 채비로 들끓던 소란이 가라앉으면 이 불행한 도시는 마치 피를 잃은 육체 같아진다. 아이들의 3분의 2가 더는 돌아올 생각도 없이 도시를 버리고 떠나버렸다. 도시는 피폐하고 황량하며 죽음의 기운마저 감돈다. 그러나 이 도시에는 아직 꿀벌 수천 마리가 남아 있다. 이들은 어떠한 동요도 없이 묵묵히 일을 재개한다. 가버린 자들을 대신하듯 최선을 다해 향연의 자취를 없앤다. 저장물을 갈무리하고, 꽃들을 향해 날아가며 미래의 창고를 감시한다. 자신의 사명을 자각하고 정해진 운명을 충실히 따른다.

그러나 침울해 보이는 겉모습과 달리 사실 눈에 보이는 모든 것에 희망이 가득하다. 우리는 앞으로 태어날 인간들의 영혼을 수천 개의 유리 단지에 담아 벽을 만들었다는 저 독일의 전설에 나오는 성 안에 있다. 삶이 시작되기 이전의 주거지에 있는 셈이다. 실로 경탄할 만한 육각형 벌집 방의 무한한 더미 속에 마련된 요람에서는 젖보다 하얀 수많은 번데기들이 다리를 오므리고 가슴팍에 머리를 묻은 채 눈뜰 시기를 기다린다. 무덤 속에 잠든 그들을 보고 있노라면 명상하는 백발의 놈(gnome. 땅의 신령) 혹은 베로 만든 얇은 홑옷의 주름 때문에 쭈글쭈글해진 처녀들이 육각기둥 안에 매장되어 있다고 말하고 싶을 정도다.

이 수직 벽은 그 안에서 태어나고, 모습을 바꾸고, 뱅글뱅글 회전하고, 네다섯 번씩 옷을 갈아입고, 어둠 속에서 계속 베를 짜내는 듯한 벌의 세계를 간직하고 있다. 이 벽의 도처에서 몇 백 마리나 되는 일벌들이 적정 온도를 유지하기 위해, 또한 우리는 알지 못하는 어떤 목적을 위해 날개를 흔들며 춤을 춘다. 알지 못하는 어떤 목적이라고 말한 까닭은 이들의 춤에는 특별하면서도 질서가 잡힌 움직임이 있고, 그것이 일찍이 누구도 간파하지 못한 미지의 목적에 응하고 있는 것으로 보이기 때문이다.

며칠이 지나면 이 수만 개의 단지(거대한 벌통에서는 6만에서 8

만에 달한다) 뚜껑에 균열이 간다. 검고 진지해 보이는 커다란 두 눈이 나타난다. 그 눈 위에 달린 더듬이는 서둘러 자기 주변에 있는 존재를 촉지하기 시작한다. 그 한쪽에서는 활발한 턱이 구멍을 넓힌다. 유모들이 달려와 이 젊은 꿀벌의 탈출을 도와주고, 그녀의 이빨을 닦아 깨끗하게 해준 후 혀끝으로 그녀가 새 인생에서 처음으로 맛보는 꿀을 먹인다. 다른 세계에서 이 세계로 이제 막 도착한 그녀는 아직 멍한 모습을 하고 있다. 안색은 창백하고 발걸음은 불안하다. 그녀는 마치 묘지에서 빠져나온 작은 노인처럼 약하기 그지없다. 미지의 도정에서 솜털 같은 먼지로 뒤덮인 여행자 같다고나 할까? 단, 그녀는 머리에서 발끝까지 완전한 형태를 갖추었고, 꼭 알아야 할 일들은 모두 알고 있으며, 자신의 운명과 종족의 놀라운 수수께끼를 풀기 위해 지체하지 않고 곧바로 닫힌 벌집 방으로 다가간다. 그리고 아직 감옥에 갇힌 자매들을 이번에는 자신이 따뜻하게 해주기 위해 날개를 세차게 흔들며 운율에 맞춰 이리저리 움직인다. 그 모습은 이른바 태어나는 순간부터 자신에게는 놀거나 웃을 여유가 없음을 깨닫게 되는 저 빈민들의 자녀 같다.

2

그래도 처음에는 중노동이 면제된다. 탄생 후 1주일이 지나면 벌통에서 나와 최초의 '청결 비행'을 실시해 기낭(氣囊. 공기

주머니)에 공기를 채운다. 기낭에 공기가 차면 몸 전체가 부풀어 오른다. 이때부터 그녀는 하늘을 남편으로 삼는다. 그리고 돌아와 다시 1주일을 기다리고, 최초 세대의 자매들과 함께 양봉가들이 '인공 태양'이라고 부르는 일종의 독특한 흥분 속에서 최초의 밀어密漁 비행을 실시한다. 그러나 이는 오히려 '불안한 태양'이나 다름없다. 그녀들은 푸른 심연과 빛의 무한한 고독을 두려워하기 때문이다.

환희는 공포로 얼룩져 있다. 그녀들은 출입구 언저리를 오가고, 주저하고, 날아오르다가 돌아오기를 20회 정도 되풀이한다. 머리는 고집스럽게도 태어난 집 쪽으로 향한 채 공중에서 균형을 유지했다가 큰 원을 반복해서 그린다. 이 원은 위로 올라가는가 싶으면 후회를 이기지 못해 이내 밑으로 내려온다. 그리고 이들의 1만 3천 개의 눈은 부근에 있는 온갖 나무들, 샘물, 격자 울타리, 지붕, 창문을 동시에 조사하고 기억해둔다. 그녀들이 귀가할 때 내려오게 될 하늘 길은 이렇게 강철 펜 두 개로 허공에 새겨놓은 듯 깊이 각인된다.

이 역시 새로운 신비 가운데 하나다. 다른 불가사의한 일과 마찬가지로 이 일도 한번 조사해보자. 설령 이 신비가 다른 신비와 마찬가지로 입을 다물고 아무 말도 해주지 않아도, 그 침묵은 자각적인 무지의 영역을 넓혀줄 것이다. 열의라는 씨앗을 파종한, 이 자각적 무지의 영역이야말로 우리의 정신 활동 중에서 가장 비옥한 곳이라 할 수 있다.

그녀들의 주거지는 종종 나무 아래에 감춰져 있다. 그 입구는 항상 눈에 띄지 않는 한 점에 불과해서 꿀벌들이 그 입구를 발견하기란 실로 불가능하다. 그런데도 이들은 항상 입구를 찾아낸다. 어떻게 그럴 수 있을까? 벌통에서 2, 3킬로미터 떨어진 곳에 떼어놓아도 좀처럼 길을 잃지 않는 까닭이 무엇일까?

그녀들에게는 다양한 장애물 너머로 자기 집을 발견할 수 있는 특별한 능력이 있는 걸까? 몇몇 표지의 도움을 받아 올바른 방향을 찾아내는 걸까, 아니면 어떤 종류의 동물들, 예컨대 제비나 비둘기처럼 특수한 방향 감각을 지닌 걸까? 파브르나 러벅, 특히 M. 로메인즈(〈자연〉 1886년 10월 29일 호)의 여러 실험은 이것이 꿀벌의 불가사의한 본능에서 비롯된 것이 아님을 말해준다. 나 또한 내 나름의 방법으로 그녀들이 벌통의 모양이나 색에 무관심하다는 사실을 여러 번 확인했다. 그보다는 자기들의 집을 받치고 있는 선반의 익숙한 외관이나, 입구, 비상대飛翔臺★1의 배치에 더 신경을 쓰는 듯하다. 그러나 이 역시 부수적인 것이어서 설사 일벌이 나가고 없는 틈을 타서 주거지의 정면을 완전히 바꿔놓더라도 그녀들은 지평선 저쪽에서 자기 집으로 곧장 날아든다. 단, 몰라볼 정도로 달라진 입구를 넘어가는 순간만큼은 잠시 망설이는 기색을 띤다. 그 방위 판단법은 극히 면밀하고 정확한 표지를 따른다. 그녀들이 의식하는 대상은 벌통이 아니라 벌통과 2, 4밀리미터까지 자세하게 측정된 주위 사물의 관계, 즉 주변 사물에서의 벌통의 위치다. 그리고 이 방법은 놀랄 만큼 정확하고 수학적으로도 확실하며, 이들의 기억에 깊이 새겨져 있기까지 하다. 5, 6개월 동안 어두운

지하실에서 겨울을 보낸 벌통을 원래의 선반에 돌려놓을 때, 이전보다 몇 센티미터 정도 오른쪽이나 왼쪽으로 빗겨놓으면, 밖에 나와 처음으로 꽃들을 방문하고 돌아온 일벌들은 모두 작년에 벌통이 놓여 있던 자리로 망설임 없이 날아든다. 그리고 이리저리 찾아 헤맨 후에야 위치가 바뀐 입구를 발견한다. 이를 보면 마치 한겨울 동안 하늘이 그 지우기 힘든 궤도의 흔적을 조심스럽게 보존해놓은 듯한, 그녀들이 부지런히 지나다닌 길이 하늘에 각인된 채 남아 있는 듯한 느낌이 든다.

그러므로 벌통은 선불리 옮기지 말아야 한다. 원래 자리에서 3, 4킬로미터나 떨어진 곳으로 이동시켜 주위 풍경이 완전히 달라지거나 하면 '비상飛翔 구멍' 앞에 작은 판자나 기와 파편과 같은 장애물을 놓아서 무언가 달라졌다고 경고라도 해주어야 한다. 그래야 이들도 새로운 방향을 정확히 확인할 수 있다. 만약 그렇지 않으면 대다수의 꿀벌이 미아 신세를 면치 못한다.

3

주민이 늘어나는 우리의 도시로 다시 돌아가보자. 이 도시에서는 수많은 요람의 뚜껑이 잇따라 열리고, 벽을 구성하는 물질까지 움직이기 시작했다. 그러나 아직 여왕은 없다. 중앙 부분에 있는 한 벌집 틀의 가장자리에는 7, 8개의 희한한 건물이 솟아 있다. 이 건물은 벌집 방이 울퉁불퉁하게 이어진 평원 안에서, 마치 달 사진에서 뭔가 묘한 느낌을 주는 크레이터(crater)*를 생각나게 한다. 이 건물은 까칠까칠한 캡슐 모양으로, 단단한 껍질에 둘러싸인 도토리가 옆으로 기울어진 형상을 하고 있다. 또한 일벌 벌집 방 서너 개를 합친 만큼의 규모다. 보통은 한 장소에 모여 있고, 매우 불안정하기 때문에 꼼꼼한 파수꾼이 보초를 선다. 이곳이 바로 어머니들이 탄생하는 곳이다. 분봉 무리의 출발 전에 어미 벌이 낳아놓았는지, 아니면 아직 확인되지는 않았으나 더욱 개연성이 높은 학설의 주장대로 유모들이 어딘가 이웃의 요람에서 운반해왔는지는 모르겠지만, 여하튼 각 캡슐 속에는 일벌이 나오는 알과 전혀 분간이 되지 않는 알들이 하나씩 들어 있다. (크레이터 : 달과 같은 위성이나 화성 같은 행성 표면에 널려 있는 크고 작은 구멍)

3일이 지나면 이 알에서 작은 유충이 나온다. 영양분이 많은 특제 자양물이 아낌없이 바쳐진다. 이제 우리는 인간의 일이라면 '숙명'이라는 엄숙한 이름으로 부를 것이 분명한, 저 자연의 훌륭하리만치 평범한 한 방식의 과정을 조심스럽게 따라갈 수 있다. 작은 유충은 이 식이요법 덕에 특수한 발육 과정을 거쳐 변태한다. 그 모습은 그 뒤에 태어나는 다른 벌은 전혀 다른 종에 속해 있다는 착각이 들 정도로 독특하다.

그녀는 6, 7주는커녕 4, 5년씩 산다. 복부는 다른 벌보다 두 배나 길고, 몸은 짙고 반짝이는 금색이며 침은 휘어 있다. 다른 벌이 1만 2천에서 1만 3천 개의 겹눈을 지닌 데 비해, 그녀의 겹눈은 8천에서 9천 개뿐이다. 뇌는 작지만 난소는 유별나게 크고 그녀를 이른바 양성구유자兩性具有者로 만드는 특별한 기관인 수정낭受精囊을 갖고 있다. 노동에 필요한 도구—즉 밀랍을 분비하는 소낭小囊이나, 꽃가루를 채집하는 데 필요한 꽃가루솔이나 꽃가루 주머니—는 찾아볼 수 없다. 벌의 고유한 습성도, 정열마저도 지니지 않았다. 태양에 대한 갈망도 공간에 대한 욕구도 없으며, 평생 꽃 한 송이도 방문해보지 못하고 죽는다. 이 벌은 어둠과 군중의 술렁임 속에서 알을 그득히 채울 요람을 끊임없이 요구한다. 그 대신 사랑의 불안만큼은 안다. 생애에 태양빛을 두 번이나 볼 수 있을는지, 그조차도 분명하지 않다—분봉이 꼭 일어나지는 않으므로—아마 단 한 번, 그것도 연인과 해후하기 위해 날 때만 날개를 사용할 것이다. 이토록 많은 것들, 즉 다양한 기관, 생각, 욕망, 습관, 한 운명 전체가 그의 정액 속에 있다는 것이 참으로 불가사의하다.★2

4

옛 여왕이 떠난 지 1주일이 지났다. 캡슐 속에서 잠자는 여왕이 될 번데기들은 각자 세대가 다르다. 꿀벌들은 두 번째, 세 번째, 나아가서는 네 번째 분봉 무리가 벌집에서 출발하겠노라고 결정을 내릴 때 각 분봉에 상응해서 여왕가의 탄생이 이어지기를 바라기 때문이다. 몇 시간 전부터 그녀들은 시기가 무르익은 캡슐의 벽을 서서히 갉아 얇게 만들고 있다. 마침내 안쪽에서도 동시에 둥근 뚜껑을 갉아대던 젊은 여왕이 머리를 내민다. 몸의 절반가량이 밖으로 나온다. 급히 달려온 파수꾼에게 이빨을 내밀어 양치를 맡기고 애무를 받으면서, 몸을 끄집어내고는 벌집 틀 위에 첫 발을 내딛는다. 막 태어난 일벌과 똑같이 그녀도 창백하고 약해 보이지만, 10분 정도 서 있으면 다리에 힘이 실린다. 그리고 자신은 혼자가 아니다, 이 왕국을 정복해야만 한다, 여왕 계승권을 주장하는 자들이 어딘가에 숨어 있다는 생각에 불안을 느껴 경쟁 상대를 찾아 밀랍 벽 위를 헤맨다. 이때 본능이나 벌집의 정신 혹은 일벌들의 집합체가 내린 불가사의한 여러 결정과 지혜가 작용하기 시작한다.

유리 벌통 안에서 벌어지는 이런 과정을 따라가면서 가장 놀라게 되는 점은 이들에게서 어떤 망설임도, 의견 분열도 찾아볼 수 없다는 것이다. 벌집에서는 어떤 불화나 논쟁의 흔적도 인정되지 않는다. 전원일치의 정신만이 있으며, 그것이 곧 이 도시의 공기이다. 꿀벌들은 서로의 생각을 이미 다 아는 듯이 보인다. 어쨌든 지금 그녀들은 중요한 순간을 맞이했다. 정확히 말하면, 이 순간이 도시의 생명을 좌우한다. 그녀들은 서너 개의 선택지 중에서 하나를 택해야 하고, 이 선택지들은 서로 다른, 그리고 아주 사소한 일에도 치명적이 될 수 있는 결과를 초래한다. 종족의 번식이라는 타고난 정열 혹은 의무를 혈통과 그 자손의 유지라는 견지와 양립시켜야 한다. 때때로 그녀들은 잘못을 범한다. 즉, 잇달아 세 번씩 혹은 네 번씩 분봉 무리를 내보내 어머니와 같은 도시를 완전히 피폐화한다. 분봉 무리는 스스로 조직을 만들기에는 너무 약하고, 고향의 기후—꿀벌들은 무슨 일이 있어도 이를 기억한다—와 다른 프랑스의 기후에 놀라 초겨울에 몽땅 죽어버린다. 이렇게 그녀들은 이른바 '분봉열分蜂熱'에 희생된다. 이는 보통의 열병과 마찬가지로 삶의 격한 반작용에 따른 재앙과도 같다.

5

그녀들의 선택이 무언가에 강요받은 것이라는 느낌은 들지 않는다. 그리고 인간이 단순한 구경꾼인 한, 인간은 그녀들이 무엇을 선택할지 예견할 수 없다. 그러나 이 선택이 늘 이치에 맞는다는 사실은 인간이 어떤 상황을 변경하여—예컨대, 이들에게 준 공간을 좁히거나 넓히고, 혹은 꿀로 가득 찬 벌집 틀을 치우고 꿀이 들어 있지 않은 벌집 틀을 놓아서—이 선택에 영향을 끼칠 때 확인해볼 수 있다.

따라서 문제는 잇따라 일어나는 두 번째, 세 번째 분봉 무리의 출발 여부를 그녀들이 어떻게 아느냐가 아니다. 어떻게 그렇게 빨리 결정하느냐이다. 그것도 최초의 여왕이 탄생한 후 2, 3일이 지나 아직 어린 여왕이 선두에 선 제2의 분봉 무리를 출발시키고 나서 다시 3일 후에 제3의 분봉 무리를 떠나보내는 식의 처치를 전원일치로 결정하느냐이다. 이 점에서 우리는 오랜 시간—물론 꿀벌의 짧은 수명을 생각할 때 그렇다는 말이지만 — 에 걸친, 각종 예측을 조합한 전체 모습 혹은 전체 체계를 목격할 수 있다.

6

그녀들이 취하려는 조치는 아직 밀랍 감옥에 잠들어 있는 젊은 여왕들을 보호하는 데 목적이 있다. 꿀벌들이 제2의 분봉 무리를 내보내지 않기로 했다고 가정하자. 그래도 여전히 두 가지 방책이 가능하다. 우리는 아까 처녀 여왕들 중 최초의 탄생자가 모습을 드러내는 현장에 있었는데, 꿀벌들은 이때 그 처녀 여왕이 자신의 적인 자매들을 살육하도록 방치할지, 아니면 국가의 미래가 달린 '결혼비행' 이란 위험한 의식을 여왕이 무사히 수행할 때까지 기다릴지, 둘 중 하나를 선택해야 한다. 때로는 즉각 살해하도록 내버려두고 때로는 이에 반대한다. 단, 이 반대가 제2의 분봉을 예견해서인지, '결혼비행' 의 위험을 예견해서인지는 확실하지 않다. 아마 이 점은 다들 이해할 것이다. 시기가 이미 악화되었든, 아니면 우리가 통찰할 수 없는 전혀 다른 이유에서든 간에 제2의 분봉을 결정한 직후에 갑자기 이를 단념하고 여왕 후보들을 모두 살해하는 현상이 여러 차례 관찰되었기 때문이다.

그러나 여기에서는 그녀들이 분봉을 단념하고 대신 '결혼비행' 의 위험을 감수하기로 했다고 가정해보자. 우리의 저 어린 여왕이 요람이 늘어선 구역에 다가가면 파수꾼은 길을 터준다. 엄청난 질투에 휩싸인 그녀는 가장 가까이에 놓인 캡슐에 달려가 다리와 이빨로 있는 힘껏 밀랍을 부순다. 그리고 그 주거지를 뒤덮은 누에고치 모양의 겉옷을 발기발기 찢어 그 안에 잠든 여왕을 나체로 만든다. 잠든 여왕이 자신의 경쟁 상대임을 확인한 그녀는 몸을 틀어 캡슐 속에 침을 꽂는다. 갇혀 있던 여왕이 숨질 때까지 미친 듯이 침을 찌른다. 상대의 죽음에 만족한 그녀는 잠시 분노를 가라앉히고 침을 거두었다가 곧바로 다음 캡슐을 공격한다. 만약 캡슐 속에 아직 다 발육하지 못한 유충이나 번데기가 들어 있을 때는 그냥 내버려두고 다음 캡슐로 전진한다. 그리고 발톱이며 이빨에 힘이 빠져 밀랍 벽을 뚫지 못할 정도로 녹초가 되지 않는 한, 어린 여왕은 절대로 멈추지 않는다.

주위의 꿀벌들은 그녀의 분노를 구경하면서 그녀에게 협조한다. 그러나 벌집 방에 구멍이 뚫려 황폐해지면 그녀들은 곧장 달려가 시체나 아직 살아 있는 유충, 폭행당한 번데기를 끌어내 벌통 밖으로 내던진다. 그 구멍 바닥에 가득한 여왕 전용의 물컹한 영액靈液을 걸신들린 듯 먹어치운다. 마침내 여왕이 완전히 지쳐 자신의 분노를 삭이면 그녀들이 나서 여왕이 될 자들의 일족을 완전히 몰살한다.

이는 수벌 살육과 함께 벌집에서 손꼽히는 공포의 시간이며, 일벌들이 자신의 주거지에 불화와 죽음이 침입해오는 것을 허락하는 유일한 시간이다.

때로는 — 단, 꿀벌은 이러한 사태가 일어나지 않도록 주의하므로 이런 광경을 목격하기가 쉽진 않다 — 여왕 두 마리가 동시에 탄생하기도 한다. 그러면 요람을 나오자마자 이들의 결투가 벌어진다. 이 결투의 매우 신기한 특징을 최초로 보고한 사람은 유베르다. 그에 따르면, 키틴질의 갑옷을 두른 두 처녀벌이 서로 침을 꺼내 달려드는데, 가까워질 때마다 『일리아스 Ilias』에 나오는 전투처럼 신이나 여신이 중재를 선 듯한 일이 벌어진다. 즉, 두 여전사는 마치 합의를 한 듯 겁에 질려 황급히 서로에게서 떨어진다. 이내 전투 태세를 취하지만 쌍방이 동시에 상대방을 해칠 위험이 이들 국민의 미래에 닥치면 또다시 거리를 유지한다. 이런 과정을 반복하다가 어느 한쪽이 무모하거나 서툰 짓을 저지르면 때를 놓치지 않고 기습해서 죽인다. 종족의 법칙은 단 한 마리만 희생되기를 바라는 것이다.

7

젊은 여왕이 이렇게 요람을 파괴하거나 경쟁 상대를 살해하면 벌집의 국민들은 이 여왕을 자기들의 여왕으로 받아들인다. 그러나 어린 여왕이 진정으로 군림하고 자기 어머니와 마찬가지로 극진한 대우를 받으려면 결혼비행을 완수해야 한다. 그녀가 임신을 하지 않은 동안에는 일벌들이 그녀를 돌보지도, 경의를 표하지도 않기 때문이다. 게다가 아주 드물긴 하지만 일벌들이 분봉을 포기하지 못할 때도 있다.

이때에도 앞의 경우와 마찬가지로 그녀는 질투와 분노에 휩싸여 여왕 후보자들의 벌집 방을 찾아간다. 그러나 순종적인 시종들의 격려를 받기는커녕 적의에 찬 파수꾼과 마주친다. 그러면 안달이 난 여왕은 고집스럽게 가던 길을 가거나 우회하려 드는데, 역시 가는 곳마다 여왕 후보들을 경호하는 보초와 맞닥뜨린다. 이때 뜻을 굽히지 않고 어떻게든 자신의 임무를 수행하려고 들면 파수꾼들에게 무자비하게 떠밀린다. 그러면서 그녀는 이 작은 일벌들이 지금 어떤 법칙을 지키는 중이고, 자신이 양보해야 한다는 사실을 어렴풋이 깨닫는다.

결국 그녀는 돌아서지만, 그 풀 곳 없는 분노는 양봉가라면 모두가 알고 있는 저 싸움의 노래, 위협적인 비명이 되어 벌집틀 사이에 울려 퍼진다. 이 절규는 먼 곳에서도 들을 수 있는 트럼펫의 음색과 비슷하다. 분노를 담아 힘껏 내지를 때면 꽉 닫힌 벌통의 이중벽을 뚫고 멀리까지 퍼지기 때문에 3, 4미터 떨어진 곳에서도 그 소리를 들을 수 있다.

여왕의 절규는 일벌들에게 매우 신비로운 영향을 끼친다. 그들은 절규를 듣는 순간 일종의 공포라고나 할까, 외경심으로 가득 찬 망연자실한 상태에 빠진다. 여왕이 출입을 거부당한 저 벌집 방 위에서 비명을 지르면 그녀를 빙 둘러싸고 감시하던 일벌들이 갑자기 머리를 숙이고 어떤 미동도 하지 않은 채 그저 비명이 그치기를 기다린다. 덧붙여 해골박각시(*sphinx atrops*)가 벌통에 침입해 꿀을 실컷 빼앗아 먹어도 꿀벌들이 공격하지 못하는 까닭은 이 해골박각시의 소리가 여왕벌의 절규와 매우 흡사하기 때문으로 여겨진다.

2, 3일 동안, 때로는 5일 동안 굴욕감에서 터져 나온 이 절규는 계속해서 허공을 맴돌고 일벌들이 보호하는 왕위 계승자들의 귓전을 때린다. 계승자들에게 이 절규는 결투 신청과 같다. 어린 여왕이 절규하는 동안 후계자들은 성장을 하고, 차례대로 알에서 나와 빛을 보고 싶다는 일념으로 닫힌 벌집 방의 문을 갉아댄다. 평소와 다른 대소동이 국가에 닥친 것이다. 그러나 벌집의 정신은 어떤 결정을 내릴 때 앞으로 일어날 결과를 모두 예측해 그 대비책을 마련해둔다. 즉, 벌집의 돌아가는 사정을 잘 아는 파수꾼들은 이때 무엇을 해야 하는지 너무나도 잘 안다. 이들은 후계자들이 지금 밖으로 나오면 제 언니의 손에 한 마리씩 살해되리라는 사실을 안다. 그래서 방에 유폐된 후계자들이 안쪽에서 입구를 갉아대면, 파수꾼들은 바깥쪽에서 새 밀랍으로 입구를 덮어씌운다. 안에서 안달이 난 후계자들은 그저 나가려고 기를 쓴다. 동시에 자신의 경쟁 상대가 외치는 도전의 소리를 듣는다. 그러면 삶이 무엇인지도, 벌집이 어떤 곳인지도 모르는 이들은 자신의 운명과 여왕으로서의 의무를 깨닫고 감옥 안에서 어린 여왕의 도전에 용감하게 응수한다. 그러나 이 절규는 무덤의 벽을 통해 흘러나오기 때문에 뭔가 억눌린 듯하고 공허한 느낌을 준다. 그리고 들판에 정적이 찾아오고 별들의 침묵이 깊어지는 저녁 무렵, 이들의 신비로운 도시를 순찰하러 나간 양봉가는 정처 없이 떠돌아다니는 처녀

여왕과 유폐된 처녀 여왕들이 주고받는 소리를 듣고 그것이 무엇을 뜻하는지를 곧 이해한다.

8

원래 긴 유폐 기간은 유폐자들에게 이익이 된다. 그녀들은 그 기간 동안 밖으로 뛰쳐나갈 수 있는 힘을 키운다. 한편 자유의 몸인 여왕도 기다리는 동안 여행의 위험을 감수할 수 있을 정도로 강해진다. 그러면 제2 분봉 무리가 여왕을 선두에 세우고 고향을 등진다. 이들이 떠난 직후에 벌통에 남은 일벌들은 유폐자들 중 한 마리를 풀어주는데, 이 벌도 마찬가지로 살육을 자행하려 들고, 똑같이 분노의 절규를 하며 3일 후에는 제3의 분봉 무리의 선두에 서서 벌통을 떠나간다. 이렇게 벌집에 분봉열이 찾아오면 도시는 완전히 쇠약해질 때까지 분봉을 되풀이된다.

스밤메르담은 한 벌통에서 나온 분봉 무리와 이 무리에서 나온 다른 분봉 무리가 한 계절에 30회에 달하는 분봉을 했다고 기록하기도 했다.

이러한 이상 증식은 특히 혹독한 겨울이 끝날 무렵에 주로 나타난다. 마치 자연의 숨은 이치를 깊이 통달한 꿀벌이 종족을 위협하는 위험을 의식해서 벌이는 행동 같다. 만약 기후가 예년과 같다면 이런 이상 증식은 좀처럼 일어나지 않는다. 대개는 한 번만 분봉하고, 아예 분봉을 하지 않는 집단도 있다.

일반적으로 꿀벌은 제2 분봉 후 곧바로 본가의 극단적인 쇠약함을 알아챘는지 그 이상의 분열은 포기한다. 그래서 세 번째 여왕에게 남은 유폐자들을 학살해도 좋다고 허락한다. 그리고 대부분의 일벌은 젊을수록, 벌집이 가난할수록, 벌의 수가 적을수록, 겨울이 오기 전에 꿀로 채워야 할 벌집 방의 수가 많을수록 더 열심히 일을 한다.

9

제2, 제3의 분봉 무리는 제1 분봉 무리와 비슷한 과정을 거치며 집을 나선다. 다만 꿀벌의 수가 적고 그다지 신중하지 않기 때문에 척후병도 파견하지 않고, 아직 처녀인 여왕이 무리를 꽤 멀리까지 데려간다는 점이 다르다. 덧붙이면 제2, 제3의 이동은 실로 무모하고 위험하기 짝이 없다. 이들은 단순히 미래를 상징하는 자로서 아직 회임하지 않은 여왕을 선두에 세웠을 뿐이다. 이들의 운명은 이제 곧 실시할 결혼비행에 달려 있다. 지나가는 새 한 마리, 비 몇 방울, 차가운 바람 한 점, 단 하나의 실수, 재난, 그 어느 하나라도 돌이킬 수 없는 사건을 초래할 수 있다. 꿀벌은 이 사실을 잘 알기에 새로 찾은 피난처, 이제 단 하루밖에 지나지 않은 주거지에 상당한 애착을 느낀다. 또한 이미 노동을 재개했음에도 종종 그 모든 것들을 버리고 연인을 찾아 나서는 자기들의 여왕과 동행하며 그녀에게서 눈을 떼지 않고 몇 천 개나 되는 날개로 그녀를 감싸려 한다. 만약 사랑에 눈먼 여왕이 새 벌집에서 너무 멀리 벗어나고, 그 귀로를 제대로 아는 벌이 한 마리도 없을 때는 모든 국민이 군주와 함께 멸망하려고 든다.

10

미래를 위한 규칙은 실로 강력한 힘을 지녔기에 이러한 불안이나 죽음 앞에서 망설이는 꼴을 보이는 꿀벌은 단 한 마리도 없다. 제2, 제3의 분봉 무리가 열광하는 모습은 최초의 분봉 무리와 다를 바가 없다. 도시가 결정을 내리자마자 어린 여왕들은 각각 자기와 함께 갈 일벌들을 찾아내고, 일벌들은 여왕의 운명을 따라 잃을 건 많고 얻을 건 본능에 충실한 기대감뿐인 이 여행에 동참한다. 마치 적과 관계를 끊듯이 과거와 인연을 끊는, 우리는 결코 소유할 수 없는 이 에너지를 과연 누가 이들에게 주었을까? 군중 속에서 새로 출발할 자를 누가 선출하고 남을 자를 누가 지시한단 말인가? 이쪽엔 젊은이들, 저쪽엔 노인들이라는 식으로 남을 자와 떠날 자를 결정하는 것도 아니다. 두 번 다시 고향으로 돌아오지 못할 이 여왕벌 주위에는 매우 연로한 일벌에서 난생 처음 창공의 아찔함을 경험할 어린 일벌까지, 다양한 계급이 골고루 모여 무리를 형성한다. 또한 우연이나 기회, 생각, 본능 혹은 감정의 일시적인 고양이나 의기소침에 따라 무리의 세력이 커지거나 줄거나 하지도 않는다. 나는 분봉 무리를 구성하는 벌과 벌통에 남는 벌의 비율을 계산하려고 되풀이해서 세어보았다. 매우 어려운 실험이어서 수학적으로 정확한 수치는 얻지 못했지만, 봉아소의 벌들까지 포함하면 그 비율이 꽤나 일정했기 때문에 '벌집의 정신'이 뛰어나고 신비로운 계산 능력을 지녔다고 가정할 수밖에 없었다.

11

분봉 무리의 모험에 관한 이야기는 이쯤에서 그만두자. 너무 종류도 많고 복잡하니까. 사실 어떤 때는 두 분봉 무리가 뒤섞인다. 때로는 출발 소동 때문에 유폐 중인 여왕 두세 마리가 파수꾼들의 감시에서 벗어나 분봉 무리에 가담한다. 어린 여왕들 중 한 마리가 수벌에 둘러싸이면 분봉을 위한 비행을 수정에 이용하는 바람에 자신의 백성들을 놀라울 정도로 멀고 높은 곳으로 데려가기도 한다. 양봉가들은 이러한 제2, 제3의 분봉 무리를 반드시 본래의 무리로 되돌린다. 그러면 벌통 안에서 또다시 마주친 여왕들은 싸움을 벌이고 일벌들은 그녀들 주위에 정렬한다. 그리고 가장 우수한 여왕이 승리를 거두면 일벌들은 죽은 여왕의 시체를 내다버려 앞으로 일어날 수 있는 폭력을 막는다. 그리고 자신들을 기다리는 꽃들에게로 날아간다.

12

이야기가 복잡해지기 전에, 꿀벌들이 여왕에게 요람의 자매들을 살육하도록 허락한 지점으로 돌아가자. 앞에서도 언급했지만, 꿀벌들은 제2의 분봉 무리를 내보낼 의사가 없는 것처럼 보일 때도 종종 살육을 반대한다. 그런가 하면 이를 허락할 때도 있다. 이는 한 양봉장에 있는 여러 벌통의 정치 감각이 마치 같은 대륙 내에 존재하는 여러 국가의 정치 감각처럼 제각각이기 때문이다. 단, 살육을 허가하는 집단은 경솔하기 짝이 없다고 해야겠다. 여왕이 결혼비행에서 목숨을 잃거나 길을 잃으면 그 뒤를 이을 후임자가 전무한 데다, 일벌의 유충이 여왕으로 변모할 수 있는 시기가 이미 지났기 때문이다. 상황이야 어쨌든, 살육이 시작되면 최초로 세상에 나온 여왕이 국민에게 인정받은 유일한 군주가 된다. 그러나 그녀는 아직 처녀다. 어머니를 대신해 왕위에 올랐으나 어머니와 똑같아지기 위해서는 태어난 지 20일 이내에 수벌과 어울려야 한다. 만약 어떤 이유로 이 만남이 늦어지면 여왕은 영원히 처녀로 남는다. 물론 그렇다고 불임은 아니다.

우리는 이 단계에서 단성생식이라 부르는, 자연의 경탄할 만한 예외와 마주친다. 단성생식은 주로 진디나 나비목의 주머니나방, 벌목의 혹벌 등 상당한 수의 곤충에게서 볼 수 있다. 처녀 여왕이 이 단성생식을 하면 마치 수정한 양 알을 낳지만, 그 알에서는 벌집 방의 크기와 상관없이 모두 수벌만 태어난다.

그리고 수벌은 원래 일도 안 하고 자기 자신을 위해 꿀을 따는 법도 없이 그저 암컷의 희생을 먹고 사는 존재인지라, 몇 주가 지나 피폐할 대로 피폐한 최후의 일벌들이 다 죽어버린 후 이 무리는 완전히 몰락한다. 처녀 여왕은 몇 천 마리의 수벌들을 낳지만, 각 수벌이 지닌 몇 백만 개의 정충精蟲 중 단 한 마리만 그녀 몸속으로 들어간다. 이는 다른 현상들에 비하면 그리 놀라운 일도 아니다. 어쨌거나 생식에 관한 문제는 우리의 호기심을 자극한다.

꼭 필요한 존재인 일벌을 희생시키고, 아무 도움도 안 되는 수벌을 이토록 우대하는 자연의 목적을 우리는 어떻게 받아들여야 할까? 혹시 자연은 일벌들의 지성이, 그저 먹기만 하는, 그러나 종족의 보존에 중요한 역할을 하는 수벌들의 수를 과도하게 줄일까봐 걱정하는 것일까? 수정하지 않은 여왕의 불행에 대한 반발일까? 아니면 맹목적인 조심성 중 하나일까? 현실에서는 — 이 현실이 본래의 원시적인 현실과 완전히 다르다는 사실을 잊지 말자. 원시림에서는 꿀벌 집단이 지금 우리가 보는 것보다 훨씬 더 광범위하게 흩어져 있으니까 — 대개 여왕이 수정을 하지 못하는 것이 수벌의 탓으로 간주되지 않는다. 그들은 수도 많고 수정을 하기 위해 먼 여정도 마다하지 않기 때문이다. 만약 여왕이 수정을 하지 못한다면, 이는 여왕을 너무 오랫동안 벌통에 붙잡아둔 추위나 비에 잘못이 있다고 봐야 한다. 나아가 더 흔한 일을 꼽으라면, 여왕의 날개가 불완전해서 수벌의 기관을 고려할 때 꼭 해야만 하는 일대 비행에 참석

하지 못하는 사태를 들 수 있다. 그런데도 자연은 이런 현실적인 원인은 고려하지 않고 그저 수벌의 수를 늘리는 데만 정열을 쏟는다. 게다가 이 목적을 위해 다른 몇 개의 법칙마저 어긴다. 그 결과, 여왕이 떠난 벌통에서는 두세 마리의 일벌이 종족을 유지하려는 갈망에 몰두한 나머지 난소가 수축됐음에도 불구하고 산란하고자 애를 쓴다. 산란 기관 역시 격앙된 감정에 취해 실제로 알을 몇 개 낳기도 한다. 그러나 처녀의 몸으로 어머니가 된 여왕의 알처럼, 이 알에서 태어나는 벌은 모두 수벌이다.

13

우리는 여기서 비록 탁월하기는 하나 사려가 부족한 어떤 의지가 생의 지적인 의지를 저지하지 못해 안달이 나 결국 간섭하려 드는 현장을 목격하게 된다. 이 간섭은 곤충의 세계에서 상당히 빈번하게 일어나며 이를 관찰하는 일은 꽤 흥미롭다. 이 세계는 다른 세계에 비해 안에 포함된 곤충의 수도 많고 복잡하기 때문에 가만히 관찰하다 보면 자연의 욕망을 어느 정도 파악할 수 있다. 또 미완성이라고 생각한 실험에서 갑자기 그 욕망을 파악하게 되기도 한다. 자연은 보편적인 큰 꿈을 지녔다. 가장 강한 자가 승리함에 따른 종족의 개량이 그것이다. 일반적으로 전투는 많은 개체가 조직을 구성해서 임하기 때문에 살육당하는 약자의 수가 상당하다. 게다가 승자가 얻는 보상이 유효하고 확실하다면 몇 명을 죽이든 상관하지 않는다. 그러나 자연이 그 조합을 미처 정리하지 못한 건 아닐까 하는 생각이 들 때도 있다. 이때는 보상은커녕 승자의 운명이 패자의 운명과 마찬가지로 고통스럽기 짝이 없다. 우리가 나누는 꿀벌의 이야기에서 그리 벗어나지 않기 위해서는 가뢰(*Sitaris colletis*)*의 세발톱형 유충 만큼 이 관계를 잘 나타내는 예도 없을 것이다. 게다가 이 이야기의 일부 내용은 우리 인간과도 그리 무관하지 않다. (가뢰 : 딱정벌레목 가뢰과 곤충의 총칭으로, 부화한 유충은 3개의 발톱을 갖고 있어 세발톱형 유충이라 불리며 봄에 벌의 유충에 기생한다)

이 세발톱형 유충은 홀로 살아가는 야생 어리꿀벌의 기생충이다. 짧은 혀를 지닌 어리꿀벌은 땅속에 회랑처럼 생긴 집을 짓는데, 세발톱형 유충은 그 회랑의 입구에 매복해 있다가 어리꿀벌이 지나가면 세 마리, 네 마리, 혹은 더 많은 수가 그 체모에 달라붙는다. 만약 이때 세발톱형 유충 사이에서 강자와 약자를 가리는 싸움이 일어나면 강자만 살아남는다. 이유는 모르겠지만, 이 유충들은 어리꿀벌의 등에 달라붙어 있을 때는 아주 조용히 죽어지낸다. 어리꿀벌이 꽃들을 찾아다니고, 벌집 방을 수리하고, 그 방에 음식물을 저장하는 동안 그들은 끈기를 발휘해 때가 오기를 기다린다. 그러다 벌이 알을 낳으면 그 알 위로 일제히 뛰어내린다. 그리고 아무것도 눈치 채지 못한 어리꿀벌은 식량을 가득 쟁여놓은 이 벌집 방을 단단히 봉한다. 자기 자식의 죽음까지 봉하고 있다는 것은 상상도 하지 못한 채.

벌집 방이 닫히는 순간, 알 하나를 두고 불가피하지만 유익한 자연 도태의 싸움이 일어난다. 유충들 중에서 가장 힘이 세고, 가장 약삭빠른 유충은 자기보다 약한 적에게 달려가 적이 두른 갑옷의 틈으로 턱을 밀어 넣고 그대로 꽉 깨문다. 그리고 머리 위로 들어 올려 적이 죽기를 기다린다. 이 틈을 타고 싸울 상대가 없어 홀로 있었거나 이미 경쟁 상대를 물리친 다른 유충이 알을 가로채 배를 채운다. 이제야 싸움을 끝낸 유충은 알을 차지하기 위해 그 유충도 물리쳐야 한다. 사실 이 싸움은 누워서 떡 먹기다. 태어날 때부터 굶주려 있던 그 유충은 자신의 손에 들어온 알에 너무 집착한 나머지 방어조차 하지 않기 때문이다.

마침내 그 유충도 살해되고, 비록 상당한 값을 치르긴 했지만 어쨌든 알을 차지한 가장 강한 유충은 조금 전에 살해당한 유충이 뚫어놓은 구멍으로 탐욕스럽게 머리를 파묻고는 남은 알을 먹어치운다. 이 알은 그를 완전한 곤충으로 탈바꿈하게 하고, 닫힌 벌집 방에서 탈출하는 데 꼭 필요한 기관을 지니게 해줄 것이다. 그러나 애초 이 싸움을 유도한 자연의 섭리는 이번에도 인색하다 싶을 정도의 정확함으로 승리의 가치를 산정해두었다. 세발톱형 유충 한 마리가 먹어야 할 음식의 양을 딱 알 하나로 정했기 때문이다. 이렇게 불운으로 가득 차고 어찌 보면 황당하기까지 한 이야기를 우리에게 수없이 들려준 마이에는 이렇게 말했다.

“따라서 우리의 승리자는 꼭 필요한 식량을 하나도 얻지 못했다. 그가 마지막에 싸워 살해한 적이 이미 그 식량을 먹고 있었으니까. 그리고 마지막 탈피도 하지 못한 채, 이번에는 그가 죽어간다. 알 껍데기에 매달린 채, 혹은 달콤한 꿀 속에 빠진 채.”

14

이처럼 확실한 예는 드물지만, 박물학에서는 이와 비슷한 예가 무수히 존재한다. 여기에서는 살아남으려는 세발톱형 유충의 의지와 자연의 보편적인 의지 사이에 일어나는 싸움이 여실히 드러난다. 자연도 이 세발톱형 유충이 살아남기를, 그것도 자연 자신이 의도한 대로 이 유충이 자신의 생명을 더욱 확고하게 하고 개량해가기를 바란다. 그러나 결국은 가장 강한 개체의 생명마저 말살된다. 그러므로 가뢰라는 종족은 자연의 의지에 반하는 어떤 우연에서 한 개체가 홀로 고립되어 더욱 강한 자들과 싸워 이기라고 요구하는 법칙에서 벗어나지 않았다면, 벌써 옛날에 사멸했을 것이다.

그렇다면 저 위대한 힘—우리 눈에는 아무런 자각도 하지 못하는 것처럼 보이나 사실은 총명할 것이 분명한 저 힘이 바로 생명을 조직하고 유지하고 있다—도 잘못을 저지른단 말인가? 우리가 의지하는 저 힘도 이따금 잘못된 판단을 내리는가? 만약 그렇다면 누가 이 실수를 바로잡는가?

그러나 지금은 이 힘의 항거하기 힘든 간섭, 즉 단성생식의 이야기로 돌아가자. 그리고 우리와 아무런 상관없어 보이는 이 세계에서 일어나는 일이 사실은 우리와 매우 밀접한 관계를 맺고 있음을 상기하자. 먼저 첫째로, 우리라는 존재를 이다지도 공허하게 만드는 우리 자신의 육체 속에도 어쩌면 이 세계에서 일어나는 일이 마찬가지로 일어나는지도 모른다. 우리의 위나 심장, 또는 뇌가 자각하지 못하는 어떤 부분에까지 영향을 끼치는 자연의 의지가, 미개한 동물들이나 식물, 나아가서는 광물에 영향을 끼치는 자연의 의지와 별개의 것일 리가 없다. 둘째로, 인간이 자각할 수 없는 영역에서 더욱 은밀하기는 하나 역시 위험하다는 사실에는 변함이 없는 몇 가지 간섭이 일어나지 말라는 보장이 없다.

지금 우리가 다루는 이 문제에서 결국 정당한 쪽은 어느 쪽일까? 자연일까, 꿀벌일까? 만약 꿀벌이 더욱 순종적이거나 혹은 더욱 영리해서 자연이 요구하는 바를 완벽하게 이해하고 그것을 철저히 따랐다면, 그리고 자연이 요구한다는 이유로 수벌의 수를 제한 없이 늘렸다면 어떻게 되었을까? 자신의 종족을 전멸시키는 우를 범하게 되지 않았을까? 그렇다면 우리는 자연의 수많은 의도 중에는 이해하면 위험하고, 너무 열심히 따르면 재앙을 초래하는 것이 있으니 자연 스스로 자신을 너무 그렇게 완벽하게 간파하고 철저히 따르지 않기를 바란다고 생각해야 할까? 만약 이것이 사실이라면 인류가 어떤 위험을 무릅쓰는 까닭은 바로 이 때문이지 않겠는가? 우리만 해도 지성이 요구하는 바와 정반대의 것을 하고자 하는 무의식의 힘을 느끼며 살아가지 않는가? 그렇다면 갈 곳 모르는 이 지성이 무의식의 힘과 하나가 되어 더 큰 힘을 지니게 되는 현상을 우리는 어떻게 받아들여야 할까?

15

단성생식의 위험성에 대해 다음과 같은 결론을 내려도 괜찮을지 모르겠다 — 즉, 자연이 항상 목적에 적합하도록 여러 수단을 강구할 수 있는 것은 아니며, 자연이 유지하려는 바는 종종 자연이 강구한 다른 예방 수단에 의해 유지되고 있다는 결론 말이다. 그러나 자연이 무언가를 예견할 수 있기나 한 걸까? 자연은 도대체 무엇을 유지하려는 걸까? 자연이란 우리가 알지 못하는 어떤 것을 통틀어 말할 때 쓰는 말이고, 따라서 자연에 목적이나 지성이 존재한다는 사실을 증명할 결정적인 증거는 거의 없을지도 모른다. 사실이 그렇다.

우리는 지금 우리의 세계관을 풍부하게 장식하는 역할을 담당한 몇 개의 밀폐된 항아리를 다루고 있는 것과 같다. 그 모든 항아리에, 우리의 의지를 꺾고 우리에게 침묵을 강요하는 '미지未知' 라는 명찰을 붙이지 않아도 되도록, 그 생김새나 크기에 따라 '자연' 이니 '생' 이니 '사' 니 '무한' 이니 '도태' 니 '종족의 영靈' 이니 하는 식으로 수많은 말을 새겨놓고 있는 것이다. 마치 옛날 사람들이 '신' 이니 '섭리' 니 '운명' 이니 '응답' 이니 하는 식으로 이름을 붙였듯이 말이다. 만약 그렇게 생각하고 싶다면 그것이 다일 뿐, 그 이상의 것은 아무것도 없다. 그러나 설령 내부에 무엇이 들었는지는 알 수 없지만, 그래도 서로 다른 이름을 붙여놓으면 적어도 다음과 같은 이점 — 항아리에 붙은 명찰이 옛날만큼 위협적이지 않으므로 가까이 다가가 손으로 만지고, 흥미를 가지고 귀를 대볼 수 있다는 이점은 얻을 수 있다.

그러나 분명한 것은 이 항아리들 중에서 가장 배가 불룩하고 '자연' 이라는 명찰이 붙은 항아리가 극히 현실적인 힘을 그 안에 담고 있을 것이라는 사실이다. 또한 그 힘은 이 지구상에서 막대한 양의, 게다가 질도 우수한 생명을 유지하게 하는 힘이기도 하다. 그리고 그 방법은 교묘하기 짝이 없어서 인간의 능력을 뛰어넘는다. 그렇다면 생명의 질과 양은 오로지 이 힘에 의해서만 유지되는 걸까? 어쩌면 우리는 무수히 많은 불운을 뛰어넘은 우연 하나가 남아 있는 모습을 보고 마치 자연의 예방 수단을 보았다고 착각하는지도 모른다.

16

정말 그럴지도 모른다. 그러나 그렇기 때문에 그 우연은 우리를 감탄시킨다. 이 감탄은 단순한 우연이라고는 생각할 수 없는 어떤 것을 목격했을 때의 체험과 맞먹는다. 번뜩이는 지성이나 의식이 있어 무분별한 법을 거역할 수 있는 생물만을 문제로 삼는 일은 이쯤에서 그만두자. 동물계에서 어쩐지 불안해 보이는 최초의 대표자인 원생동물에 대해 알아보는 일조차 그만두자.

영국 학사회 회원이기도 한 저 유명한 M. H. J. 카터가 실시한 몇몇 실험은 다음과 같은 사실을 우리에게 말해준다. 이 실험에 따르면, 점균류*처럼 하찮은 하급 생물도 어떤 기호나 의지, 욕망을 지니고 있고, 확실한 기관을 하나도 갖지 못한 아메바와 같은 적충류滴蟲類도 몇 가지 전략적인 움직임을 보인다고 한다. 특히 아메바가 인내심을 발휘하며 어린 흡적충류吸滴蟲類가 모체의 난소에서 나오기를 기다릴 수 있는 이유는 흡적충류가 이때만큼은 독이 든 촉수를 지니지 않았다는 사실을 이미 알고 있기 때문이라고 한다. 그러나 아메바에게는 그런 사실을 관찰할 수 있는 신경 기관도, 그 어떤 종류의 기관도 없다. (점균류 : 진핵균류 중 세포벽 없이 변형체를 만드는 균)

그렇다면 이번에는 움직이지도 못하고 그저 숙명에 내맡겨진 듯이 보이는 식물에 대해 이야기해보자. 단, 동물처럼 행동하는 육식 식물, 예컨대 끈끈이주걱과 같은 식물은 제외하고 말이다. 주변에서 흔히 볼 수 있는 가장 단순한 꽃들이 자신들에게 필요한 이화수분異花受粉*을 일으키기 위해 어떤 천재적인 행동을 강구하는지를 알아보자. 프랑스에는 그리 흔하지 않은 난과蘭科 식물인 펜 오키드(*Orchis Morio*)★3는 작은 소취체小嘴體, 점착체粘着體, 꽃가루 덩어리의 점착력과 정확한 경사도가 거의 기적에 가까운 조화를 이루고 있다. 그러니 이 조화를 알아봐도 좋고, 사루비아 꽃가루 주머니—곤충이 찾아오면 이 꽃가루 주머니가 곤충의 몸에 붙고, 곤충은 이를 이웃 꽃의 암술머리에 옮겨준다—의 실패를 모르는, 이중으로 된 지렛대 모양의 짜임새를 분석해보아도 좋다. 송이풀(*Pedicularis sylvatica*)의 암술머리가 잇달아 일으키는 행동과 그 속에 감춰진 치밀한 계산을 꼼꼼히 살펴보아도 된다. 이들의 행동은 마치 솜씨 좋은 사수가 과녁의 검은 점을 맞히면 그제야 움직이기 시작하는 것 같다. 벌이 찾아오는 순간을 기점으로 자기 몸속에 든 복잡한 장치를 작동시키기 때문이다. (이화수분 : 같은 식물의 다른 꽃이나 다른 식물의 꽃에서 꽃가루를 받아 열매를 맺는 현상)

자연계의 계층을 더 내려가 러스킨*이 『무가치한 논리학』에서 말한 것과 같은 결정체의 성질, 그들의 간교한 술책, 싸움, 우리가 상상도 할 수 없을 정도로 오래된 그 결정면을 어떤 이물異物이 어지럽히러 왔을 때 이들이 취하는 조치, 적을 받아들이거나 거부하는 방법 따위를 지적할 수도 있다. 또한 가장 약한 자가 가장 강한 자에게 이길 가능성을 찾아볼 수도 있다.

예컨대 비천하고 음험한 녹렴석綠簾石이 자신을 타고 넘어가도록 양보하는 전능한 석영石英의 모습이나 수정과 철이 펼치는 무섭고도 장려한 싸움 말이다. 애초 모든 불순물을 배척한 듯이 보이는 저 투명한 수정은 규칙적인 성장 과정과 오점 하나 찾아볼 수 없는 순수한 성질을 보여준다. 하지만 그 형제나 다름없는 철은 불순물을 받아들여 몸을 이리저리 구부리고, 병적인 성장 과정과 명백한 부도덕성을 보여준다. 나아가 클로드 베르나르*가 자신의 저서에서 이미 밝힌 내용이긴 하지만, 결정체의 유착과 복원이라는 불가사의한 현상도 인용할 수 있다. 그러나 지금은 이 불가사의에 대해 아는 바가 거의 없으므로 이야기는 꽃의 범주를 넘기지 않기로 하겠다. 꽃이야말로 우리의 생명과 무언가 연관이 있어 보이는 생명계의 최하위 구성원이니까. (러스킨 : 영국의 비평가 · 사회사상가. 베르나르 : 프랑스의 생리학자. 실험의학과 일반생리학의 창시자)

우리는 흔히 꽃은 생존에 도움이 되는 총명함이나 특별한 의지를 지니지 않았다고 생각한다. 게다가 꽃에서는 어떤 행동에 대한 의지나 지성이나 결단력 따위를 나타내는 그 어떤 기관도, 그런 기관이 있었다는 아주 희미한 흔적조차 찾아볼 수 없다. 따라서 꽃이 보여주는 놀라운 행동은 우리가 다른 곳에서 '자연' 이라고 부르는 무언가에서 비롯되었다고 할 수 있다. 혼자서 다른 종족에게 덫을 놓을 수 있는 힘은 개체로서의 지성이 아닌, 무의식 속에서 공유한 어떤 힘이라는 말이다. 그러므로 꽃이 덫을 놓는 일은 반복이 법칙으로 굳어졌다는 식으로 결론지을 수 있다. 물론 아직 우리에게는 그렇게 확정적으로 말할 권리가 없다. 그러나 이런 기적적인 장치가 없었다면 이 꽃들은 살아남을 수 없었을 테고, 따라서 이화수분을 하지 않아도 되는 다른 꽃들이 이들의 자리를 대신했을 것이다. 또한 우리는 이 꽃들이 더는 보이지 않게 되었음을 알아차리지 못한 채, 그저 땅 위에 피어나는 생명이 늘 그렇듯 변화무쌍하다고 감탄만 할 것이다.

17

그러나 아무리 봐도 지성이 작용하고 있다고 판단할 수밖에 없다. 그렇게 우연인 듯 보이는 이 지성의 작용은 누가 일으키는 것일까? 행동을 일으키는 주체 자체일까, 아니면 주체에게 생명을 부여한 어떤 힘일까? 이는 매우 중요한 문제다. 우리가 이를 알기까지, 즉 꽃이야말로 자연이 꽃에 부여한 생명을 유지하고 완성하려고 노력한다든가, 혹은 자연이야말로 꽃이 선택한 존재의 역할을 유지하고 개량하려고 노력한다든가, 아니면 결국 우연이 우연을 규제한다는 식으로 알게 되기까지, 그 주변에서 볼 수 있는 수많은 증표들이 우리를 계속해서 재촉하고 있다. 우리의 고도로 발달한 사상에도 똑같은 무언가가 이따금, 비록 그것이 어디에 있는지는 모르지만, 감탄할 만한 어떤 광맥에서 흘러나온다는 식으로 생각하라고 말이다.

때로는 공통된 광맥에서 잘못도 흘러나오는 것 같다. 그러나 우리는 그 잘못이 우리의 시선이 닿을 수 없는 곳에 있는 현명한 행위임을 인정할 수밖에 없다. 얼핏 보면 자연은 우리가 한눈에 알아볼 수 있는 작은 원의 범위 안에서조차 잘못을 범하는 것 같다. 그러나 그것은 자연이 자신이 부주의했던 부분을 다른 부분에서 보상하는 편이 더 낫겠다고 판단했기 때문이다. 자연은 조금 전에 언급한 세 종류의 꽃에 스스로 수분*할 수 없다는 조건을 부여했다. 그러나 이는 자연이 이들 세 종류의 꽃은 이웃 꽃에 의해 수분하는 편이 더 유익하다고 판단했기 때문이다. (受粉 : 가루받이. 종자식물에서 수술의 꽃가루가 암술머리에 붙는 일)

자연은 우리의 오른손 쪽에서는 보이지 않던, 영감으로 가득 찬 정신을 왼손 쪽에서 발휘시키기도 한다. 이유는 알 수 없으나 이 놀랍고 신비한 자연의 정신은 항상 우리의 머리 위에 군림한다. 이 정신은 둥글고 큰 바다이다. 우리가 품은 한없이 대담하고 자유분방한 생각조차 그 바다에서는 보잘것없는 물방울에 지나지 않는다. 오늘 우리는 이것을 자연이라 부르지만, 미래에는 어쩌면 더욱 무서운 혹은 더욱 훌륭한 다른 이름이 붙여질지도 모른다. 여하튼 이 영적 정신은 생과 사를 동시에 같은 의도로 지배한다. 이 화해할 수 없는 두 자매에게 화려하면서도 익숙한 무기를 제공하며, 무기는 그 가슴을 요동치게도 하고 빛내기도 한다.

18

자연이 생명체를 존속시키기 위해 신중을 기하고 있는 건지, 아니면 생명체가 자연에 대해 신중을 기하고 있는 것인지, 판단하기가 쉽지 않다. 어떤 한 생명체의 종족이 자신들에게 생명을 부여한 자연과 상관없이 독자적으로 살아온 것인지, 아니면 결국 자연 덕분에 살아올 수 있었던 것인지, 우리로서는 답을 찾을 길이 없다.

우리가 인정할 수 있는 사실은 이러이러한 종족이 존속한다. 따라서 이 점에 관해서는 자연이 옳다는 것뿐이다. 그러나 우리가 모르는 종족이 도대체 얼마만큼 자연의 지성에 희생당했는지를 누가 알려줄 것인가? 생명이라 부르는 신기한 유기체, 그것은 다른 모든 것과 마찬가지로 우리에게도 생명을 부여했고, 이러한 사실을 생각하고 말할 수 있는 우리의 사고와 목소리도 만들어주었다. 그것은 때로는 완전히 무의식적으로, 때로는 철저히 의식적으로 다양한 형태의 모습을 드러낸다. 우리는 그저 이 다양한 모습들을 하나씩 확인해보는 수밖에 없다.

★1— 비상대는 주로 벌통이 놓인 판자나 받침의 연장 부분에 해당된다. 정면의 입구인 비상 구멍의 앞, 제일 낮은 계단, 혹은 중간 계단일 때도 있다.

★2— 어떤 꿀벌학자들은 알이 부화하면 일벌이나 여왕벌이나 모두 똑같은 식량, 즉 유모 벌의 머리에 있는 샘에서 분비되는, 질소 성분이 많이 든 젖과 같은 물질을 공급받는다고 주장한다. 그런데 며칠이 지나면 일벌의 유충은 이 젖 대신에 꿀과 꽃가루로 만든 조금 조잡한 음식을 먹는 데 비해, 미래의 여왕들은 완전히 자랄 때까지 '여왕가의 우유죽'(로열젤리)이라고 부르는 귀중한 젖을 배불리 공급받는다. 즉, 음식물에 따라 기적이 좌우된다.

★3— 다윈이 말한 이 놀라운 덫의 세밀한 부분을 자세히 묘사할 생각은 없다. 그러나 대략적인 도식을 소개하면 다음과 같다. 나비난초의 꽃가루는 가루가 아닌, 꽃가루 덩어리라고 불리는 작은 막대 모양의 덩어리다. 두 개의 막대 아랫부분에는 끈적끈적한 둥근 손잡이가 있고, 이는 막질(膜質. 얇은 종이처럼 반투명한 상태)의 주머니(점착체낭)로 둘러싸여 있어 무언가에 닿기만 하면 탁 터진다. 벌이 이 꽃에 머물러 꿀을 빨기 위해 머리를 숙이면 머리가 막질의 주머니에 닿고, 이때 주머니가 터져 두 개의 점착체가 드러난다. 꽃가루 덩어리는 이 점착체의 끈끈한 물질 덕에 곤충의 머리에 달라붙고, 벌은 꽃을 떠날 때 두 개의 뿔처럼 달라붙은 이 꽃가루 덩어리를 달고 날아간다. 이 벌이 이웃 난초에 앉을 때 꽃가루가 가득 든 이 두 개의 뿔이 만약 그대로 붙어 있다면, 이 뿔은 두 번째 꽃의 막질 주머니를 건드려 터뜨릴 수 있다. 그러나 뿔은 이 막질 주머니 아래에 있는, 수분만 기다리는 암술머리에까지는 미치지 못한다. 나비난초는 이 곤란한 상황을 사전에 예측할 수 있기에 30초 후, 즉 벌이 꿀을 빨아올려 다른 꽃으로 가는 데 필요한 약간의 시간이 지나면, 저 작은 막대의 줄기 부분이 말라서 쪼그라든다. 게다가 항상 같은 쪽, 같은 방향으로 쪼그라든다. 그러면 둥그렇게 모여 있는 꽃가루가 기울어지고, 그 경사 정도도 사전에 치밀하게 계산되어 있어 벌이 이웃 꽃에 날아갈 즈음이면 이 둥근 부분이 암술머리와 같은 높이에 오게 된다. 그 다음에는 이 암술머리 위에 번식의 가루인 꽃가루를 흩뿌리기만 하면 된다.

5장

결혼 비행

햇빛이 반짝일 때, 1만 마리가 넘는 구혼자 행렬에서 선택된
단 한 마리만이 여왕과 합체하고, 동시에 죽음과도 합체한다.

1

이번에는 여왕벌의 수정에 대해 알아보자. 여기에서도 자연은 서로 다른 벌통 출신의 암컷과 수컷이 쉽게 결합할 수 있도록 몇 가지 놀라운 조치를 취해두었다. 이를 신기한 법이라고 해야 할지, 변덕, 혹은 자연의 경솔함이라고 해야 할지, 나로서는 알 길이 없다.

만약 자연이 생명을 확고한 것으로 만들기 위해, 생명체의 고통을 줄이고 죽음을 온화하게 하기 위해 노력했다면, 세계의 수수께끼는 지금보다 훨씬 더 알기 쉬운 것이 되었을 것이다. 그러나 그랬을지도 모르는 세계가 아닌, 현재의 세계에 있기에 우리가 그것에 대해 이렇게 복잡한 생각과 관심을 갖고 있다고 이해해야 한다.

몇 백 마리의 원기 왕성한 수벌은 늘 꿀에 취해 있다. 오로지 사랑의 교접을 하겠다는 일념으로 벌집 안에서 처녀 여왕과 함께 생활하고, 여왕 주위를 맴돈다. 이 서로 다른 두 존재가 만약 다른 장소에서 마주쳤다면 이들은 그곳이 어디든 간에 각종 장애물을 뛰어넘고 결합했을 테지만, 신기하게도 벌통 안에서만큼은 아무리 많이 마주쳐도 절대로 결합하려 들지 않는다. 여왕벌이 벌집 방에 틀어박힌 상태로 수정에 성공한 예는 없었다.★1 여왕을 둘러싼 연인들은 여왕이 그들 사이에 있을 때 그녀가 누구인지 알아보지 못한다. 그래서 결혼비행을 하러 나갔을 때 자기들이 방금 그녀와 헤어졌고, 또 그때까지 그녀와 같은 벌집 틀에서 잠을 잤으며, 어쩌면 비행 전의 혼잡함에 떠밀려 그녀를 온몸으로 들이받았을지도 모른다는 생각은 전혀 하지 못한 채 그저 하늘에서 사랑할 이를 찾느라 정신이 없다. 이들의 눈은 여왕이 감청색 하늘을 날아다닐 때만 비로소 여왕을 알아보고, 그녀를 원하는 모양이다.

날마다 11시에서 3시까지, 햇빛이 반짝일 때, 특히 정오에, 태양의 불꽃이 푸른 하늘의 끝까지 퍼져 나갈 때, 한껏 멋을 부린 그들은 전설에 나오는 어떤 여왕보다도 고귀한, 바라보기도 힘든 아내를 찾아 날기 시작한다. 이들이 여왕을 바라보지 못하는 까닭이 있다. 인근의 모든 도시에서 총출동한 20, 30개의 부족이 그녀를 둘러싸는 데다, 구혼자 행렬을 이룬 1만여 마리 중 단 한 마리만이 선택되어 단 1분 동안, 그것도 딱 한 번만 여왕과 접촉하기 때문이다. 선택된 벌은 이 접촉으로 지극한 복과 동시에 죽음과도 합체한다. 선택되지 못한 수벌들은 서로

껴안은 이 한 쌍의 주위를 맴돌며 매혹적인 여왕의 환영을 두 번 다시 보지 못하고 끝내 죽음을 맞이한다.

2

자연의 이 놀라운 낭비를 나는 조금도 과장하지 않았다. 가장 좋은 상태에 있는 벌집에는 대개 4, 5백 마리의 수벌이 있다. 쇠약해진 벌집이나 더욱 힘이 약한 벌집에서는 종종 4, 5천 마리의 수벌이 발견되기도 하는데, 이는 벌집이 몰락의 길을 걸을수록 태어나는 수벌의 수가 늘기 때문이다. 평균적으로 꿀벌 부락들 10개로 구성된 양봉장에서는 결혼비행 때 1만 마리에 이르는 수벌 무리가 공중을 날아다닌다. 그중 고작 14, 15마리가 그들의 생존 목적인 사랑 행위를 할 기회를 얻는다.

그 시기가 오기 전까지, 그들은 도시에 저장된 꿀을 먹어치우느라 정신이 없다. 5, 6마리의 일벌이 끊임없이 화밀을 채집해야 이 입만 살아 있는 한 마리의 끝없는 식탐을 충족시킬 수 있다. 그러나 사랑의 기능과 특권에 관한 한, 자연은 늘 시원시원하다. 그리고 노동의 기관과 수단에 관해서는 언제나 쫀쫀하다. 자연은 인간이 미덕이라 부르는 모든 것에 꽤나 신경질적이다. 그 대신 연인들에게는 설사 볼품없는 연인들이라 해도 금은보석과 기타 사랑의 징표를 아낌없이 선사한다. 자연은 도처에서 부르짖는다. "결혼하라, 번식하라, 사랑이 곧 법이요,

목적이니라!" ―그리고 마지못해 속삭인다. "그 후에도 할 수 만 있다면 오래 사랑하라, 다음 일은 내 알 바 아니다."

무엇을 하든, 무엇을 바라든 간에 도처에서 우리의 도덕은 완전히 다른 이 도덕과 마주친다. 나아가 마찬가지로 작은 생물에서조차 자연의 인색함과 허세가 공존한다는 사실을 눈으로 확인하기 바란다. 태어나서 죽을 때까지, 금욕적인 일벌은 활짝 핀 꽃의 군락을 찾아 저 멀리 험한 숲까지 날아가야 한다. 꿀샘의 미궁이나 꽃가루 주머니의 비밀의 통로에서 감춰진 꿀과 꽃가루를 찾아내야 한다. 그런데도 그 눈과 촉각 기관은 수벌의 것에 비해 열등하다. 수벌은 설사 눈이 멀고 촉각이 없어지더라도 그 때문에 고통을 받지 않을 테고, 또 그런 상태를 의식조차 하지 못할 것이다. 그들에게는 할 일도 없고 찾아다녀야 할 먹이가 있지도 않다. 그들에게는 음식물을 양껏 갖다 주는 일벌이 있고, 그들의 삶은 벌집의 어둠 속에서 벌집 틀의 꿀을 먹어치우는 게 고작이다. 그러나 그들은 사랑을 수행하는 대리인이다. 이 막대한 양의 무익하기 짝이 없는 선물은 아낌없이 미래의 심연 속에 내던져졌다. 그들 중 한 마리가 생애에 딱 한 번 공중에서 처녀 여왕의 존재를 발견한다. 천 마리 중 단 한 마리만이 물러서지 않고 계속해서 여왕벌의 족적을 쫓아 공중으로 솟구친다. 그것으로 충분하다. 이 불공평한 힘이 그 벌에게 자신의 전대미문의 보물 창고를 완전히, 마치 착란이라도 일으킨 듯 활짝 열어줄 테니까.

천 마리 중 딱 한 마리가 희생된 결혼식이 끝나면 며칠 후 남은 999마리가 모두 학살된다. 그럼에도 자연은 이 장래성이 없는 연인들에게 1만 3천 개의 눈을 선사했다. 일벌은 고작 6천 개인데 말이다. 체이셔의 계산에 따르면, 수벌의 촉각에는 3만 7천8백 개의 촉각 구멍이 있지만 일벌에게는 5천 개밖에 없다고 한다. 이는 도처에서 목격할 수 있는 불평등의 한 예일 뿐이다. 이는 자연이 사랑을 위해 준 선물과 노동을 위해 준 선물의 불균등이다. 또한 쾌락 안에서 생명을 탄생시키기를 바라는 자연의 총애와 고된 노동 안에서의 끈기를 외면하는 자연의 무관심 사이에 존재하는 불균등이다. 만약 누군가가 이런 다양한 특징을 바탕으로 자연의 실제 성격을 묘사한다면 그는 실로 이상하기 짝이 없는 결과물을 마주하게 될 것이다. 그 모습은 비록 우리의 이상과 동떨어졌으나 역시 자연 자체에서 비롯된 모습이다. 그러나 인간은 자연의 초상화를 그리기에는 아는 바가 너무 적다. 커다란 윤곽선 안에 두서너 개의 희미한 점을 찍는 게 고작일 것이다.

3

내가 알기로 여왕벌의 결혼에 감춰진 비밀을 폭로한 자는 거의 없다. 이는 이 은밀한 일이 아름답고 광활한 하늘의 눈부신 옷자락 사이에서 일어나기 때문이다. 그러나 여왕이 반려자로서 일말의 망설임도 없이 집을 나서고, 아내로서, 살인자로서 돌아오는 모습은 얼마든지 관찰할 수 있다.

여왕은 바짝바짝 속을 태우며 결행의 날과 시간을 선택한다. 그리고 출입구의 그늘에서, 거대한 감청색 항아리 같은 하늘의 끝에서 황홀한 아침이 혼례를 올릴 공간에 넘쳐나기를 기다린다. 이슬의 흔적이 나뭇잎과 꽃들을 추억으로 적실 때, 쇠약해져가는 여명의 마지막 서늘함이 서툰 전사의 팔에 안긴 발가벗은 처녀처럼 단념하기는 했으나 그래도 저항하듯 낮 동안의 더위를 거스르고자 할 때, 근방에 남아 있는 아침에 핀 제비꽃의 향기가 더욱 강하게 느껴질 때, 여왕은 그런 때를 좋아한다.

여왕은 입구에 모습을 드러낸다. 각자 맡은 일에 종사하는 일벌들은 여왕을 완전히 무시하기도, 미친 듯 흥분해서 여왕을 둘러싸기도 한다. 이는 벌집에 여왕의 자매가 살아 있느냐, 아니면 그녀의 후임자가 더는 존재하지 않느냐에 따라 다르다. 여왕은 날아올랐다가 비상대로 돌아오기를 두세 번 반복한다. 그리고 그때까지 한 번도 밖에서 내려다본 적이 없는 자기 왕국의 외관과 정확한 위치가 머릿속에 들어오면, 화살처럼 감청색 하늘의 꼭대기로 날아오른다. 그리고 다른 벌이 한 번도 가보지 못한 빛으로 넘쳐나는 대기권에 도달한다. 멀리서, 꽃 주위에서 태만하게 어슬렁거리던 수벌들을 이 출발을 눈치 채고 그 매혹으로 가득 찬 향기를 빨아들인다. 이 향기는 서서히 이웃 양봉장으로 퍼져 나간다. 그러면 곧바로 몇몇 무리가 이들과 합세하고, 여왕의 뒤를 따라 맑게 트인, 경계가 사라진 듯한 환희의 바다 속으로 뛰어든다.

여왕은 자신의 날개에 취해, 가장 강한 자만이 자신을 따라오기를 바라며 더 높이 날아오른다. 아침의 푸르스름한 공기는 그녀의 복부에 있는 기문氣門으로 흘러들어와 천 갈래로 나뉜 가는 기관 속에서 마치 하늘의 혈액인 양 노래를 부르기 시작한다. 이 가는 기관은 그녀의 몸 중 절반을 차지하며 허공에서 생명의 양식을 얻는 두 기낭으로 이어진다. 여왕은 끝없이 비상한다. 신비로운 의식을 방해받지 않기 위해서는 새들도 다니지 않는 황량한 영역에 도달해야 한다. 그녀는 더욱 높이, 높이 비상한다. 그녀가 높이 날수록 능력의 한계에 부딪힌 자들이 잇달아 탈락한다. 허약한 자, 불구자, 연로한 자, 발육이 부진한 자, 영양분이 부족한 자들이 추적을 포기하고 허공에서 사라져간다. 피곤함을 모르는 소수의 무리만 남는다. 여왕이 사력을 다해 날개를 움직이면 불가사의한 힘에 의해 선택된 한 마리가 여왕을 따라가 그녀를 붙잡고 그녀와 합체한다. 그리고 쌍방의 정열이 최고조에 달하면 서로 뒤엉킨 그들의 비상은 일순간 사랑으로, 그리고 적의로 가득 찬 착란 속에서 나선형을 그리며 상승한다.

4

대부분의 인간은 죽음과 사랑이 아주 가까이 있으며, 일종의 투명한 막으로 나뉘어 있다고 생각한다. 그리고 인간이 후손을 낳을 때 자연은 그 인간이 죽기를 바란다는 생각도 막연히 품고 있다. 대대손손 이어져온 사랑 속의 두려움이 바로 연애의 핵심이라고 느끼는 것이다. 지금도 사람들이 입을 맞출 때면 자연의 이러한 의도가 스멀스멀 피어오른다. 그런데 꿀벌의 세계에서는 이 의도가 더욱 원시적이고 단순한 형태로 나타난다. 즉, 결합이 끝나자마자 수벌의 배가 갈라지고, 생식 기관을 따라 창자가 터져 나오며, 날개에 힘이 빠진다. 그리고 혼례의 번개에 맞아 텅 비어버린 몸은 빙글빙글 춤을 추며 나락으로 떨어진다. 단성생식을 할 때는 수벌을 비정상적으로 늘려 벌집의 미래를 희생시키던 그 자연이 이번에는 벌집의 미래를 위해 수벌을 희생시킨다.

자연의 의도는 이렇게 항상 우리를 놀라게 한다. 그 의도를 조사하면 할수록 확신이 흔들린다. 다른 누구보다도 정열적으로, 또한 체계적으로 이를 연구해온 다윈만 해도 그렇다. 그는 인정하기 싫겠지만, 한 발 한 발 전진할 때마다 당혹감을 드러냈고 뜻밖의 사실이나 서로 상충하는 사태에 맞닥뜨리면 아예 가던 길을 되돌아갔다. 만약 인간의 재능이, 측정할 수 없는 힘과 결투를 벌이는 굴욕적인 광경을 보고 싶다면, 다윈을 봐주기 바란다. 잡종雜種이 불임이었다가 다산으로 돌변하는 부분에 관한 불가사의하고 변화무쌍한 법칙이나 종과 속의 변이성變異性에 관한 법칙을 해명하고자 한 그 다윈 말이다. 그는 여러 가지 사실을 바탕으로 간신히 어떤 원칙을 세우지만, 이 원칙은 곧바로 튀어나오는 무수히 많은 예외의 공격을 받아 상처

투성이가 된다. 그리고 저 한쪽 구석에서 피난처를 발견하고는 '예외' 라는 이름으로 목숨을 부지하는 것을 다행으로 여긴다.

잡종성雜種性이나 변이성(특히 생장의 상관 작용이라고 불리는, 동시에 나타나는 여러 변이)에서도, 본능에서도, 생존 경쟁의 방법이나 도태에서도, 유기체인 생물을 지질학의 관점에서 바라본 연속 상태나 지리적 분포 상태에서도, 상호 유연類緣관계에서도, 그 밖에 어떤 경우에서도 마찬가지지만, 자연의 의도는 똑같은 순간에 똑같은 하나의 현상에서 하찮은 일에 얽매이는가 싶으면 내팽개치고, 절약하는가 싶으면 낭비하고, 세심한가 싶으면 무신경하고, 확고부동한가 싶으면 변덕을 부리고, 흥분하는가 싶으면 태연자약하고, 하나인가 싶으면 무수히 많고, 웅대한가 싶으면 빈약한 모습을 드러낸다. 자연의 앞에는 광대한 처녀지處女地가 펼쳐져 있다. 이 처녀지는 단조로움 그 자체이건만, 자연은 이곳을 다양한 오인이나 서로 모순되는 법칙들, 갈피를 잡기 어려운 작은 문제들로 가득 채워놓았다. 단, 이는 모두 인간의 눈을 통해 본 모습일 뿐이다. 자연이 이것들의 여러 원인과 뜻밖의 결과를 잊어버렸다고 간주할 정당한 이유는 어디에도 없다.

자연은 이러한 결과가 길을 이탈해서 부조리한 영역 혹은 위험한 영역에 다가가는 것을 허락하지 않는다. 자연은 늘 올바른 두 가지 힘, 즉 생과 사를 자유롭게 다스린다. 자연계의 여러 현상이 어떤 일정한 한계를 초월하면 이 두 힘에 신호를 보내고, 그러면 생과 사가 나서서 질서를 회복해 나아가야 할 길을 다시 가르쳐준다.

5

자연은 도처에서 우리의 손을 회피한다. 우리가 정한 대부분의 규칙을 경멸하고, 우리의 척도를 모두 엉망으로 만든다. 자연은 우리의 오른손에서는 인간보다 뒤떨어진 모습을 보이지만, 왼손에서는 갑자기 산처럼 높은 곳에서 인간의 사고를 내려다본다. 자연의 최초의 실험장인 어떤 세계에서 최후의 실험장인 이 세계—즉 인간 세계—에 이르기까지, 자연은 한결같이 실수를 한 것처럼 보인다. 인간 세계에서 자연은 무명의 대중에게 있는 본능이나 많은 사람들의 무의식 속에 있는 부정不正, 지성과 덕의 패배, 전혀 숭고하지 않은 도덕을 용인했다. 인간은 도덕적 진리와 그 밖의 모든 진리를 자신의 내면이 아닌 이 혼돈의 세계에서 찾아내야 한다. 그것이 인간의 의무이지 않겠는가?

다윈은 수많은 영웅과 현자들이 확립해놓은 이상상理想像의 근거나 미덕을 부인하려고 하지는 않았다. 그래도 때때로 이 이상상은 대중과 상관없이 형성되었으니 그 대중의 복잡한 아름다움을 표현해보고 싶다고 생각했다. 그가 인간의 도덕을 자연의 도덕에 적용시킴으로써 자연의 걸작이라고 생각하는 일을 엉망으로 망칠까봐 두려워한 것도 무리는 아니다. 그러나 인간이 자연을 전보다 더 많이 알게 된 지금, 상상하던 것보다 훨씬 더 큰 예지를 자연이 지니고 있음을 알게 된 지금, 다윈은 예전만큼 두려워하고 있지도 않고, 인간 특유의 미덕과 이성을 위한 피난처를 꼭 마련해두어야 할 까닭도 없어졌다. 그는 이렇게 위대한 존재인 자연이 스스로 평판을 손상시키는 행동을 할 리가 없다고 판단했다. 그리고 자신의 원리, 확신, 각종 꿈을 더욱 적절한 심사에 맡겨야 할 때가 오지 않았는지를 궁금해했다.

반복해서 말하지만, 다윈은 인간으로서의 이상을 포기할 생각이 없다. 애초에 이 이상을 포기시키려고 한 당사자가 이제는 그와 반대되는 행동을 하고 있다. 진실이 자신의 욕망의 진실만큼 근사하지 않다면 자신이 꾀하려는 위대한 계획에 어울리지 않을 거라 생각하는 인간에게, 과연 자연이 무슨 조언을 해줄 수 있겠는가? 자연은 그런 인간에게 잘못된 조언조차 해줄 리 없다.

그의 머릿속에서는 모든 것이 자유자재로 변한다. 그는 비난도 받지 않는다. 그저 명상에 푹 빠져서 미덕도, 인생의 가장 잔혹하고 배은망덕한 각종 모순까지도 모두 소중하게 여기게 될 것이다. 이는 그가 수많은 골짜기가 계속 이어지다 보면 결국 자신이 바라는 고원으로 통하게 된다고 예감하기 때문이다. 그가 확실한 사항을 찾아 헤맨 끝에 결국 자신이 사랑하는 것과 상반되는 곳에 다다랐다고 해도, 명상과 사랑 덕에 그는 늘 자신의 행동을 매우 인간적이며 가장 아름다운 진실이라 규정할 수 있을 것이다. 또 그것이 가장 좋은 가설이라고 믿을 수 있을 것이다. 유익한 미덕을 증가시키는 것은 모두 그의 삶 속에 들어간다. 그러나 미덕을 감소시키는 것은 모두 마지막 실험에서야 겨우 작용하기 시작하는 불용성 소금처럼 그의 삶 속에 그 모습 그대로 남는다. 그는 하찮은 진리도 받아들였지만, 다른 여러 진리들과 이 하찮은 진리 사이에 어떤 관계가 성립하는지를 알아낼 때까지, 이 진리를 따라 행동하는 일은 없을 것이다. 설령 몇 세기가 걸린다 해도.

한 마디로 말해서 그는 도덕적 차원과 지적 차원을 구별해서 전자에는 이전보다 더욱 위대하고 더욱 아름다운 것만 보탤 수 있게 했다. 그리고 실생활에서는 늘 있는 일이지만, 그는 이 두 차원을 구분한 탓에 생각과 행동이 일치되지 못했다. 그러나 이것이 비난받을 일이라 해도, 최악의 것을 알고 가장 좋은 것을 따르며 사고보다 행동에 중점을 둔 점은 어쨌든 유익했고 합당했다. 지금까지 인류가 쌓아온 경험에 비추어보건대, 당분간은 우리가 도달할 수 있는 가장 높은 이상이 우리가 탐구하는 신비로운 진리에 비해 그 정도가 낮을 것이 분명하기 때문이다. 또한 지금까지 일어난 각종 사건이 모두 진실이 아니라고 해도, 그에게는 아직 인간으로서의 이상을 포기하지 않을 단순하고 당연한 이유가 남는다. 그가 이기주의나 부정, 잔혹함의 예를 제시한 듯이 보이는 법칙에 힘이 있다는 사실을 인정하면 그만큼 관대함, 연민, 정의를 권장하는 다른 법칙에도 힘이 있음을 인정하는 꼴이 될 것이다. 그가 우주에, 그 자신에게 부과한 다양한 역할을 균등하게 만들려고 하면 그 순간 후자의 법칙에서도 전자와 같은 정도로 깊고 자연스러운 어떤 질서가 발견되기 때문이다. 이는 다른 법칙이 그를 둘러싼 모든 것에 각인되어 있듯이, 이 법칙 또한 그의 내면에 깊이 각인되어 있기 때문이다.

6

자, 다시 여왕의 비극적인 결혼 이야기로 돌아가자. 지금 우리가 관심을 기울이는 이 예에서, 자연은 이종수정을 위해 수벌과 여왕벌의 교미가 하늘에서만 가능하기를 바라고 있다. 그러나 자연의 다양한 바람은 그물처럼 얽혀 있다. 가장 귀중한 법칙조차 끊임없이 다른 법칙의 그물을 빠져나가야 하고, 다른 법칙들 역시 그 귀중한 법칙의 그물을 빠져나가야 한다.

자연은 여러 가지 법칙들을 따르고 있는 차가운 바람, 기류, 돌풍, 현기증, 새, 곤충, 물방울과 같은 무수한 위험으로 하늘을 채워놓았다. 그러므로 꿀벌의 교미가 되도록 빨리 끝나도록 조치를 취해야 한다. 자연은 이 목적을 달성했다. 수벌이 순식간에 죽음을 맞이하기 때문이다. 포옹은 한 번으로 족하다. 남은 결혼 생활은 실로 아내의 뱃속에서 완성된다.

여왕은 푸른 하늘의 높은 곳에서 벌집을 향해 춤을 추며 돌아온다. 장식용 깃발처럼 펄럭이는 연인의 장기臟器가 그 몸에 달려 있다. 꿀벌학자 중에는 그녀가 미래의 바람을 회임하고 돌아오면 일벌들이 매우 기뻐하는 모습을 보인다고 주장하는 사람도 있다. 그중에서도 비휘너는 이 장면을 자세히 묘사했다. 나는 몇 번이나 이 혼례 후의 귀가를 숨어서 관찰했다. 그러나 고백하건대 이상한 흥분은 한 번도 보지 못했다. 단, 분봉 무리의 선두에 서서 출발한 젊은 여왕이 최근 건설되었으나 아직 주민이 적은 새 도시의 유일한 희망을 상징할 때는 예외다. 이때는 모든 일벌이 미친 듯이 기뻐하고, 그녀를 영접하고자 달려든다. 그러나 보통은 설령 그 도시의 미래가 상당히 위험한 상태에 처했을지라도, 일벌들은 여왕을 본체만체한다. 사실 경쟁 상대인 여왕벌의 살육을 인정하는 시점까지, 그녀들은 모든 일을 예측해왔다. 그러나 결혼비행 단계에서 이 본능은 정지된다. 그녀들의 주도면밀함에도 허점이 있는 셈이다.

일벌들은 머리를 들어 수정에 의한 수벌 살해의 증거를 확인하지만, 수정했다는 사실을 믿지 못하기 때문에 우리가 상상하고 기대하는 기쁨을 표시하지는 않는다. 그들은 매우 현실적인 존재들이므로 아마 기뻐하기 전에 뭔가 확실한 증거를 기대할 것이다. 인간과 다른 아주 작은 생물의 감정을 극단적으로 논리화하거나 인간적으로 해석해서는 안 된다. 인간의 지성과 비슷한 무언가를 지닌 동물이 다 그렇지만, 특히 꿀벌은 다양한 책에서 말하는 그 한결같은 결과에 도달하는 일이 거의 없다. 말하자면 우리가 모르는 사실이 아직 산더미처럼 쌓여 있다. 그런데 어째서 있지도 않는 일을 말하고, 그러한 사실을 실제보다 완벽한 것으로 꾸민단 말인가? 이들에게서 벌어지는 일이 인간의 경우와 비슷하다면 매우 흥미로울 것이라고 여기는 사람도 있을 것이다. 그러나 관찰자의 목적은 신비로운 관찰 결과로 인간들을 놀라게 하는 것이 아니라, 관찰 대상을 이해하는 것이다. 생물의 지적 능력이 지닌 결함, 인간과 다른 인식 계통을 나타내는 다양한 단서 따위를 단순히 설명하기만 해도, 신비로움을 장황하게 늘어놓는 것과 같은 정도의 호기심이 유발된다.

물론 그렇다고 벌통 안이 무관심으로 꽉 차 있다는 말은 아니다. 여왕이 숨을 헐떡이며 비상대에 도착하면 몇몇 무리가 다가와 둥근 천장이 늘어선 곳까지 그녀를 따라간다. 그런데 그들과 마찬가지로 신부에게서도 동요한 기색을 찾아볼 수 없다. 현실적이며 무정한 여왕의 작은 뇌 속에는 다양한 감정이 비집고 들어갈 자리가 없다. 여왕의 걱정거리는 딱 하나다. 자신의 거동을 방해하는 저 거추장스러운 남편의 이별 선물을 어서 빨리 떼어버리는 것이다. 여왕은 입구에 앉아 이제는 필요 없는 수컷의 장기를 조심스럽게 떼어낸다. 그러면 일벌들이 그걸 멀리 내다버린다. 수벌은 자신의 모든 것을, 필요 이상의 것까지 여왕에게 주고 말았다.

여왕의 수정낭 안에 남은 것은 이제 수백만의 생명이 싹틀 정액뿐이다. 그리고 이 생명의 씨는 여왕이 죽는 날까지, 알이 근처를 지날 때마다 하나씩 튀어나와 그녀의 캄캄한 몸속에서 자웅의 신비로운 합체를 이룬다. 이 합체로 태어나는 꿀벌은 암컷인 일벌들이다. 기이한 교환 작용으로, 수컷이 될 요소를 공급하는 쪽은 여왕이며, 암컷이 될 요소를 공급하는 쪽은 수벌이다. 교미한 지 이틀이 지나면 여왕은 첫 알을 낳는다. 그러면 국민들은 여왕을 둘러싸고, 여왕을 돌본다. 자기 몸속에 고갈되지 않는 수컷을 내포해 이중의 성性을 지닌 여왕은 이때부터 진정한 여왕의 삶을 시작한다. 분봉 무리를 데리고 나간다면 몰라도, 여왕은 이제 벌통을 나서지도 않고 햇빛을 보지도 않는다. 그리고 산란 능력은 죽음이 가까워 올 때까지 줄어들지 않는다.

7

이 얼마나 놀라운 혼례인가? 가장 몽환적이며, 하늘의 푸른빛으로 물든 비극적인 혼례, 욕망의 격정 후에 죽음을 맞이하는 혼례, 전광석화같이 끝나지만 불멸할 혼례, 지극히 고독한 혼례가 아닌가? 이 얼마나 놀라운 도취인가? 쾌락의 정점에 이르렀을 때 죽지만, 지독히도 투명한 하늘 속에서 행복의 순간을 결정하고, 티끌 하나 없이 투명한 빛 속에서 정화하고, 포옹을 영원 속에 남긴다. 그리고 이때만큼은 죽음도 관대한 세금을 징수하는 데 만족하고, 어머니의 손길로 먼 미래를 위해 작고 약한 두 생명을 이끌어주고, 결합시켜주며, 한 몸 안에서 더는 헤어지지 않도록 보살핀다.

그러나 심오한 진리에는 이러한 시적인 정취가 없다. 대신 우리가 더욱 받아들이기 어려운, 그러나 언젠가는 이해하고 사랑하게 될 다른 정취가 있다. 파스칼 이라면 '아주 작은 생명의 축소판' 이라고 불렀을 이 두 존재, 곧 여왕벌과 수벌에게 자연은 빛나는 결혼식도, 사랑의 이상적인 순간도 주려고 하지 않았다. 이미 언급했듯이, 자연은 이종수정에 의한 종족의 개량밖에 모른다. 이 개량을 위해 자연은 수벌의 생식 기관을 공중에서만 사용할 수 있도록 아주 특이하게 꾸며놓았다. 수벌은 먼저 오랫동안 하늘을 날며 두 개의 큰 기낭을 완전히 부풀려야 한다. 푸른 공기를 가득 머금은 이 두 개의 커다란 팽창부는 이어서 하복부를 압박해 생식 기관을 밖으로 돌출시킨다. 어떤 사람들은 아주 흔해빠진 일이라고 할 테고, 또 어떤 사람들은 마음이 아프다고 할 테지만, 이것이야말로 연인들의 황홀한 비상 속에 감춰진, 멋진 혼례에 감춰진 생리학적인 비밀이다.

8

"우리는 늘 진리 위에서 기뻐해야 하는가?" 한 시인이 이렇게 자문했다.

그렇다. 무슨 일이든, 언제든, 각종 사실에 기뻐해야 한다. 진리 위에서가 아닌—진리가 어디에 있는지 알지 못하므로, 이는 불가능하다—우리가 살짝 엿보는 작지 않은 몇 가지 진리

위에서 기뻐해야 한다. 만약 어떤 유인 인자에 의해 어떤 사물이 다른 사람에게 실제보다 더 아름답게 보인다면, 그 사람은 이 인자를 귀중하게 여겨야 한다. 물론 이 인자는 오류에 지나지 않을 것이다. 그러나 오류라고 해도, 어떤 사물이 우리에게 가장 멋지게 보이는 순간이야말로 그 사물의 진리를 깨달을 가능성이 가장 큰 순간이다. 우리가 사물에서 찾아내는 아름다움이 그 사물이 지닌 진정한 아름다움과 위대함으로 우리의 주의를 인도해주기 때문이다. 단, 진정한 아름다움과 위대함은 발견하기가 쉽지 않다. 또한 이런 것들은 대개 모든 사물이 불멸의 법칙이나 힘 사이에 필연적으로 유지하고 있는 여러 관계 속에 존재한다. 하지만 착각 속에서도 감탄할 수 있었다면 언젠가는 분명해질 진실 앞에서도 여전히 감탄할 수 있을 것이다.

일찍이 인간은 언어와 감정을 동원해 아름다움을 상상해왔다. 그 아름다움에 의해 촉발된 열의 속에서 오늘날 인류는 다양한 진리를 접하고 있다. 만약 초기 단계에서 희생되는 환상이 없었다면 이러한 진리는 아예 태어나지도 못했을 것이다. 만약 환상 없이도 저 광경의 대단함을 깨달을 수 있는 눈이 있다면. 오오 그 눈, 실로 복이 있도다! 그러나 다른 사람들에게는 환상이야말로 볼 것, 감탄할 것, 즐길 것을 알려주는 존재다. 그들이 아무리 환상을 높은 곳에 그리려고 해도, 그것이 지나치게 높아지는 일은 없을 것이다.

진리에 접근하면 진리는 높이 올라가고, 진리에 감탄하면 진리는 가까이 다가온다. 그들이 제아무리 높은 곳에서 환상을 즐기려고 해도, 아무것도 없는 허공 속에서 즐긴다거나, 영원한 미지의 진리를 초월한 더욱 높은 곳에서 즐길 수는 없을 것이다. 이 진리는 아름다움과 마찬가지로 만물을 초월한 곳에 있기 때문이다.

9

우리는 꾸며낸 이야기나 자기 멋대로 쓴 비현실적인 시에 연연해한다. 더 좋은 것을 바랄 수 없기 때문에 이런 데서밖에 기쁨을 찾지 못하는 걸까? 지금 다루는 예에서 — 그 자체로서는 아무 가치도 없지만, 다른 수많은 예를 대표하고, 다양한 종류의 서로 다른 진리를 앞에 둔 우리의 태도를 보여주기도 하므로 예로 삼겠다 — 우리는 생리학적인 설명은 무시하고 그저 결혼비행의 감동만 중요하게 여기며 이를 즐기고 있는가? 그 대답이 무엇이든 간에 이 결혼비행이 사랑이라고 부르는 힘, 순식간에 사리사욕을 없애고 거역하기 어려우며 살아 있는 만물이 따르는 힘, 바로 그 힘이 일으키는 가장 서정적이며 아름다운 행위라는 데는 변함이 없다.

기낭이 부풀어야 수벌의 생식 기관이 돌출된다는 것은 분명한 사실이다. 그러나 만약 우리가 이 사실에 만족하며 이 이상의 사실을 알려고 들지 않는다면, 이보다 멀리 혹은 높이 전개

되는 생각은 모두 오류를 범하기 마련이라면서 진실은 늘 구체적인 작은 사실 안에 있다고 결론 내린다면 어떻게 될까? 어딘지 모르게 하찮은 설명이 붙어 우리가 대상에서 멀어질 수밖에 없게 된 사실보다 규모가 큰 다양한 사실 속에서, 예컨대 이종 수정의 기이한 신비 속에서, 종족과 생명의 영속성 속에서, 자연의 계획 속에서, 이러한 것들 속에서 미지의 사실을 향해 뻗은 아름다움과 위대함의 연장선을 탐구하지 않는다면 어떻게 될까.

우리는 저 놀라운 혼례에 관한 아름답고 시적인 해석을 무조건 고집하는 이들보다 더욱 진리에서 멀어진 삶을 살게 될 거라고, 나는 감히 단언하고 싶다. 물론 이들은 진리의 형태나 색조에 관해서는 잘못을 범했다. 그러나 진리를 모두 장악했다고 의기양양해 있는 사람들보다는 훨씬 낫다. 또한 진리의 영향을 받아 그 분위기 속에 살아가고 있다. 이들에게는 진리를 받아들일 준비가 되어 있고, 이들의 마음속에는 진리를 환대할 여유가 있다. 설령 진리를 보지 못했다고 해도, 이들은 진리가 있다고 믿는 아름답고 고귀한 장소로 눈을 돌린다.

우리는 자연의 목적을 모른다. 그러나 진리를 향한 사랑을 위해서라도, 진리 탐구를 향한 열의를 계속 품기 위해서라도 자연의 목적이 위대하다고 믿어야 한다. 그리고 만약 어느 날 우리가 길을 잘못 들었다, 사실 자연의 목적은 보잘것없고 하나로 통일되지도 않았다고 인정해야 한대도, 그 보잘것없음을 발견할 수 있었던 건 어디까지나 우리가 상정한 위대함이 가져다준 흥분 덕이고, 그것이 확실해졌을 때 우리는 인간이 앞으로 무엇을 해야 하는지 알게 될 것이다. 자연의 목적을 알아보는 연구에 뛰어들 때 우리는 이성을 최대한 강력하고 대담하게 움직여야 한다. 이런 노력 끝에 우리가 할 수 있는 말이 비참한 것들뿐이라 해도, 자연의 목적이 보잘것없고 허무하다는 사실을 발견했다는 것은 절대로 보잘것없는 일이 아니다.

10

"우리에게는 아직 진리가 존재하지 않습니다."

어느 날, 현대의 위대한 생리학자가 된 어느 사람과 산책을 하고 있을 때, 그는 내게 이런 말을 했다.

"아직 진리는 없지만, 도처에 진리의 세 가지 훌륭한 가상假象이 존재합니다. 사람들은 각자 선택을 한다기보다 오히려 그 선택을 받아들인다고 해야 옳습니다. 사람들은 흔히 생각해보지도 않고 선택을 하고, 그 뒤에는 이 선택이 그의 내부에 들어오는 만물의 형태와 움직임을 결정합니다. 우리가 만나는 친구, 미소를 띠며 다가오는 여성, 우리의 마음을 열어주는 사랑, 마음을 닫게 하는 죽음이나 슬픔, 지금 보는 이 9월의 하늘, 코르네유*의 궁정무용곡 『프시시Psyche』에 나오는 '황금색의 흉상胸像기둥이 떠받치는 녹색의 추녀'가 있는 이 멋지고 아름다운 정원, 풀을 먹는 양떼와 잠자는 목동, 마을의 가장 변두리에 있는 집들, 나무들 사이로 보이는 바다, 이 모든 만물이 우리 안에 들어오기 전에 개인의 선택이 보낸 작은 신호에 따라 몸을 낮추고, 높이고, 치장하고, 치장을 벗습니다. 가상을 선택하는 기술을 익히고 싶지 않나요? 하찮은 진실과 물리학적인 근거를 찾다가 인생의 말년에 접어든 나는 이 두 가지에서 멀어지기보다는 이것들에 선행하는 것, 특히 이것들을 조금이라도 능가하는 것이 귀하게 여겨지기 시작했습니다." (코르네유 : 프랑스의 극작가)

우리는 노르망디의 저 코오 지방에 있는 가장 높은 고원에 올랐다. 이 고원은 영국의 공원처럼 평온하지만, 경계선이 없는 자연의 공원이다. 평야가 싱그러운 녹색으로 빛나고, 이보다 더 완벽한 곳은 찾기 힘든, 세계에서도 손꼽히는 곳들 중 하나다. 조금 더 북쪽으로 올라가면 찬바람이 불어 닥치고, 조금 더 남쪽으로 내려가면 태양이 평원을 피폐하게 만든다. 바다로 이어진 평원의 변두리에서 농부들이 밀짚을 쌓고 있었다.

그는 말을 이었다.

"보십시오. 여기에서 보면 저 농부들이 참 근사해 보입니다. 저토록 단순하고 중요한 밀짚을, 정착하며 살아가는 인간의 생활에 꼭 필요하고 거의 변하지 않는, 기념비 같은 밀짚을 쌓고 있습니다. 그들에게서 멀리 떨어져 있으면 해질녘의 공기 때문인지 저 힘찬 외침이 마치 우리 머리 위에서 속삭이는 나뭇잎들의 기품 있는 노래에 응답하는 것처럼 들립니다. 그들 머리 위에 떠 있는 공기는 참으로 웅장해서 불타는 종려나무 가지를 손에 쥔 다정한 정령들이 그들이 오랫동안 일을 할 수 있도록 빛을 비추기 위해 모든 빛을 쓸어간 것 같습니다. 그 흔적이 아직 저 하늘에 남아 있군요. 구릉의 중턱에는 울창하고 둥근 보리수나무가 있습니다. 이 보리수와 고향의 바다를 바라보는 낯익은 묘지의 잔디 사이에서 저들을 내려다보고 감독하는 작은 교회를 보십시오. 저들과 똑같은 일을 했고 지금도 마음속에 살아 있을 죽은 자들의 기념비 밑에서, 지금 저들은 아주 조화롭게 자신들의 삶의 기념비를 세우고 있습니다.

이 전체를 한번 보십시오. 이곳에는 영국이나 프로방스, 혹은 네덜란드에서 볼 수 있는 특수한 상황이 존재하지 않습니다. 자연 그대로의 행복한 생활이 대범하게, 상징적으로 드러나 있습니다. 이번에는 인간의 몸 동작 속에 들어 있는 조화를 보십시오. 말을 모는 남자, 곡물 다발을 갈퀴로 옮기는 남자의 팔과 다리, 밀 위에 웅크리고 있는 여자, 놀고 있는 아이들……, 그러한 인간들을 보십시오. 저들은 경치를 아름답게 하겠다고 돌을 옮기려고도, 삽으로 흙을 떠내려고도 하지 않았습니다. 꼭 필요한 일이 아니면 한 발자국도 떼지 않았고, 나무 한 그루도 심지 않았으며, 꽃 한 송이도 꺾지 않았습니다. 지금 말한 이 정경은 모두 자연 안에서 그나마 오래 살기 위해 인간이 지불하는 노력, 무의식적으로 행하는 그 노력의 결과일 뿐입니다. 그런데도 평화나 은총, 혹은 깊은 사색을 나타내는 광경을 상상하거나 창조하는 일에만 신경을 쓰는 사람들은 이 이상으로 완벽한 정경은 없다며 우리에게 아름다움이나 행복을 제시하고 싶을 때 꼭 이런 정경을 그림으로 그려서 보여주거나 장황하게 말로 꾸며 들려줍니다. 이것이 바로 어떤 이들이 진리라고 부르는 첫 번째 가상입니다."

11

"자, 조금 더 가까이 가봅시다. 큰 나무들의 잎사귀와 너무나도 멋지게 조화를 이룬 저 노랫소리가 들리십니까? 사실 저 노랫소리는 야비한 말과 욕으로 꽉 채워져 있습니다. 웃음소리가 들리십니까? 이들에게서 웃음이 터져 나왔다면 그것은 남자나 여자가 야한 농담을 던졌거나 가장 약한 자 혹은 자신의 짐도 들지 못하는 꼽추, 여러 사람에게 밀려 넘어지는 절름발이가 욕을 먹으며 놀림을 받았다는 뜻입니다.

나는 벌써 몇 년째 저들을 관찰했습니다. 여기는 노르망디고, 땅은 비옥합니다. 저 산들 주위에는 이러한 정경을 통해 상상할 수 있는 것보다 더한 안락함이 그득합니다. 그래서 남자들은 대개 술을 마시고 정신없이 취해 있고, 여자들 중에도 그런 사람이 많습니다. 내가 여기에서 굳이 지명할 필요는 없겠지만, 이 사람들은 또 다른 악덕에도 손을 뻗쳤습니다. 저기 보이는 아이들이 그 악덕과 술이 빚어낸 산물입니다. 보세요, 저 꼬마. 만성 종창으로 고생하는 아이, 다리가 휜 아이, 언청이, 뇌수종에 걸린 녀석. 남녀노소 모두 농민 사이에 넘쳐흐르는 온갖 악덕에 손을 뻗칩니다. 저들은 거칠고, 천하고, 위선자에, 거짓말쟁이에, 욕심이 많고, 입이 험하며, 의심하기를 좋아하고, 질투의 화신이며, 불법으로 얻은 하찮은 이익과 야비하고 의심 많은 강자에게 아첨하는 데 선수들입니다. 궁핍에 쪼들린 저들은 집단으로 모여 살며 부득이하게 서로 돕고 있지만, 자기에게 득이 된다면 당장이라도 남을 해칠 겁니다. 저 마을에서는 타인의 불행만이 유일한 기쁨이니까요.

큰 불행은 음험한 기쁨의 씨앗이 되어 저들을 사랑스럽게 어루만집니다. 저들은 서로 갈구하고, 질투하고, 경멸하며, 증오합니다. 가난뱅이로 있는 한, 저들은 자기 주인의 가혹함과 탐욕을 참아내며 대신 가슴속에 한없는 증오를 불태웁니다. 그러다 하인이라도 거느리게 되면 이번에는 자신이 종복이었을 때의 경험을 살려 자기 주인보다 더 못되게 굴고 더 탐욕스러워집니다.

평온한 공간 속에서 나뒹구는, 저 노동의 원동력인 비속함, 교활함, 잔학성, 부정, 원한 따위를 당신에게 더 자세히 들려드릴 수도 있습니다. 이 멋진 하늘과 바다 — 교회 뒤에 펼쳐진, 진짜 하늘보다도 풍부한 감성을 지닌 또 하나의 하늘, 의식과 예지의 큰 거울을 주조해 땅 위에 출현시킨 듯한 또 하나의 하늘 — 가 저들을 고상하게 만들거나 대범한 사람으로 거듭나게 해줄지도 모른다고 생각해서는 안 됩니다. 저들은 하늘이나 바다를 바라본 적도 없습니다. 몇 가지 공포를 제외하면, 저들의 사고를 뒤흔들고 이끌어줄 수 있는 건 아무것도 없습니다. 저들은 그저 굶주림에 대한 공포, 힘에 대한 공포, 소문과 법에 대한 공포, 죽음과 지옥에 대한 공포에만 숨을 죽입니다. 저들이 어떤 인간인지를 알아보려면 저들을 하나씩 살펴봐야겠지요?

오른쪽에 있는 저 쾌활해 보이고, 밀짚 다발을 갈퀴로 능숙하게 들어 올리는 저 큰 남자를 보십시오. 작년 여름에 한 숙소에서 친구들한테 몰매를 맞았는데, 그때 오른팔이 부러졌습니다. 굉장히 심하게 부러졌는데 제가 접합을 해주었습니다. 오랫동안 치료했고, 다시 일할 수 있을 때까지 사는 데 지장이 없도록 형편을 좀 봐주었습니다. 그랬더니 그는 날마다 우리 집에 왔습니다. 그리고는 내가 처제의 품에 안겨 있었다느니, 내 어머니가 술에 찌들었다느니 하며 헛소문을 떠벌리고 다녔습니다. 무슨 악의가 있다거나 내게 원한을 품은 것도 아니었습니다. 아니, 그 반대였습니다. 그는 나를 보면서 참으로 사람 좋아 보이는, 게다가 진심에서 우러나오는 미소를 띠었습니다. 그가 사회적 증오 때문에 그런 소문을 퍼뜨린 것도 아닙니다. 농민은 부자를 증오하지 않습니다. 오히려 부를 너무 존중해서 탈이죠.

내 생각입니다만, 저 선량한 갈퀴잡이는 내가 왜 돈 한 푼 받지 않고 자기를 도와주는지 이해할 수 없었을 겁니다. 다들 그랬겠지요. 뭔가 음모가 있다, 속지 말아야겠다고 생각한 겁니다. 부자고 가난한 자고 할 것 없이 다들 저 갈퀴잡이 앞에서 그런 이야기를, 아니 더 심한 얘기를 했을 테죠. 그래서 갈퀴잡이는 자신이 꾸민 이야기를 퍼뜨릴 때조차 자기가 거짓말을 한다고는 꿈에도 생각 못했을 겁니다.

그는 무언가 설명하기 어려운 환경적 도덕심을 따랐을 뿐입니다. 자기도 모르게 보편적 악의라는, 절대적인 힘을 지닌 욕망을 좇은 것인데……. 뭐 몇 년 정도 시골에서 살아본 자라면 누구나 아는 이야기를 이렇게 꼬치꼬치 설명할 필요는 없겠지요. 어쨌든 이것이 대부분의 사람이 진리라고 부르는 제2의 가상입니다. 부득이한 생활의 진리지요. 이 진리는 더할 나위 없이 명확한 사실, 누구나 관찰하고 경험할 수 있는 사실에만 근거를 두고 있습니다."

12

그는 계속해서 이야기했다.

"이 밀짚 단 위에 앉아 잠시 생각해봅시다. 내가 앞서 이야기한, 진실을 구성하는 작은 사실들을 하나도 팽개치지 않기로 합시다. 이들 중 무엇 하나가 공간 속에서 저절로 멀어져간다면 그건 또 그대로 내버려둡시다. 어쨌든 그런 사실이 무대 전면에 가득 넘쳐흐르고는 있고, 그 배후에 실로 감탄할 만한 큰 힘이 존재하며, 이 큰 힘이 전체를 유지하고 있다는 사실은 인정할 수 있을 겁니다. 그럼, 이 힘은 전체를 유지하고 있을 뿐일까요? 전체를 좀 더 나은 쪽으로 향상시키려고 하지는 않을까요? 지금 우리가 바라보는 저 인간들은 '목소리와 같은 소리를 낼 줄 알고, 밤이 되면 동굴에 틀어박혀 검은 빵과 물과 목초 뿌리를 먹으며 살았다'고 브뤼에르가 말하는 야생 동물과 완전히 다릅니다…….

이 종족은 그렇게 강하지도, 건강해 보이지도 않는다고 반문할 수도 있겠군요. 네, 정말 그럴지도 모릅니다. 알코올이나 기타 성가신 애물단지들은 인류가 뛰어넘어야 할 재난입니다. 아니, 그건 시련입니다. 인간의 신경 기관은 이 시련에서 이익을 찾아냅니다. 생명체가 자신이 통제한 해악을 이용하는 데는 아주 도가 텄다는 사실을 우리는 잘 알고 있으니까요. 게다가 내일이라도 당장 발견하게 될지도 모르는 아주 사소한 어떤 것이 그런 해악을 무해한 것으로 만들어버릴 수도 있겠지요. 그러니 굳이 혹독한 평가를 내릴 필요는 없습니다. 이 인간들은 브뤼에르가 말하는 인간들이 아직 지니지 못했던 사상과 감정을 모두 지니고 있으니까요."

"추악한 반인반수보다, 나는 벌거벗은 동물이 더 좋습니다"

내가 말했다.

"당신은 아까 말한 제1의 가상, 시인들의 가상에 따라 그렇게 말하는 겁니다."

그는 말을 이었다.

"그러나 그것과 지금 검토하는 가상을 혼동하지 맙시다. 설사 저들의 사상과 감정이 매우 하찮고 수준이 낮다고 해도 상관없습니다. 하찮고 정도가 낮은 수준은 아예 아무것도 아닌 것보다 훌륭합니다. 저들이 자신의 사상이나 감정을 끌어내는 것은 서로에게 해를 입히거나 지금의 용렬함을 물고 늘어질 때뿐입니다. 그리고 이런 일은 자연계에서 아주 흔하게 일어납니다. 본래 자연이 준 선물은 처음에는 나쁜 쪽으로만, 자연이 개량하려던 것을 더욱 나쁘게 만드는 쪽으로만 흘러가는 법입니다. 물론 마지막에는 그런 좋지 못한 것에서 어떤 만족할 만한 성과가 빚어지지요. 나는 지금 진보를 증명하려는 게 아닙니다. 이는 어떤 견지에서 관찰하느냐에 따라 달라지는 사항이니까요. 더 큰 관점에서 보면 인간의 생활을 조금이라도 덜 예속적인 걸로 만들고, 조금이라도 덜 고달픈 것으로 만들 수 있을 거라 기대할 수도 있겠지요. 하지만 진보의 선두에 서 있는 인간과 단순히 맹목적으로 그 뒤를 따라가는 인간의 거리는 그리 멀어 보이지 않습니다. 생각을 정리할 줄 모르는 저 무지한 촌사람들 중에도 지금 우리 두 사람의 의식의 단계를 순식간에 따라잡을 자가 여럿 있습니다. 저 사람들의 의식 수준은 매우 낮고 하찮다고들 생각하지만, 그것과 최고 수준의 의식 사이의 거리가 얼마나 보잘것없는지, 정말 깜짝 놀랄 정도랍니다.

게다가 우리가 이토록 명예롭게 생각하는 이 의식은 도대체 어디에서 왔을까요? 빛에서가 아닌, 빛보다 훨씬 많은 그림자에서, 학식에서가 아닌, 학식보다 훨씬 많은 무지에서, 알고 있는 사항에서가 아닌, 아는 것을 포기해야 하는 훨씬 많은 것들에서 왔습니다. 그럼에도 이 의식이야말로 우리의 존엄 그 자체이고, 우리의 가장 현실적인 위대함이며, 어쩌면 세계에서 가장 놀라운 현상일 수 있습니다. 이 의식이 있기에 우리는 미지의 원리를 앞에 두고도 고개를 들고, 그 원리를 향해 이렇게 말할 수 있습니다. '나는 당신을 모른다. 그러나 내 안의 무언가가 이미 당신을 한눈에 알아보았다. 당신은 필시 나를 파괴하겠지만, 만약 그것이 나의 잔해에서 나보다 뛰어난 유기체를 만들기 위해서가 아니라면, 당신은 나보다 더 뒤떨어진 것을 만들게 될 것이다. 그리고 내가 속해 있는 종족이 사멸한 후에, 당신은 자신이 재판받았다는 사실을 알게 될 것이다. 그리고 만약 당신이 정당한 재판을 받을 궁리조차 하지 못한다면, 당신이 쥔 비밀은 어찌 되겠는가? 우리는 이미 그 비밀을 캐낼 생각이 없다. 그건 분명 한심하기 짝이 없을 것이다. 당신은 우연히, 창조할 가치가 없는 존재를 창조하고 말았다. 그 창조물은 당신의 무의식의 깊이를 측정하기 전에 또 다른 우연에 의해 당신에게 말살되는 것을 행운으로, 언제 끝날지도 모르는 당신의 무서운 실험들을 겪으며 살지 않아도 되는 것을 기쁨으로 여길 것이다. 어차피 그 존재는 자신의 지성을 일깨우는 영원의 지성이 존재하지 않는 세계, 최고를 추구하지만 실제로는 그 어떤 좋은 결과도 초래할 수 없는 세계에서 맥없이 살고 있었으니까' 라고 말이지요.

한 번 더 반복하지만, 우리가 이 광경을 넋을 잃고 바라보는 데 진보 따위는 필요하지 않습니다. 수수께끼로 충분합니다. 그리고 이 수수께끼는 저 농민들의 마음속에서도 우리의 마음속과 마찬가지로 크고 똑같은 불가사의한 빛을 뿜어냅니다. 전지전능한 생명의 근원에까지 거슬러 올라가면 이 수수께끼는 도처에서 발견됩니다. 세기에서 세기로, 이 생명의 근원을 형용하는 말을 우리 인간은 여러 차례 바꿔왔습니다. 정확하고 감동적인 말도 몇 가지 있었습니다. 그러나 그것도 모두 착각이었지요. 이를 신이니, 섭리니, 자연이니, 우연이니, 생명이니, 운명이니 하고 그 어떤 이름으로 불러도, 불가사의는 그대로 남습니다. 그리고 몇 천 년에 걸친 경험이 가르쳐준 교훈을 말하자면, 그 근원의 이름은 더욱 아득하고 더욱 친숙하고 더욱 유연해야 합니다. 바로 오늘날 우리가 붙인 이름처럼 말이지요. 그러니 이 근원이 지금처럼 위대해 보인 적은 없었습니다. 이것이 제3의 가상이 지닌 여러 국면 중 하나이며, 최후의 진리이기도 합니다."

★1-마크 레인 교수는 최근 여왕벌 몇 마리를 인공적으로 수정시키는 데 성공했다. 그러나 아주 복잡한 외과 수술을 거쳐야 했다. 게다가 이 여왕벌들의 산란 능력은 제한적이고 일시적이었다.

6장

수벌 살육

어느 날 아침, 기다리던 신호가 벌통 안에 퍼지면,
얌전하던 일벌은 재판관과 사형집행자로 돌변한다.

1

여왕의 수정 후 하늘에 맑은 빛이 넘치고 공기가 따뜻해지고 꽃들에게 꽃가루와 화밀이 그득해지면 일벌들은 일종의 관대함 탓인지, 아니면 유별난 신중함 탓인지 잠시 동안 귀찮기 짝이 없고 식량을 축내기만 하는 수벌의 존재를 묵인해준다. 벌집 안의 수벌들은 마치 오디세우스의 저택에 머물던 페넬로페이아의 구혼자들 같다(트로이 전쟁 이후 페넬로페이아는 10년 넘게 남편인 오디세우스를 기다렸는데, 그 저택에는 젊은 귀족들이 모여 페넬로페이아에게 구혼을 하면서 밤낮으로 연회를 벌였다. 이들은 20년 만에 돌아온 오디세우스에게 응징을 당했다).

술도가에 빠진 듯 폭음을 하고, 진수성찬을 먹고, 사치에 허우적대는 등 무위도식하면서 방탕한 생활을 한다. 배불리 먹고 마신 후에는 배를 두드리며 좋아하고, 출입구를 막아대질 않나

통행을 방해하질 않나, 일벌들이 일도 편히 못하게 하고, 서로 밀리고 밀치고, 멍하니 정신을 빼놓기도 하고, 추잡한 짓을 저지르고, 어리석고 악의 없는 경멸에 부루퉁해졌다가 무시당하기도 하고, 잔뜩 달아오른 일벌의 분노와 자기들을 기다리고 있는 운명을 눈치 채지 못한 채 그냥 그렇게 흥청망청 시간을 보낸다. 가장 따뜻하고 좋은 곳을 골라 늘어지게 낮잠을 자고 일어나서는 아무 벌집 방에나 들어가 꿀을 먹고, 벌집 틀을 배설물로 채운다. 일벌은 앞으로 다가올 일을 생각해서 이 모든 행동을 눈감아준다.

정오에서 3시까지, 푸른빛이 감돌던 평야에 7, 8월의 태양이 눈부신 빛을 쏟아내며 나른한 분위기를 자아낼 때, 그들은 출입구에 모습을 드러낸다. 큰 흑진주로 만든 헬멧에 살아 있는 두 날개 장식, 아름답게 빛나는 갈색 벨벳 옷, 거친 털, 견고한 반투명의 망토를 걸치고. 무서운 날갯짓 소리를 울리며 파수꾼을 밀쳐내고, 꿀의 수분을 말리기 위해 열심히 날갯짓을 하는 송풍가를 넘어뜨리고, 약간의 수확물을 들고 돌아오는 일벌을 공중제비 하듯 들이받는다. 서민은 알아차릴 수 없는 뭔가 큰 목적을 위해 술렁이며 집을 나선다. 마치 신처럼, 바쁜 듯이, 근엄한 모습을 하고서. 그리고 곧 가까운 꽃들에게로 날아가 가만히 착지하고는 오후의 냉기가 올라오기 전까지 그곳에서 정신없이 곯아떨어진다. 잠에서 깨면 다시 거만한 돌풍처럼 집으로 돌아와 뻔뻔스러운 자세로 저장실로 달려간다. 꿀단지에 고개까지 파묻고 배가 불룩해질 때까지 먹는다. 잠깐의 외출로

소진한 힘을 보충한 후에는 다음 식사 때까지 꿈도 걱정도 없는 잠에 빠져든다.

2

그러나 꿀벌은 인간만큼 인내심이 강하지는 않다. 어느 날 아침, 기다리던 신호가 벌집에 떨어지면 그 얌전하던 일벌들은 재판관과 사형집행관으로 돌변한다. 누가 이 명령을 내리는지는 알 수 없다. 다만, 일벌의 이치에 합당한 분노는 한꺼번에 분출되어, 일사불란한 통일국가의 특징에 따라 순식간에 전원의 마음속에 스며들어간다. 일부 국민은 꿀 채집을 그만두고 적어도 이날만큼은 정의로운 일에 종사한다. 화난 처녀들의 군대는 꿀이 나오는 벽 위에 멋대로 누워 잠을 자던 살찌고 게으른 자들을 깨운다.

수벌들은 평온하게, 그것도 자신감 가득한 얼굴로 눈을 뜬다. 하지만 그 순간 자기들의 눈을 믿지 못한다. 달빛이 연못의 물을 빠져나가기 위해 애를 쓰듯이, 그들의 놀라움도 그 게으름을 빠져나가기가 쉽지 않다. 뭔가 잘못되었다고 철석같이 믿고 깜짝 놀라 주위를 둘러본다. 그리고 생명이라는 근본 개념이 그 둔한 머릿속에 되살아나면 활력을 머금은 꿀의 저장 탱크 쪽으로 걸음을 옮긴다. 그러나 지금은 꿀의 계절인 5월이 아니다. 과실나무의 화주花酒가 무르익는 계절, 사루비아나 백

리향, 토끼풀, 마조람의 순수하고 달콤한 꿀이 넘치는 그런 계절이 아니다. 그런 만큼 예전의 저장 탱크, 꿀로 가득한 탱크는 이제 존재하지 않는다. 대신 독이 든 침이 타오르는 덤불처럼 그들을 에워싼다. 도시의 분위기는 완전히 달라졌다. 상냥한 꿀의 향기 대신 자극적인 독 냄새가 가득하고, 독이 든 방울이 침 끝에서 반짝이는 원한과 증오를 퍼뜨린다. 게으름뱅이들은 자신들에게 유리했던 법이 엉망이 된 도시의 한복판에서, 풍요롭고 윤택하던 생활이 이제 끝났음을 깨닫는다. 하지만 도망치려고 허둥대는 이들 식객들에게는 이미 재판관들이 서너 마리씩 달라붙어 있다.

재판관들은 판결을 내린다. 그녀들은 전력을 다해 그의 날개를 잡아당긴다. 가슴팍과 복부 사이의 연결부를 끊어내고, 열에 들뜬 더듬이를 분지른다. 다리를 발기발기 떼어내고, 이들이 입은 둥근 갑옷 사이로 날카로운 침을 찔러댈 틈을 찾는다. 몸집은 크지만 무기도 없고 침도 없기 때문에 이들은 저항할 생각도 못하고 그저 도망치거나 자신들을 쿡쿡 찌르는 침에 감각이 둔한 부분만 골라가며 내줄 뿐이다. 도무지 풀어줄 생각을 않는 재판관들 사이에 벌렁 누워 그 힘센 다리 끝으로 서툴게 저항해보기도 하고, 뱅글뱅글 돌며 무리 전체를 소용돌이 속으로 몰아넣으려고 애를 쓰기도 한다. 그러나 이 소용돌이는 머지않아 제풀에 사그라진다. 이렇게 이들은 순식간에 가련하기 짝이 없는 모습을 보여준다. 그래서 이 모습을 보는 우리는 연민을 느끼고, 무정한 일벌에게 곧 적의를 품는다.

그러나 그런 적의가 무슨 소용이랴. 일벌들은 자연의 심오하고 가차 없는 법밖에 모른다. 이 불행한 자들의 날개는 갈기갈기 찢어지고, 발바닥 마디는 비틀리고, 더듬이는 이빨에 갈리고, 활짝 핀 꽃들을 비추고 창공과 여름의 찬란함을 반사하던 그 검고 멋진 눈은 고통 속에서 임종의 비극을 비쳐줄 뿐이다. 어떤 자들은 깊은 상처를 입고 쓰러진다. 그러면 사형집행관 두세 마리가 달려와 그를 멀리 묘지로 운반한다. 상처가 심하지 않은 자는 어떻게든 한쪽 구석으로 피난을 가려고 기를 쓰지만, 그 피난처는 이미 초만원 상태다. 냉혹한 파수꾼은 피난처를 철저히 봉쇄하고 부상자들은 그곳에서 비참하게 죽어간다. 출구로 빠져나와 적을 따돌리고 공중으로 도망친 자도 많은데, 저녁 무렵에 굶주림과 추위가 찾아오면 선처를 갈구하며 벌집 입구로 돌아오기 일쑤다. 그러나 그곳에서 다시 준엄한 파수꾼들과 마주친다. 다음 날, 일벌들은 집을 나서기 전에 출입구에 서서 산더미처럼 쌓인 무익한 수컷들의 시체를 치워야 한다. 이리하여 이듬해 봄까지 저 게으름뱅이들의 추억은 도시에서 완전히 사라진다.

3

이 학살은 이따금 한 양봉장의 수많은 꿀벌 부락들에서 같은 날 한꺼번에 일어난다. 가장 풍요롭고 가장 통치가 잘 되는 몇

몇 부락이 방아쇠를 당긴다. 며칠이 지나면 그보다 덜 번영한 작은 국가가 그 뒤를 잇는다. 단, 매우 가난하고 약하며, 어미 벌이 너무 연로해 거의 알을 낳지 못하는 곳에서는 국민이 학수고대하는, 아직 태어날 가능성이 있는 처녀 여왕이 장차 수정할 때 필요하다는 이유로 초겨울까지 수벌을 살려둔다. 이때는 더 비참한 사태가 초래된다. 어미 벌, 식객들, 일벌의 일족 전체가 굶주림으로 허덕이다가 첫눈이 오기 전에 벌통의 어둠 속에서 조용히 죽음을 맞이하기 때문이다.

벌의 수가 많고 풍요로운 도시에서는 게으름뱅이들의 사형 집행 후 또다시 노동이 시작된다. 그러나 그 열의는 점점 약해진다. 화밀이 점차 줄어들기 때문이다. 축제도, 참극도 막을 내렸다. 무수히 많은 생명을 내포하고, 꽃과 꿀에서 태어나며, 잠을 모르는 고귀한 물체인 벌집은 조금씩 꿈나라로 빠져든다. 그 뜨거운 숨결은 밀려오는 온갖 추억 속에서 점점 차분해진다. 그러는 동안에도 가을의 꿀은 영양분을 머금은 벽 안에 축적되어 있다. 마지막 저장 탱크 몇 개는 부패되지 않는 하얀 밀랍으로 봉인된다. 건축 사업은 이미 정지됐고, 탄생은 줄었으며, 죽음은 늘어나고, 밤은 길어지고, 낮은 짧아지고, 가차 없는 비와 바람, 아침의 안개, 순식간에 다가오는 어둠의 덫 따위가 수백 마리나 되는 일벌을 데려간다. 한 번 떠난 이는 두 번 다시 돌아오지 않는다. 그리고 아티카의 매미처럼(새벽의 여신 에오스는 티토노스라는 인간 남자를 사랑하여 제우스에게 청해 그를 불사不死의 몸으로 만들었으나, 불로不老의 몸으로 만들어주는 것을 깜빡

했다. 티토노스는 점점 늙어갔고, 에오스는 그를 방에 가둬놓고 꿀을 먹여 살게 했다. 완전히 쇠약해졌음에도 쉬지 않고 지껄이던 티토노스는 결국 매미가 되었다) 태양에 굶주린 이 작은 국민들은 하나같이 겨울의 차가운 위협이 닥쳤음을 감지한다.

인간은 이미 가져갈 꿀을 몽땅 다 가져갔다. 보통의 벌통이라면 한 통당 80에서 100파운드의 꿀을, 매우 훌륭한 벌집이라면 이따금 200파운드의 꿀을 인간에게 제공한다. 이는 액체로 바뀐 빛이며, 꽃들이 피어 있는 광대한 들판을 상징한다. 지금 그는 활동이 둔해져가는 꿀벌 부락을 마지막으로 쳐다본다. 그리고 가장 풍요로운 몇몇 부락들에서 여분의 보물을 몰수해, 가난해져버린 부락에 나눠준다. 주거지를 따뜻하게 감싸주고, 입구는 절반 정도 틀어막고, 불필요한 나무 틀을 떼어내어 꿀벌을 오랜 동면으로 이끈다. 그러면 꿀벌은 벌통의 중심에 모여 몸을 웅크리고, 믿을 수 있는 항아리가 담긴 벌집 틀에 매달린다.

차가운 날들이 이어지는 동안, 벌통 안에서 여름은 양분으로 변한다. 여왕은 파수꾼에게 둘러싸여 가운데에 자리를 잡는다. 일벌의 첫째 대열은 봉인된 벌집 방에 달라붙고, 둘째 대열이 이들을 뒤덮는다. 다시 셋째 대열이 그들을 뒤덮는다. 이런 식으로 그들은 연속해서 서로를 덮는다. 마지막 대열은 외벽 역할을 한다. 외벽을 담당하는 일벌이 더는 추위에 견디지 못하고 뭉친 집단 속으로 돌아가면, 다른 벌이 차례대로 외벽 역할을 대신한다. 매달린 집단은 둥근 갈색 공처럼 보인다. 이들이 달라붙어 있는 벌집 방의 꿀이 바닥을 드러내면, 이들은 눈치 채지 못할 정도로 조금씩 올라갔다가 내려가고, 앞으로 갔다가 뒤로 되돌아간다. 즉, 우리의 생각과 달리 꿀벌의 겨울나기는 좀 둔하기는 하나 완전히 정지되지는 않는다.★[1] 생존에 성공한 그녀들은 바깥의 기온 변화에 따라 활발하게 움직였다가 가만히 있기를 반복한다. 날개를 집중적으로 붕붕 울림으로써 자신들의 갈색 공에 봄 날씨 정도의 온기를 불어넣는다. 이 신비로운 봄은 꿀에서 비롯된다. 일찍이 한줄기의 온기가 변하여 꿀이 되었고, 이제 이 꿀은 처음의 형태인 온기로 바뀐다. 그리고 공 안을 풍요로운 혈액처럼 흐른다. 꿀이 흘러넘칠 것 같은 벌집 방에 들어 있는 꿀벌은 이 꿀을 이웃에게 건네고, 이웃은 다른 이웃에게 건넨다. 마침내 마지막 꿀벌에게까지 입에서 입으로, 발에서 발로 전달된다. 이 공의 마음은 몇 천 개로 나뉘어 있지만 하나로 결합된 운명과 하나의 사고밖에 지니지 않았다. 꿀의 형님 격인 햇살이 반쯤 열린 문으로 따사로운 시선을 보내며 제비꽃과 아네모네를 되살리고, 일벌을 깨워 창공이 다시 원래 장소로 되돌아갔음을, 죽음과 생의 끊어지지 않는 고리가 한 바퀴 돌아 다시 숨을 쉰다는 사실을 알려줄 때까지, 꿀이 태양과 꽃의 역할을 대신한다.

★1 — 힘이 센 벌집의 꿀벌은 겨울에, 즉 내가 사는 곳에서는 10월에서 4월 초까지의 약 6개월 동안에, 보통 20, 30파운드의 꿀을 소비한다.

7 장

종의 진화

꿀벌들은 자신들이 모은 꿀을 누가 먹는지 알지 못한다.
마찬가지로, 우리는 우리가 우주에 끌어들인 정신의 힘을
누가 이용하는지 알지 못한다.

1

우리는 동면으로 잠잠해진 시점에서 벌집의 문을 닫았다. 이 책을 닫기 전에, 꿀벌처럼 규율을 좋아하고 자기 직업에 철저한 사람들이 반드시라고 해도 좋을 만큼 입에 올리는 이론에 반론을 제기하고 싶다.

"그래, 이러한 일들이 모두 신기하기는 하지만, 옛날이나 지금이나 변함이 없다."

그들은 이렇게 말문을 연다.

"벌써 수천 년 전부터 벌들은 뛰어난 법을 지키며 살아왔다. 그러나 수천 년 동안 그 법은 달라지지 않았다. 수천 년 전부터 꿀벌들은 무엇 하나 보태거나 빼는 일 없이 그저 놀랍기만 한 저 벌집 틀을 짓고 있다. 벌집 틀에는 화학자의 지식과 기하학자, 건축가, 기술자의 지식이 각각 같은 정도로 반영되어 있다.

하지만, 이 벌집 틀은 고대의 석관에서 발견되는 것이나 돌, 이집트의 파피루스에 묘사된 것이나 다른 점이 하나도 없다. 아무리 사소한 부분이라도 좋으니까 진보를 나타내는 예를 들어 보아라. 뭔가 개혁을 했다는 아주 작은 사실, 예부터 변함없는 방법을 조금이라도 발전시켰다는 사실, 우리는 그걸 보고 싶다. 그러면 우리도 굴복하겠다. 꿀벌에게는 본능뿐 아니라 인간의 지성과 비슷하다고 할 수 있는 어떤 지성이 있다고. 꿀벌도 어떤 고등한 운명을 지니고 있다고 인정하겠다."

꼭 문외한만 이런 이야기를 하는 건 아니다. 커비나 스펜스 급의 곤충학자들도 같은 논지의 주장을 했다. 꿀벌이 변할 줄 모르는 본능의 좁은 감옥 속에서 꿈틀거리는 지성 이외에, 그 어떠한 지성도 지니지 않았다는 것이 그 요점이다.

"불가피한 상황에 이르러 꿀벌이 밀랍과 봉랍 대신에, 예컨대 점토나 옻을 썼다는 예를 단 하나라도 들어준다면 우리는 그들이 추론할 수 있다고 이해하겠다."

그들은 이렇게 말한다.

로메인즈가 '논쟁을 요구하는 문제' 라고 부른 이 논의는 다른 말로 '끝나지 않는 논의' 라고도 한다. 사실 이는 가장 위험한 논의 중 하나여서 만약 인간에게 적용한다면 엄청난 결과를 초래하게 될 것이다. 잘 생각해보면 이 논의는 '소박한 사고방식' 에서 비롯되었다. 이 사고방식은 종종 상당한 해독害毒을 퍼뜨린다. 마치 갈릴레오를 향해 "회전하는 것은 지구가 아니다. 왜냐, 우리는 태양이 하늘을 가로지르고, 아침에는 뜨고 저

녁에는 지는 모습을 보고 있으며, 우리의 두 눈만큼 확실한 증거도 없기 때문이다"라고 말하는 것과 같다. 사고방식이란 정신의 바탕을 구성하는 데 꼭 필요한 것이다. 그러나 높은 견지에서 우려하는 마음으로 이를 감시하고, 필요하다면 그것만으로는 밝혀낼 수 없는 사실이 얼마나 많은지를 알려준다는 조건 아래에서만 그렇다. 그렇지 않다면 인간의 사고는 우리의 지성이 다스리는 유치하고 뻔한 일에 지나지 않을 것이다.

그러나 다행히도 꿀벌 스스로 커비나 스펜스의 이의에 답을 하고 있다. 이 이의가 제기되자 또 한 명의 자연과학자 앤드류 나이트는 나무의 파손된 껍질에 밀랍과 송진으로 만든, 시멘트 반죽처럼 생긴 물질을 발라놓는 실험을 했다. 꿀벌은 밀랍 모으기를 완전히 그만두고 이 한 번도 본 적 없는 물질만 사용했다고 한다. 꿀벌은 생소한 물질을 보고 이런저런 실험을 한 후 곧바로 활용하기로 한 것이다. 이 물질이 완전한 형태로 주변에 널려 있었으니까.

나아가 양봉 과학과 양봉 기술은 꿀벌의 진취적인 정신을 고취시켰다. 꿀벌의 적극적인 지성에 경험을 쌓을 기회, 진정한 발견과 진정한 발명을 할 기회를 부여했다. 그래서 예컨대, 꽃에 꽃가루가 거의 없을 때는 막대한 양의 꽃가루 식량을 먹어 치우는 유충과 번데기의 사육을 돕기 위해 양봉가들이 양봉장 근처에 상당한 양의 소맥분을 뿌린다. 꿀벌은 제3기(6500만 년 전 ~ 200만 년 전)에 출현했는데, 당시의 산림이나 계곡 안에서는 소맥분과 같은 양분을 전혀 보지 못했을 것이다. 그럼에도 몇 마리 집어다가 소맥분 위에 놓으면 이들은 맛을 보고 그것이 꽃가루와 거의 같은 성분임을 알아챈다. 벌통에 돌아가 자매들에게 그 소식을 전한다. 그러면 모든 일벌이 이 뜻밖의 신기한 식량을 향해 돌진해온다. 이들은 이 식량을 그들의 선조 대대로 내려온, 언제나 말할 수 없이 관능적이고 호사스런 몸짓으로 자신들을 맞아주던 꽃들과 따로 떼어놓고 생각하지 않는 것이 분명하다.

2

꿀벌을 착실히 연구해 성과를 거둘 수 있는 관찰 방법이 알려진 것은 백 년 전, 즉 유베르의 연구 결과가 발표된 이후의 일이다. 랭스트로스의 이동식 벌집 틀, 이동식 나무 틀 덕에 합리적이고 실용적인 양봉 기술이 개발되어 벌통이 불가침의 성역 — 죽음이 찾아와 폐허가 된 후가 아니면 인간이 들여다볼 수 없고, 신비의 베일에 가려진 채 모든 일이 일어나므로 — 에서 벗어난 것은 불과 50년 전의 일이다. 마지막으로 현미경이나 곤충학자들의 실험 방법이 개량되어 일벌, 어미 벌, 수벌의 주요 기관의 비밀이 밝혀진 것도 50년이 채 지나지 않은 일이다. 꿀벌의 역사는 몇 천 년에 달한다. 인간이 꿀벌을 관찰한 역사는 50, 60년에 불과하다. 그렇다면 인간이 벌통을 열어보게 된 후부터 지금까지 그 내부에 변화가 없었다고 해서, 그 이전에도 그랬으리라는 보장은 없다. 종의 진화 과정에서 1세기는 큰 강물의 작은 소용돌이에서 사라져가는 빗물 한 방울과 같고, 보편적 물질의 생명에서 천 년은 한 민족의 역사에서 말하는 1년과 같은 속도로 지나간다. 이의를 단 자들이여, 설마 이 사실을 모른다고 하지는 못하겠지?

3

꿀벌의 습성이 무엇 하나 달라지지 않았다는 확증은 없다. 편견을 버리고 실제 경험을 통해 그들의 습성을 조사한다면 상당히 눈에 띄는 변화 몇 가지를 발견할 수 있다. 그럼 눈에 띄지 않는, 우리 인간의 눈에 보이지 않는 변화는 도대체 누가 이야기해줄 수 있을까? 우리보다 약 150배나 크고 약 70만 배나 무거운(이는 우리의 키와 몸무게를 꿀벌의 그것과 비교했을 때의 비율이다), 우리의 언어를 이해하지 못하고 우리와 전혀 다른 감각을 지닌 관찰자가 있다고 해보자. 이 관찰자는 지난 50여 년 동안 우리에게 매우 흥미로운 물질적 변화가 많이 일어났다는 사실은 이해할 테지만, 인간의 정신적, 사회적, 종교적, 정치적, 경제적 진화에 관해 과연 무엇을 상상할 수 있을까?

좀 더 세월이 흐르면 우리가 다루는 사육 꿀벌은 아마 그들의 선조 및 각종 야생 꿀벌도 포함하는 커다란 꿀벌 상과(*Apiens*)의 범주에서 다루어야 할 것이다. 그래야 더 정확하고 가치 있는 과학 가설로 받아들여질 것이다.★[1] 그렇게 되면 인류의 진화가 거쳐온 변화보다 더욱 진귀하고, 생리적, 사회적, 경제적, 산업적, 건축 기술적인 변화를 목격하게 될 것이다.

그러나 지금은 사육 꿀벌에 대해서만 이야기하자. 눈으로 확실하게 구분할 수 있는 사육 꿀벌의 종류는 약 16종이다. 사실 가장 큰 대꿀벌(*Apis dorsata*)이나 내가 아는 가장 작은 소꿀벌(*Apis florea*)은 모두 똑같은 곤충이다. 그저 기후나 그 밖의 환경 탓에 다소 차이점이 생겼을 뿐이다. 이들 종은 모두 영국인이 스페인인과 다르고, 한국이나 유럽인과 다른 것처럼 별반 차이가 나지 않는다. 기본적인 고찰은 이 정도로 해두고, 이제 우리는 눈으로 직접 확인해볼 수 있는 사실, 가설의 도움 없이 바로 확인할 수 있는 사실만 기술하기로 하자. 우리가 아는 모든 사실을 일일이 음미하는 일도 관두자. 유효한 예 몇 가지만 있으면 얼마든지 간결하게 설명할 수 있을 테니까.

4

먼저 가장 중요하고 가장 근본적인 개량, 인간 사회라면 거대한 토목공사에 해당할 공동체의 대외 방어에 대해 이야기하자.

꿀벌은 우리와 다르다. 비바람이나 우레가 멋대로 들이치는 도회지에서 살지 않는다. 이들은 사방이 다 막혀 있는 곳에서 산다. 그러나 자연 상태, 그것도 이상적인 기후에서라면 사정은 또 달라진다. 사실 이들이 본능에만 귀를 기울인다면 아마 노천에 주거지를 만들 것이다. 인도의 대꿀벌은 구멍이 뚫린 나무나 움푹 팬 암벽을 그렇게 열심히 찾아다니지는 않는다. 이 무리는 나뭇가지가 갈라져 나와 겨드랑이처럼 보이는 부분에 매달린다. 그리고 벌집 틀을 늘리고, 여왕은 알을 낳고, 일벌은 꿀을 저장한다. 이때 일벌은 그 누구의 도움도 받지 않는다. 북방의 꿀벌이 너무나도 기분 좋은 여름에 홀려 이 본능을 되살릴 때가 있는데, 이때는 무리 전체가 외부의 수풀에서 살아가는 모습이 눈에 띄기도 한다.★2

그러나 인도에서는 이 선천적인 습성이 참혹한 결과를 초래한다. 밀랍을 개어 봉아소를 건설하고 그 주위에서 온기를 불어넣어야 하는 일벌들에게 이 습성이 나타나면, 그들은 곧장 일손을 놓아버린다. 그러므로 벌집 틀을 하나밖에 만들지 못한다. 그 대신 아주 작은 덮개라도 있으면 네댓 개, 혹은 그 이상의 벌집 틀을 만든다. 그만큼 부락의 주민 수도 늘어난다. 그래서 추운 지방이나 온대에서 사는 꿀벌은 어느 종속이든 간에 이 원시적인 방법을 거의 완전히 팽개쳐버렸다. 벌의 수가 많고 방어 수단이 완벽한 일족만이 유럽의 겨울을 넘길 수 있다는 사실을 통해 우리는 이들의 총명한 습성이 자연도태에 따른 것임을 알 수 있다. 이전에는 본능에 위배되던 것이, 조금씩 본능에 가까운 습관으로 굳어진 셈이다. 물론 그렇게도 좋아하는 자연의 확 트인 빛을 포기하고 그루터기나 동굴의 어두침침한

곳에 주거지를 정하는 습관 역시 관찰, 경험, 추리를 거듭한 끝에 생각해냈을 것이다. 이 착상은 인류의 역사에 불의 발명이 그러하듯, 사육 꿀벌의 운명에서 매우 중요한 자리를 차지한다.

5

이 대단한 진보는 아주 먼 옛날부터 조상 대대로 내려왔고, 지금도 계속 이어진다. 이 진보 후에도 벌통의 산업이나 정치가 절대적 공식에 따라 움직이는 것은 아님을 말해주는 다양한 증거들이 발견되었다. 소맥분을 꽃가루 대신, 인공 시멘트를 밀랍 대신 사용하는 영리한 처사는 이미 언급했다. 황당한 주거지를 멋지게 자신들의 삶에 적합한 형태로 바꾸는 모습도 알아보았다. 인간이 제공한 벌집 틀을 그 즉시 매우 근사하게 활용하는 모습도 보았다. 이때 이들이 아직 불완전한 상태의 조건을 적절히 활용하는 모습은 실로 대단했다. 그녀들은 인간의 의도를 단번에 알아차렸다.

이 몇 세기 동안 우리 인간이 돌이나 석회, 기와를 사용해서 도시를 건설한 게 아니라, 신체의 특별한 기관에서 전연성展延性의 물질을 분비해 건축 재료로 썼다고 해보자. 그런데 어느 날, 전지전능한 존재가 우리를 믿기 어려운 황당한 도시의 한 복판에 떨어뜨렸다고 해보자. 우리로서는 그 도시가 우리의 분비물과 매우 흡사한 물질로 만들어졌다는 사실은 알겠으나, 그

밖의 다른 점에 관해서는 정말 황당하기만 할 것이다. 이 도시는 뭔가 왜곡되어 있다. 우리의 설계도가 이 도시에도 적용되었고 모든 것들이 우리의 기대에 부합하지만, 이는 단순히 그렇다는 말일 뿐이다. 실제로는 어떤 힘에 의해 조작된 것인지, 초안 단계에 있는 설계도로는 짐작을 할 수가 없다. 높이가 3, 4미터여야 할 집들은 아주 조금씩 부풀어 있다. 몇 천 개나 되는 벽들은 선 한 가닥으로 표시되어 있고, 이 선에는 벽의 윤곽을 지을 때 쓰는 건축 재료가 들어 있다. 그 밖에도 수정해야 할 부분이나 메워야 할 틈, 흔들거려서 지지대를 세워야 하는 넓은 벽 따위가 수없이 많다. 이 도시는 뜻밖의 횡재나 다름없지만 참으로 조야하고 위험하다. 이 도시는 우리의 요구 대부분을 간파한 최고의 지능이 생각해낸 작품이지만, 그 지능을 가진 존재는 너무도 몸집이 커서 우리의 요구를 이렇게 조잡하게 표현할 수밖에 없었다. 어쨌든 우리는 이러한 상황을 모두 간파했다. 이제는 저 초자연적인 존재의 의도를 받아들여 평소라면 몇 년이나 걸릴 일을 며칠 만에 완성하고, 체질로 굳어진 습관이나 노동 방식을 완전히 바꾸는 일만 남았다. 인간이라면 잇달아 발생하는 문제를 해결하기 위해, 원조자가 건네준 것들을 하나도 잃지 않기 위해 최선의 주의를 기울일 것이다. 꿀벌이 근대의 벌통 안에서 하는 일은 이와 다르지 않다.★3

6

앞서 말했듯이 꿀벌의 정치도 변한다. 하지만 무척 애매해서 증명하기가 어렵다. 여왕벌을 대하는 다양한 모습이나 각 벌통 특유의, 세대에서 세대로 전해지는 분봉 법칙에 대해서는 앞에서 충분히 살펴보았으므로 더는 언급하지 않겠다. 그러나 이렇게 일정하지 않은 사실 이외에 언제나 일정한 사실도 매우 많다. 이는 온갖 종류의 사육 꿀벌이 똑같은 수준의 정치 감각을 갖고 있지는 않음을 시사한다. 특히 이러한 사실은 민중의 정신이 아직 암중모색 중이어서 여왕에 관한 문제에 다른 해결법을 찾고 있는 듯한 벌집에서 확인해볼 수 있다.

예컨대, 프랑스의 이탈리안 꿀벌은 많아봐야 10마리나 12마리밖에 키우지 않는다. 그에 비해 시리아의 꿀벌은 보통 120마리 혹은 그 이상의 여왕을 양육한다. 체이셔는 시리아의 한 벌통에 관해 글을 썼다. 글에 따르면 체이셔는 그 벌통에서 죽은 여왕 21마리와, 살아 있는 여왕 90마리를 발견했다고 한다. 이는 매우 기이한 사회적 진화의 출발점 혹은 도달점이다. 구체적으로 조사한다면 꽤나 흥미로울 사실이다. 덧붙이자면, 여왕의 육성이라는 점에서 키프로스 섬의 꿀벌은 시리아의 꿀벌과 그 습성이 매우 흡사하다. 이는 아직 불확실하기는 하나 군주정치에서 과두 정치로의 복귀, 유일모성唯一母性 신앙에서 다수모성多數母性 신앙으로의 복귀라는 생각이 들 정도다. 여하튼 이집트나 이탈리아의 꿀벌과 매우 가까운 친척에 해당하는 시리아와 키프로스의 꿀벌은 필시 인간이 사육하고 길들인 최초의 꿀벌일 것이다.

마지막으로 또 하나의 관찰 결과를 살펴보면, 어떤 무리의 습성은 다양한 시대나 기후를 통해 기계적으로 답습해온 원시 행동의 결과가 아니다. 이 작은 사회를 이끌어가는 정신은 새로운 상황을 인식할 줄 안다. 일찍이 경험한 적 있는 위험이라면 그 예방 수단쯤은 알고 있다는 듯 상황에 대처하고, 그 상황을 이용한다. 예컨대 프랑스의 검은 꿀벌을 호주나 캘리포니아로 옮겨놓으면, 이들은 자기들의 습관을 완전히 바꾸어버린다. 여름에는 절대로 꽃이 사라지지 않는다는 사실을 확인한 이들은 이동한 지 불과 2, 3년째부터 하루에 소비할 양만큼만 화밀과 꽃가루를 모은다. 또한 믿을 만한 최근의 관찰 결과에 따르면, 이 검은 꿀벌은 선조 대대로 이어진 경험을 무시한 채 겨울을 나기 위한 저장 작업을 더 이상 하지 않는다고 한다.★4 이는 그 노동의 성과를 일일이 열거라도 하지 않으면 그 사실을 믿지 못할 정도로 대단한 현상이다.

7

이상은 우리가 눈으로 직접 확인할 수 있는 사실이다. 그리고 이러한 사실 중에는, 오직 인간의 지능과 미래만이 발전할 수 있고 바뀔 수도 있는 것이라 믿는 이들을 혼란스럽게 할 만한 것들이 몇 가지 있다.

만약 우리가 잠깐 동안이라도 생물변이설生物變移說의 가설을 받아들인다면, 우리의 시야가 트여 그 웅대하고 장엄한 빛이 인간의 운명에까지 영향을 미치게 될 것이다. 주의 깊게 이 문제를 관찰하는 사람이라면 모두 인정할 수밖에 없는 사실이 있다. 자연에는 물질의 일부분을 더욱 좋은 상태로 향상시키려는 의지가 있다는 것이다. 자연에는, 물질의 표면에 처음에는 생명이라 불리고 다음에는 본능, 그 다음에는 지성이라고 불리는 신비로운 힘을 서서히 침투시키려는 의지, 미지의 목적을 위해 자신을 다그치는 모든 존재를 조직하고 활용하려는 의지가 존재한다. 우리 주위에 널린 수많은 예를 본다면, 또한 태초 이래 이토록 자신을 향상시켜온 물질의 양을 산정할 수 있다면 그 의지가 지금도 계속해서 힘을 키우고 있음을 알게 될 것이다. 아니, 그런 가정을 세워보고 싶다. 물론 이 가정은 어설프다. 그러나 이 가정은 우리를 인도하는 보이지 않는 힘에 관해 세울 수 있는 유일한 가정이다. 그리고 그 자체만으로도 대단하다. 삶에 대한 믿음이 우리의 첫째 의무인 이 세계에서는 반증의 확실한 근거가 나오지 않았다는 사실만으로도 우리는 만족할 수 있다.

생물변이설에 대해 덧붙일 수 있는 반론은 모두 받아들일 셈이다. 이 가설에는 수많은 증거와 유력한 논거가 있지만, 엄밀히 말해 확실성은 없다. 자신이 살아가는 시대의 진리를 자기 나름으로 생각해보지도 않고 그대로 믿어서는 안 된다. 어쩌면 백 년이 지난 후, 변이설로 가득한 현재의 책들은 바로 그 때문에 낡아빠졌다는 인상을 풍기게 될 것이다. 그것은 마치 지나치게 완벽해 실제 인물이 아닌 듯 보이는 앞 세기 철학자들의 다양한 책들, 과도한 허영심과 거짓말로 왜곡되고, 가톨릭 전통의 영향을 받아 까다롭고 재미도 없으며, 신이라는 관념 탓에 왜소해져버린 17세기의 수많은 작품들이 오늘날 고리타분한 냄새를 풍기는 것과 같은 이치다.

그럼에도 어떤 사물의 진리를 알 수 없을 때는 가설을 받아들여야 한다. 물론 그 가설은 옳지 못하겠지만, 그래도 진실이라고 믿는 한 어떤 도움을 주고 연구를 새로운 방향으로 이끌어줄 것이다. 얼핏 생각하기에는 이런 가설을 내팽개치고 더 깊은 진리, 즉 우리는 모른다는 사실을 솔직하게 털어놓는 편이 더 현명해 보인다. 그러나 이는 결코 밝혀질 리 없는 무언가가 증명될 경우에만 유익하다. 그리고 이 때문에 우리는 잠시 동안 연구를 그만둘 테고, 그러면 이 엉터리 가설보다 더 어리석은 사태가 발생할 것이다.

더 멀리, 더 높이 나아가라고 우리를 채찍질해주는 데는 우리가 범하는 잘못이 가장 효과적이다. 우리는 원래 그런 존재다. 지금까지 우리가 알게 된 아주 사소한 사실들은 늘 대담하고 때로는 비상식적이며 전혀 용의주도하지 않은 수많은 가정들에서 비롯되었다. 이런 가정은 한편으로는 무모하기 짝이 없지만 탐구의 열의만큼은 훌륭하게 지탱해준다.

인류의 여인숙에 난로가 있다고 해보자. 이 난로를 지키는 자가 맹인인지, 늙은이인지, 추위를 피해 난롯가로 모여드는 여행자들은 아무 상관을 하지 않는다. 그가 지키고 있는 덕에 불이 꺼지지 않았다면, 그는 그 자리에 있어야 할 가장 적합한 사람이라고 할 수 있다. 우리는 자꾸 탐구해보려는 열의를 더욱 널리 퍼뜨려야 한다. 이 열의를 더욱 확고부동한 것으로 만들고, 땅의 탯줄 안에, 바다 속 깊은 곳에, 넓은 하늘에 존재하는 만물을 지금보다 더 엄격한 방법으로 더 타오르는 정열로 조사해야 한다. 그리고 이렇게 하지 않고는 못 배기게 만드는데, 생물변이설만큼 훌륭한 가정도 없다. 무엇이 이 가정에 대항할 수 있겠는가? 만약 이를 방치한다면 어떤 가정이 이를 대신할 수 있을까? 학자입네 하는 자들이 자칫 범하기 쉬운 오류는 사리를 분별하기는커녕, 인간에게 지혜보다 더 중요한 호기심을 꺾기 일쑤다. 무지에서 비롯된 이런 오류가 과연 생물변이설을 대신할 수 있을까? 아니면 우리의 가정보다 더 불분명하고 불확실한 가정, 즉 종족은 불변이며 창조는 신의 손에 달려 있다는 가정을 취할 텐가? 문제가 될 만한 부분이나 설명하기 어려운 부분에 대한 조사를 애초에 금지해버리는 저 태만한 가정 말이다.

8

오늘 아침, 때는 4월, 투명한 이슬이 빛나는 푸른 정원에서,

말냉이와 장미와 앵초가 심어진 화단 앞에서, 나는 사육 꿀벌의 선조인 야생 꿀벌을 다시 목격했다. 그리고 예전에 젤란트에서 벌 애호가가 알려준 이런저런 사실들을 떠올렸다. 그는 종종 나를 데리고 온갖 색으로 화려하게 치장된 화단 사이를 걸었다. 화단은 쉬지 않고 노래한 네덜란드의 뛰어난 시인 야콥 카츠(Jacob Cats)의 시대처럼 꾸며져 있었다. 서양 산사나와 동그란 모양, 피라미드 모양, 각뿔 모양으로 다듬은 과실나무 아래에는 장미 모양, 별 모양, 화관 모양, 분수의 물보라 모양 따위의 화단이 펼쳐져 있고, 꽃이 길을 침범하지 않도록 그 주변에 회양목이 둘러져 있었다. 나는 그곳에서 독립해서 살아가는 다양한 채집벌의 이름과 습성을 배웠다.

일반적인 파리나 유해한 말벌 혹은 바보 같은 딱정벌레목인가 싶어서 우리는 벌을 결코 주의 깊게 바라보지 않는다. 그래도 이들은 모두 곤충 특유의 날개 두 쌍을 지녔고, 그 날개 아래에는 삶에 대한 설계도와 무기가 있으며, 서로 각기 다른 운명을 상상하고 있다. 먼저, 우리의 사육 꿀벌과 가장 가까운 친척뻘인, 털로 덮인 땅딸막한 뒤영벌이 있다. 어쩌다 작은 녀석이 발견되기도 하지만 대개는 몸집이 크고 원시인처럼 생겼으며, 우스꽝스러운 망토에 싸여 있다. 망토에는 구리나 진사辰砂 테두리가 둘러져 있다. 이들은 아직 야만적이어서 턱으로 폭행을 자행하고, 반항하면 갈기갈기 찢고, 굴에 사는 곰이 비잔틴 공주의 비단과 진주로 만든 텐트 안에 들어가듯 꽃받침의 명주 같은 베일 아래로 침입해 들어간다.

이 뒤영벌 중 가장 큰 녀석보다도 몸집이 크고 어둠을 휘감은 듯한 괴물이 곁을 스친다. 이 괴물은 녹색과 보라색을 섞은 칙칙한 불꽃색을 띤다. 그는 꿀 세계의 거인으로, 나무에 구멍을 뚫는 어리호박벌(*Xylocope*)이다. 크기로 따지자면 이 어리호박벌 다음에 음기로 가득 찬 미장이꽃벌(*Chalicodomes*)이 온다. 석수벌이라고도 하며, 검은 나사螺絲를 두르고, 점토와 자갈로 돌처럼 단단한 거주지를 건설한다. 이 벌 다음에는 말벌과 흡사한 털보애꽃벌과 꼬마애꽃벌이 있다. 자신이 고른 희생자의 외관을 완전히 바꿔버리는, 부채벌레(*Stylops*)라는 희한한 기생충에게 죽임을 당하는 애꽃벌, 몸집이 너무 작아 항상 꽃가루의 무게에 고민하는 애꽃벌붙이북지애꽃벌(*Panurgues*), 수많은 산업에 정신없는 다양한 종류의 뿔가위벌도 있다. 그 가운데 양귀비뿔가위벌(*Osmia papaveris*)은 꽃에서 필요한 빵과 포도주를 구하는 데 만족하지 못하고, 양귀비나 개양귀비의 꽃부리에서 불꽃같은 주홍색 자락을 떼어내 딸들의 궁전을 호화롭게 치장한다. 또한 장미가위벌은 꿀벌들 중에서 몸집이 가장 작아 날개 달린 먼지처럼 보인다. 이 벌은 펜치로 잘라냈다고 생각될 정도로 정확하게, 장미 잎을 완전한 반원형으로 잘라낸다. 그리고 이리저리 손을 본 후에 작은 골무처럼 생긴 용기를 만든다. 이 용기가 유충 하나가 쓸 벌집 방이다.

사랑에 굶주렸으나 한없이 수동적이고, 하늘의 손님들이 가져오는 사랑의 전갈을 애타게 기다리는 꽃이 벌들의 반려자다. 그 꽃 위에서 모든 감각을 구사해서 움직이는, 꿀에 굶주린 벌들의 서로 다른 습성과 재능을 열거하자면 아마 책 한 권으로도 모자랄 것이다.

9

현재까지 알려져 있는 야생 꿀벌의 종류는 대략 4천5백 종이다. 물론 우리가 이 모든 종을 조사할 수는 없다. 어쩌면 언젠가는 지금껏 아무도 하지 않은, 한 인간이 평생을 다 바쳐도 부족한 철저한 조사와 관찰, 실험에 의해 꿀벌의 진화와 역사에 결정적인 연구가 이루어질 것이다. 내가 아는 한, 꿀벌의 역사는 아직 체계적으로 밝혀지지 않았다. 그러나 밝혀지기를 바라마지 않는다. 인류 역사의 수많은 문제와 마찬가지로 이 역사가 중요한 문제를 수없이 내포하고 있으리라 생각하니까. 우리는 베일로 감싸인 가정의 영역에 들어가는 중이다. 그러므로 무언가를 주장할 생각은 버리고, 그저 벌들이 더욱 지적인 존재로, 조금이라도 안락하고 안전한 생활로 나아가는 과정을 짚어보는 데 만족하자. 그리고 몇 천 년이 걸린 이 진보의 과정 중 특히 눈에 띄는 점을 간단히 지적하고 넘어가자. 문제가 된 종족은 이미 언급했던 꿀벌상과[★5]이고, 그 기본적인 특징은 확실하게 규정되어 있으므로 이 구성원들은 모두 한 조상에서 나왔다고 할 수 있다.

다윈의 학설을 지지하는 사람들 중에서도 특히 헤르만 뮐러는 세계에 분포하는, 구멍애꽃벌이라 불리는 작은 야생 꿀벌이 오늘날 우리가 아는 모든 꿀벌의 조상인 원시 꿀벌을 그대로 보여주고 있다고 생각했다.

불행한 구멍애꽃벌과 우리 벌통 주인과의 관계는 마치 동굴에 사는 사람과 현대의 대도시에 사는 행복한 인간의 관계와 같다. 오늘날 존재하는 대부분의 꽃과 과일의 구원자인, 존경할 만한 조상을 보고 있다고는 꿈에도 생각하지 못한 채, 여러분은 정원의 버려진 한쪽 구석에서 덤불 주위를 바쁘게 날아다니는 꿀벌을 몇 번인가 본 적이 있을 것이다. 어쩌면 그 벌은 인간의 문명도 함께 구원했는지 모른다. 원래 이러한 불가사의한 일들은 대부분 연결 고리를 지니고 있으니까 말이다. 꿀벌은 사랑스럽고 활발하다. 프랑스에서 가장 많이 볼 수 있는 종은 검은 바탕에 하얀 반점이 우아하게 찍혀 있다. 그러나 이 우아한 자태의 이면에는 믿기 어려운 가난함이 숨어 있다. 먹거나 먹지 못하거나, 둘 중 하나다. 다른 동료들이 따뜻하고 호화로운 모피를 입고 있다면, 이 벌은 거의 나체에 가깝다. 노동할 때 필요한 도구도 없다. 꿀벌과가 지닌 꽃가루를 수확하기 위한 꽃가루 주머니도 없다. 애꽃벌의 허리털 혹은 가위벌류의 배에 난 꽃가루 솔이 있는 것도 아니다. 그저 작은 발톱으로 꽃받침에 꽃가루를 힘들게 모아 입에 물고는 은신처로 돌아간다. 가진 도구라고는 혀와 입, 다리가 고작이다. 그나마 혀는 지나치게 짧고, 다리는 휘었고, 턱에는 힘이 없다. 밀랍을 만들어내지도, 나무에 구멍을 뚫지도, 땅을 파지도 못하기에 그녀는 마른 산딸기나무의 부드러운 줄기 안에 회랑을 만든다. 그곳에 벌집 방을 몇 개 들여놓고, 결코 볼 일이 없는 아이들을 위해 아주 적은 양의 식량을 준비해둔다. 자기 자신도 우리도 알지 못하는 목적을 위해 이 작은 일을 끝마치면, 그녀는 태어날 때 그랬던 것처럼 이 세상의 한 구석에서 쓸쓸히 최후를 맞이한다.

10

진화의 중간 과정에 있는 수많은 종류의 꿀벌을 보다 보면, 더 많은 꽃부리에서 화밀을 빨아들이기 위해 혀가 조금씩 늘어나고, 화밀을 채집하는 도구인 체모와 관모冠毛, 종아리나 발목이나 배에 자란 솔들이 점점 무성해지고, 다리나 턱이 강해지며, 분비 작용이 활발해지고, 주거지의 건설 방법이 놀라울 정도로 발전하는 과정을 확인할 수 있다. 그러나 그 자세한 변천 과정은 언급하지 않겠다. 책 한 권으로도 다 못 쓸 테니까. 여기에서는 그 1장, 아니 한 쪽만 빌려서 전체 내용을 요약해 이들의 살고자 하는 의지, 더욱 행복해지려는 의지가 다양한 시도를 통해 확립되어가는 과장을 알아보겠다.

저 불행한 구멍애꽃벌이 무서운 힘으로 가득 찬 이 광활한 세계에서 묵묵히 자신의 고독한 운명을 견디고 이리저리 날아다닌다는 이야기는 이미 했다. 이 벌의 동료들은 대부분 멋진 도구를 발달시키며 더 괜찮은 종족으로 변모하는 중이다. 그러나 화려한 외관을 자랑하는 어리꿀벌이나 장미 잎을 멋지게 재단하는 장미가위벌도 구멍애꽃벌처럼 깊은 고독 속에서 살아간다. 만일 누군가가 이들에게 홀려 같은 주거지를 나눠 쓰게 됐다면 그건 적이거나 대개의 경우 기생충이다. 꿀벌의 세계에는 인간의 세계보다, 괴기스러운 유령들이 더 많다. 일종의 수수께끼 같은 이 '그림자' 들은 자신이 택한 희생자와 모습이 완전히 똑같다. 다만 태고 이래로 내려온 게으른 습성 탓에 하나 둘씩 노동에 필요한 기관을 내팽개쳤고, 대신 성실한 종속을 희생시키며 살아간다는 점이 다를 뿐이다.★6

'군생群生하지 않는 꿀벌과' 라는 지나치게 단정적인 이름으로 불리는 꿀벌에게도 미처 사라지지 못한 불꽃과 같은 사회적 본능이 남아 있다. 여기저기 뜻하지 않은 방향으로, 마치 자신을 압박하는 땔감을 정찰하기 위해 조금 주저하는, 때로는 기이한 섬광을 발하는 불꽃처럼, 이 본능은 언젠가는 자신의 승리의 양식이 될 그 땔감을 뚫고 고개를 쳐든다.

꿀벌의 세계에서는 비록 모든 것이 물질이지만 그럼에도 물질의 가장 비물질적인 움직임과 만날 수 있다. 그 움직임이란 이기적이며 불안정하고 불완전한 생활에서, 우애가 느껴지며 조금은 안정적인, 조금은 쾌적한 생활로의 이행이다. 또한 육체에 의해 실제로 분리되어 있는 것을 정신에 의해 이상적으로 결합시키는 것이다. 개체가 종족을 위해 희생할 수 있게 되는 것이고, 눈에 보이는 사물을 대신해 보이지 않는 사물을 내세우게 되는 것이다. 우리 인간조차 아직 해결하지 못한 일을 꿀벌이 처음부터 실현하지 못했다고 해서 놀랄 건 없다. 이 지상에 태어나는 모든 생물체를 에워싼 어둠 속에서 새로운 관념이 처음으로 뭔가를 모색하는 모습을 지켜보는 일은 매우 흥미롭고 감동적이기까지 하니까. 이 관념은 물질에서 태어났고, 아직 완전히 물질적이다. 말하자면 추위나 배고픔, 공포와 같은 것이 아직 형태를 지니지 않은 무언가로 변형된 데 지나지 않는다. 그리고 온갖 위험이나 긴 밤, 겨울의 접근, 죽음과 같은 이상한 잠, 이것들 주위를 정처 없이 맴돈다.

11

앞서 살펴보았듯이 어리호박벌은 마른 나무 속에 구멍을 파고 집을 짓는 씩씩한 벌이다. 이 벌은 늘 홀로 살아간다. 그럼에도 여름이 끝날 무렵, 특별한 종류의 어리호박벌(*Xylocopa cyanescens*)은 겨울을 함께 나기 위해 몇 마리가 트리토마의 줄기 속에 옹기종기 모여 있기도 한다. 이러한 때늦은 우정이 어리호박벌에게는 상당히 예외적인 일에 속하지만, 그들의 가장 가까운 친척인 광채꽃벌에서는 이미 습관화되어 있다. 자, 지금 관념이 나타나기 시작했다. 그러나 여기에서 나타난 관념은 더는 발전하지 못했다. 어리호박벌은 사랑이라는 이 막연한 최초의 선을 넘지 못했기 때문이다.

다른 꿀벌상과에서는 이 관념이 또 다른 모습으로 얼굴을 내

밀었다. 꿀벌계의 석수이기도 한 미장이꽃벌이나 집을 파는 털보애꽃벌, 꼬마애꽃벌은 집을 짓기 위해 수많은 개체가 무리지어 살아간다. 그러나 이는 홀로 살아가는 개체가 구성한 거짓 집단이다. 서로 이해도 하지 않고, 공동 작업도 하지 않는다. 분명 집단을 이루지만 고립해서 살아가고, 이웃을 생각하기는커녕 자기 자신을 위해서만 집을 짓는다. M. J. 페레는 다음과 같이 말했다.

"이는 같은 취미, 같은 경향을 위해 같은 장소에서 모인 단순한 집합에 지나지 않는다. 다들 이 집단의 개체들은 '각자 자신을 위해' 라는 격언을 그대로 실천한다. 개체의 수와 활발함이 벌통의 무리를 생각나게 하지만, 이 개체들은 그저 혼잡한 일꾼들의 모임에 불과하다. 그러므로 이 집합체는 같은 장소에 사는 개체의 수가 많기 때문에 일어나는 단순한 결과라 하겠다."

그래도 미장이꽃벌의 사촌인 애꽃벌의 세계에서는 이 우연의 집단에 새로운 감정이 형성돼 있음을 보여준다. 애꽃벌도 앞의 벌들과 마찬가지로 집단을 이루며 자신을 위해 땅속에 주거지를 마련한다. 그러나 입구, 즉 지표에서 자기 방으로 들어가는 통로는 공통으로 만든다. M. 페레에 따르면 다음과 같다.

"이리하여 벌집 방의 일에 관해서는 각자 완전히 고립된 듯이 행동하지만, 입구의 통로만큼은 함께 나눠 쓴다. 개체 한 마리의 수고를 발판 삼아 각자가 쓸 통로를 만들 때 들어가는 시간과 노력을 절약하는 것이다. 이 기초 공사를 공통으로 실시하는지, 몇 마리의 일벌이 교대로 참여하는지는 앞으로 밝혀내야 한다."

여하튼 우정이 두 세계를 가로막고 있던 벽을 허물었다. 그 형태는 아직 불안정하지만, 어쨌든 이 우정이라는 관념을 본능에서 끄집어낸 것은 겨울도, 배고픔도, 죽음의 공포도 아니다. 이것을 끄집어낸 것은 활발한 삶이다. 그러나 관념은 또다시 멈춰 선다. 더는 이 방향으로 전진할 수 없기 때문이다. 하지만 관념은 실망하지 않고 다른 길을 시도한다. 그리고 뒤영벌 세계로 들어가 그곳에서 무르익고, 전과 다른 분위기 속에서 형태를 갖추고, 최초의 결정적인 기적 몇 가지를 만들어낸다.

12

이 크고 부드러운 털로 뒤덮인 꿀벌, 붕붕 소리를 내며 험상궂은 모습을 자랑하나 평화를 사랑하는, 우리가 아는 이 뒤영벌은 원래 홀로 살아간다. 수정한 암벌은 겨울을 넘긴 후 3월 초부터 땅속이나 덤불 속에 집을 짓는다. 잠에서 깬 봄의 따스함 속에서 그녀는 완전히 혼자다. 그녀는 자신이 선택한 장소에서 거치적거리는 물건을 치우고, 구멍을 파고, 직물을 깐다. 이어서 가지런하지 못한 밀랍으로 벌집 방을 만든다. 그곳에 꿀과 화밀을 넣고, 알을 낳아 부화시키며 태어난 유충을 돌본다. 그러면서 그녀는 딸들에게 둘러싸이고, 딸들은 벌집의 안

품일을 도우며, 그 가운데 몇 마리는 알을 낳기 시작한다. 벌집 안은 점점 안락해지고, 벌집 방은 더 멋지게 수리되며, 부락은 커진다. 최초의 건설자인 암벌은 여전히 이 부락의 중추이며 어머니이고 한 나라의 수장이다. 그리고 이 왕국은 상당히 조잡해서 우리의 사육 꿀벌이 건설한 왕국의 초기 모델 같기만 하다. 번영을 누린다고는 하나 그 번영에는 제한이 따르고, 법도 명확하지 않으며, 그나마도 제대로 지켜지지 않는다. 때로는 원시적인 동족상잔이나 유충 살해가 발생하고, 건축 양식은 일정하지 않으나 사치를 부린 흔적도 있다.

두 도시의 가장 큰 차이점을 꼽자면, 한쪽은 영구적이나 다른 한쪽은 일시적이라는 것이다. 실제로 뒤영벌의 도시는 가을에 완전히 멸망한다. 그 3, 4백에 달하는 주민은 그들이 존재했다는 흔적조차 남기지 않고 죽어버리며, 그때까지의 노력은 산산이 흩어진다. 그리고 암벌 한 마리만 살아남아 이듬해 봄에 자기 어머니와 마찬가지로 고독과 궁핍 속에서 똑같이 무익한 행동을 반복한다. 그럼에도 이때에는 관념이 자신의 힘을 자각했다고 봐야 한다. 뒤영벌 세계에서 관념은 더 이상 향상되지 않는다. 그러나 곧 자신의 습관대로 일종의 윤회를 통해 다른 집단에 들어가 자기를 구현하려고 든다. 관념은 방금 맛본 승리의 기쁨에 취해 있고, 전능하고 거의 완전무결한 상태에 있다. 다른 집단이란 바로 종족 중에서도 끝에서 두 번째, 종족 전체의 왕자라고 할 수 있는, 사육 꿀벌의 바로 앞에 있는 집단, 즉 침없는벌류와 열대의 침없는꿀벌속을 포함하는 큰침

없는벌이다.

13

이 집단은 모든 것이 우리의 벌통과 똑같이 조직되어 있다. 어미 벌★[7] 한 마리와 자녀를 낳지 않는 일벌, 무위도식하는 수벌이 있다. 몇 가지 세세한 점에서는 오히려 이들이 더 완벽하다. 예컨대, 수벌은 완전히 무위도식을 하는 것이 아니라 밀랍을 분비한다. 도시의 입구도 철저히 지킨다. 추운 밤에는 문짝으로 입구를 닫고, 더운 밤에는 커튼처럼 공기가 통하는 물질로 막아놓는다.

그러나 우리의 꿀벌에 비하면 그 사회 기반이 약하다. 일반적인 생활수준도 낮다. 그래서 우리의 꿀벌을 갖다놓으면 큰 침 없는 벌은 꿀벌 앞에서 자취를 감추는 경향이 있다. 우정이라는 관념은 두 종족에 똑같이 나타나 있지만, 어떤 점에 관해서는 다르다. 우정의 관념은 뒤영벌의 세계에서 한 일을 큰 침 없는 벌의 세계에서는 하지 못했다. 공통의 일을 체계적으로 조직하고 헛된 수고를 절약하는 분야의 일을, 큰 침 없는 벌은 꿀벌에 비해 잘하지 못한다. 이에 관해서는 이 책의 제3장에서 내가 설명한 부분을 떠올리기 바란다. 덧붙이자면, 꿀벌속의 벌통에서는 모든 벌집 방이 하나같이 알을 키우거나 식량을 저장하는 데 매우 적합하다. 그 수명도 도시 자체의 수명과 똑같게끔 만들어진다. 그러나 큰 침 없는 벌이 만든 벌집 방은 단 하나의 목적을 위해서만 쓰인다. 따라서 큰 침 없는 벌은 번데기의 요람으로 쓰던 벌집 방을 번데기가 성충이 된 후에는 모두 허물어버린다.

그러므로 우정이라는 관념이 완전한 형태로 나타나는 것은 우리의 사육 꿀벌이다. 이로써 이 관념의 활동을 다소 불완전하기는 하나 대략 살펴보았다고 할 수 있다. 이 활동은 각 종족에 고정되어 있고, 그것들을 연결하는 선은 우리의 머릿속에만 존재한다. 하지만 아직 제대로 조사하지 않은 영역에서 어떤 통일된 이론을 세우려는 짓은 그만두자. 임시 결론으로 만족하자. 그리고 만약 그렇게 하고 싶다면 차라리 더 많은 기대를 짊어진 결론을 선택하자. 이는 꼭 무언가를 선택해야 한다면 가장 바람직한 결론이 가장 확실한 결론이라고, 무언가 번뜩임과 같은 것이 이미 우리에게 가르쳐주었기 때문이다. 나아가 우리가 매우 무지하다는 사실을 다시 한 번 확인하자. 그리고 눈을 뜨는 법을 배우자. 할 수 있는 수많은 실험들이 아직 이루어지지 않았다. 예컨대 구멍애꽃벌을 붙잡아 비슷하게 생긴 벌과 강제로 함께 살게 하면 그녀들은 결국 절대적인 고독이라는 철의 장막을 뛰어 넘어 미장이꽃벌처럼 모여 살기를 좋아하고, 애꽃벌처럼 우애를 위해 어떤 노력을 할지도 모른다. 애꽃벌도 뜻밖의 상황에 억지로 가둬놓는다면 공동 통로는 내버려두고 공동의 방을 만들기 위해 노력할지도 모른다. 뒤영벌의 어머니들을 함께 동면시킨 후 포로 상태에서 먹이를 주어 사육하면 서로 이해하고 일을 분담하게 될지도 모른다. 큰 침 없는 벌에게 밀랍이 발라진 벌집 틀을 줘본 적이 있는가? 그 기이한 꿀 항아리를 대신할 인공 항아리를 줘본 적이 있는가? 이들은 이것들을 받아들일까? 어떻게 이것들을 활용하고, 어떻게 자기들의 습관을 이 이상한 물건에 맞춰 나갈까?

매우 작은 생물에게 던진 질문이지만, 여기에는 인간의 몇 가지 큰 비밀을 밝힐 수 있는 중요한 단서가 들어 있다. 물론 우리는 답을 알 수가 없다. 우리가 실험을 시작한 지 얼마 되지 않았기 때문이다. 레오뮈르 때부터 헤아린다고 해도 몇 가지 야생 꿀벌의 습성을 관찰하게 된 지 이제 겨우 반세기밖에 지나지 않았다. 레오뮈르도 야생의 꿀벌 중 몇 종류밖에 알지 못했고, 우리도 다른 몇 종류밖에 연구하지 않았다. 또한 몇 백, 어쩌면 몇 천에 달하는 종류 역시 무지하거나 성급한 여행자들이 멋대로 조사한 수치일 수 있다. 『곤충학을 위한 논집』(레오뮈르)의 온갖 놀라운 연구 이래로 우리가 알게 된 꿀벌들은 습관을 전혀 바꾸지 않았다. 1730년 경에 샤랑통의 정원에서 금가루를 뒤집어쓰고 태양의 양기로 가득한 날개를 웅웅거리며 뱃속에 꿀을 집어넣던 뒤영벌은 돌아오는 4월에 샤랑통에서 가까운 뱅센의 숲에서 붕붕거릴 뒤영벌과 전혀 다를 바가 없다. 그러나 레오뮈르에서 오늘날까지라고 해봐야 눈 깜짝할 시간이다. 몇몇 인간의 일생을 고스란히 이어 붙인다 해도 자연의 역사에서는 단 1초에 지나지 않는다.

14

우애의 관념이 우리 사육 꿀벌에서 가장 발달된 형태를 취했다고 해도, 이들의 벌통은 아직 완벽하지 않다. 물론 육각형의 벌집 방이라는 걸작은 어떤 점에서 살펴보아도 절대적으로 완벽하다. 이 세상의 천재들을 모두 모아도 개선해야 할 점을 찾아내지 못할 것이다. 어떠한 생물도, 인간조차도, 자기 행동권의 중심에서 꿀벌이 실현한 성과와 같은 성과를 창출하지는 못했다. 그러므로 만약 이 지상에 존재하지 않는, 어떤 지성을 가진 존재가 생활의 논리를 가장 완전하게 구현한 물체를 찾으러 지구에 왔다면, 이 아무것도 아닌 벌집을 보여주면 된다.

단, 벌집 안의 모든 것이 벌집과 동등하게 뛰어나지는 않다. 이미 우리는 기회가 있을 때마다 벌집 안에 존재하는 결함과 오류들을 확인해왔다. 예컨대, 수가 너무 많은 데다 무위도식에, 재정까지 낭비하는 수벌, 결혼비행에 따르는 각종 위험, 과도한 분봉, 도저히 찾아볼 수 없는 연민의 정, 개체가 사회를 위해 치르는 이상한 희생 따위가 있다. 덧붙인다면 대량의 꽃가루 덩어리는 이용하지 않으면 곧바로 부패하거나 딱딱하게 굳어서 벌집을 메워버리건만 꿀벌은 이를 저축하지 못해 안달이다. 또한 최초의 분봉에서 둘째 여왕의 수정에 이르기까지 이들은 여왕의 긴 공석기간마저 허락했다.

이러한 결함들 중에서도 가장 결정적이고, 또한 프랑스 기후에서는 거의 치명적인 결과를 초래하는 결함은 바로 반복해서 일어나는 분봉이다. 단, 이 점에 대해서는 사육 꿀벌의 자연도태가 이미 몇 천 년 전부터 인간의 방해를 받아왔음을 잊지 말아야 한다. 파라오 시대의 이집트인에서 오늘날의 농민에 이르기까지, 양봉가들은 늘 이 종족의 욕망과 이익에 반하는 행동을 해왔다. 가장 세력이 센 무리는 초여름에 단 한 번만 분봉 무리를 내보낸다. 이런 무리는 사전에 모성 본능을 발견해 자기 일족의 혈통을 확실하게 유지하고, 여왕의 교대가 필요하다면 실제로 실시하며, 분봉 무리의 장래도 보장한다. 이 분봉 무리는 벌의 수도 많고 시기도 일러서 견고한 거주지를 지은 후 식량을 충분히 비축할 수 있기 때문이다. 만약 인간이 전혀 손을 대지 않았다면 이러한 무리와 그 자손만이 한겨울의 추위에도 살아남을 수 있고, 따라서 분봉의 횟수를 줄여야 한다는 규칙이 정착되었을 것이다. 그러나 이렇게 신중하고 환경에 잘 적응하기까지 하는 무리를 인간은 그들의 보물을 빼앗고자 늘 멸망시켜왔다. 종래의 방법대로 인간은 피폐한 부락이나 제2, 제3의 분봉 무리만을 생존시켜왔다. 지금도 그렇게 한다. 이들은 간신히 겨울을 날 수 있을 만큼의 꿀만 저장했거나, 부족한 양을 보충해주어야 하는, 혹은 인간이 질 나쁜 꿀을 얼마간 공급해주어야 하는 무리다. 그 결과 종족은 약해졌고 분봉을 과도하게 일으키는 경향이 대대로 이어져오면서 더욱 강화되었다. 특히 오늘날에는 프랑스의 대부분의 꿀벌, 특히 여기에서 다룬 검은 꿀벌은 분봉을 너무 많이 하는 경향이 있다. 최근 몇 년 동안 이동식 벌통을 사용하는 양봉 분야는 새로운 방법을 고안해 이 위험한 습관을 근절시키려 노력하고 있다. 그리고 인위적인 도태가 매우 빠른 속도로 대부분의 가축-소, 개, 양, 말 따위에 영향을 끼쳤다는 사실을 떠올려보면, 머지않아 인간은 매우 자연스러운 분봉조차 방치한 채 꿀과 꽃가루의 수확에만 매진하는 꿀벌 종속을 만들어낼지도 모른다.

15

만약 공동생활의 목적을 더욱 분명하게 인식하는 지성이 있다면, 이 지성은 그러한 결함을 피할 수 없는 것일까? 어떤 결함은 종족 자체에서 비롯되었고, 또 어떤 결함은 인간이 도와준 분봉과 그 잘못된 결과에서 비롯되었다. 그리고 이제까지 살펴온 내용을 토대로 꿀벌에게는 어떠한 지성도 없다고 생각한대도 상관없다. 나는 꿀벌을 옹호할 생각이 없다. 여러 가지 상황을 통해 그들에게는 분명 이해력이 있다고 믿지만 말이다. 어떤 두뇌가 추위, 굶주림, 죽음, 시간, 공간, 고독과 같은, 생명체를 습격하는 모든 적과 싸우기 위해 자기 내부에서 놀라운 수단을 발견해가는 모습을 보는 일은 매우 흥미진진하다. 어떤 생물이 제 속의 본능을 전혀 끄집어내지 않고 지극히 당연한 일 이외에는 어떤 일도 하지 않는대도, 그 복잡하고 심오한 생명을 유지한다면, 그 또한 흥미롭고 희한한 일이다. 매우 당연한 일과 매우 놀라운 일을 자연의 품이라는 원래의 자리에 놓아보면 그 둘은 서로 뒤섞여 똑같은 가치를 지니게 된다. 그러니 당연한 일이라고 무시하고, 놀라운 일이라고 치켜세우는 일은 모두 잊어야 한다. 아직 밝혀지지 않은 사실이나 설명할 수 없는 사실에 집중해야 한다. 그러면 우리의 연구 활동이 더 즐거워질 테고, 우리의 사고와 감정, 언어에 새롭고 올바른 방향이 주어질 것이다. 또한 이 일에는 비할 데 없이 현명한 가르침이 숨어 있다.

16

우리 인간의 지성은 꿀벌의 결함을 나무랄 자격이 없다. 인간의 의식과 지성도 결함을 갖고 있으며, 그것을 알아차리지 못하고 오랜 시간을 보내거나, 알아차린 후에도 손을 쓰지 못하는 경우가 허다하기 때문이다. 그렇지 않은가? 만약 의식과 이성을 좇아 공동생활을 하며 그러한 조직을 짜는 존재가 있다면 그것은 물론 인간이다. 그러나 꿀벌 사회의 결함과 인간 사회의 결함을 한번 비교해보라. 만약 우리가 꿀벌이고 지금 인간을 관찰하고 있다고 상상해보라. 한편으로는 뛰어난 이성을 지닌 듯 보이는 인간들이 어떤 면에서는 매우 비논리적이고 불공평한 상황에 자주 처한다는 사실을 알아냈다면, 우리는 매우 놀라게 될 것이다. 공동생활 전체의 유일한 근원인 땅을 전체 인구의 20, 30퍼센트의 인간들이 힘들게 경작하지만 그래도 여전히 부족한 실정이다. 다른 10퍼센트는 실컷 놀면서, 전자가 열심히 일해서 얻은 수확물의 가장 좋은 부분을 먹어치운다. 나머지 사람들은 항상 굶주림에 시달리며 쉬지도 못하면서 아무런 보람도 없는 일에 정력을 소진한다. 그리고 이러한 사실들에서 우리는 이 인간이라는 존재의 이성과 도덕에 대한 감각이 우리와 전혀 다른 세계에 속해 있고, 우리가 전혀 이해할 수 없는 원리를 따른다고 결론지을 것이다.

너무 장황해질 테니 우리 인간의 결점을 점검하는 일은 이쯤에서 관두자. 어쨌든 우리 머릿속에는 항상 이런 결점에 대한 생각들이 들어 있다. 그러나 이 결함들은 정신에 대해 거의 아무런 작용도 하지 않는다. 몇 세기가 지나는 동안 이 결함들 중 하나가 벌떡 일어나 잠든 정신에게 고함을 질러 잠을 깨우지만, 정신은 머리를 괴고 있던 아픈 팔을 펴고 다른 팔로 머리를 괼 뿐이다. 새로운 결함이 고함을 지를 때까지 잠자는 것을 멈추지 않는다.

17

꿀벌상과의, 아니 적어도 꿀벌속의 진화를 인정했다면 — 이는 꿀벌속이 고정되었다기보다 진화한다고 보는 편이 합당하기 때문이다 — 이 진화의 보편적이면서도 변하지 않는 방향은 과연 어디를 향해 있는지 생각해보자. 내 생각에 이 방향은 인간과 똑같은 곡선을 그리는 듯하다. 그리고 고생이나 불안정한 상태나 궁핍은 줄이고, 안락함이나 좋은 기회, 종족의 힘은 늘리려는 경향이 있다. 이 목적을 위해 종의 진화는 종족 전체가 공유한 힘과 행복으로, 독립된 개체를 희생시킨다. 자연은 투키디데스가 묘사한 페리클레스와 마찬가지로(그리스의 역사가 투키디데스 Thucydides는 고대 아테네의 정치가이자 군인인 페리클레스를 극찬했는데, 특히 그의 지적 능력과 전쟁 지도력을 위주로 설명했다), 개인은 개인만 번영하고 국가는 쇠퇴하는 도시 안에 있기보다, 개인은 고통받더라도 국가가 번영하는 도시 안에 있어야 행복하다고 여기는 듯하다. 자연은 강대한 도시의 근면한 노예를 보호한다. 반면 아무런 의무도 이행하지 않는 것들은 모든 시간 속에, 우주의 모든 움직임 속에, 공간의 모든 구덩이 속에 숨어 있는, 형태도 이름도 없는 적들의 손에 넘겨준다.

물론 지금은 자연의 이러한 사고방식을 논할 때도 아니고, 인간이 그 사고방식을 따라야 하는지 자문할 때도 아니다. 그러나 잘 알지 못하는 것들이 하나가 되어 어떤 하나의 사고방식을 우리에게 알리려고 할 때면 예외 없이 이 진화의 길 — 그 끝이 어떤지는 모르지만 — 을 걷는다. 우리는 물질이 비 활동성과 싸워 얻은 모든 것을 자연이 얼마나 주의를 기울여 진화하는 종족 속에 유지하고 고정하려고 노력했는지를 확인하기만 하면 된다. 자연은 어떤 노력을 쏟은 후에는 그때마다 점을 찍어서 노력 뒤에 어쩔 수 없이 다가오는 퇴보를 막고자 한다. 그래서 특별히 호의를 베풀어 몇 가지 법칙을 제정한다. 진화는 원래 지적 능력이 있어 보이는 몇 종류의 동물에서는 부정하기 힘든 사실이다. 필시 진화 자체의 움직임 이외에 다른 목적은 지니지 않았을 테고, 어디로 향해 가는지도 알 수 없을 것이다. 그러나 이러한 사실 이외에는 그 무엇도 확실하지 않은 세계에서, 어떤 생물이 조금씩 끊임없이 진화하는 모습을 목격하는 일은 그 자체만으로도 매우 가치 있는 일이다. 그러므로 꿀벌이 짙은 어둠 속에서 이 이상하기 짝이 없는 지성의 나선형밖에 보여주지 않았다고 해도 실망할 필요는 없다. 또한 우리 인간과 매우 동떨어져 있는 듯하면서도 매우 비슷한, 그들의 사소한 동작이나 눈에 띄지 않는 습관을 연구하기 위해 쏟아 붓는 시간을 아까워할 필요도 없다.

18

사실 이 모든 노력이 그저 헛수고인지도 모른다. 우리 인간이 가진 지성의 빛이 단순히 꿀벌과 마찬가지로 어둠을 즐겁게 하기 위해서만 빛나고 있는지도 모른다. 어쩌면 외부에서, 다른 세계에서, 혹은 뭔가 새로운 현상에서 발생한 우발적인 사건이 갑자기 이 노력에 결정적인 의미를 부여할지도 모르고, 이 노력을 엉망으로 만들지도 모른다. 하지만 설령 그런 일이 일어난대도 우리는 아무렇지도 않게 우리의 길을 걸어가야 한다. 내일 당장 어떤 뜻밖의 사실, 예컨대 지구보다 오래되고 밝게 빛나는 유성과 통신이 이루어져 지구의 자연이 달라지고,

인간의 각종 법과 근원과 각종 질서들이 말살된다 해도, 우리가 취할 수 있는 가장 현명한 일은 지금 이 시간 모두를 소비하고, 우리의 법과 질서에 흥미를 느끼고, 그것들을 정신 안에서 일치시켜 우리의 운명을 충실하게 따르는 것이다. 그렇게 이해했으면 좋겠다.

물론 새로운 사실 앞에서는 이러한 행동을 유지하기가 매우 어려울 것이다. 그러나 더없이 인간적인 이 사명을 다하려는 사람들은 그 새로운 사실을 받아들이는 데 최전선에 있을 것이다. 그리고 이 새로운 사실이 그들의 유일하며 참된 의무는 무관심이라고 깨닫게 한대도, 그들은 다른 인간들보다 더 빨리 이 무관심과 포기를 이해하고 또 이용할 수 있을 것이다.

19

자, 공상의 나래는 그만 접도록 하자. 이 세계의 전멸도, 우연한 기적과 같은 개입도 우리가 수행해야 할 일의 예정 속에는 들어 있지 않다고 생각하자. 지금까지 상상력은 다양한 가능성을 보여주었지만, 우리는 항상 우리 자신과 우리의 능력만을 믿었다. 이 지상에 실제로 생겨나고 유용하며 오래 지속돼 온 것들은 모두 인간의 사소한 노력을 바탕에 깔고 있다. 무언가 미지의 사건에서 가장 좋은 상황을 기대하거나 최악의 상황을 각오하는 것은 개인의 자유겠지만, 이는 이 기대나 각오를 인간의 임무로 혼동하지 말아야 한다는 조건이 달린 자유다.

꿀벌은 이에 관해서도 우리에게 훌륭한 교훈 — 자연의 교훈은 모두 훌륭하다 — 을 남겼다. 그들은 실제로 이상한 간섭을 받았다. 그들은 인간보다 확실하게 그들의 종족을 전멸하거나 변형하거나 그 운명을 바꿀 수 있는 어떤 의지의 손에 흔들렸다. 그럼에도 예부터 내려온 심오한 의무를 충실히 따랐다. 그리고 오늘날 그들 일족의 상황을 발전시키는 그 초자연적인 간섭을 가장 잘 이용하려고 하는 이들은 바로 이 의무를 충실히 따르는 자들이다. 그러나 어떤 생물의 의무를 알아내기란 그리 어려운 일이 아니다. 의무는 그 생물의 특징을 가장 잘 말해주는 기관에서 쉽게 찾아낼 수 있다. 꿀벌의 혀와 입과 위에 꿀을 만들어야 한다는 사실이 새겨져 있듯이, 우리 인간의 눈, 귀, 골수, 몸속의 신경조직에는 우리가 지상의 사물에서 흡수하는 것을 특별한, 지구에서는 유일한 질質의 에너지로 바꿔야 한다는 사실이 새겨져 있다.

내가 아는 한 이 이상한 힘의 유체를 생산할 수 있는 생물은 우리 인간밖에 없다. 이 유체의 다른 이름은 사고, 지성, 각성, 이성, 혼, 정신, 두뇌의 힘, 덕, 선, 정의, 지식 등이다. 본질은 하나지만 이름은 다양하다. 그리고 우리의 모든 것이 이를 위해 희생된다. 이것이 우세하면 우리의 근육, 건강, 수족의 민첩성, 동물적인 여러 가지 기능들의 균형, 인생의 평온함 따위에 장애가 많아진다. 이 유체는 물질을 향상시킬 수 있는 매우 귀중하고 얻기 힘든 상태의 무엇이다. 불꽃도, 열기도, 빛도, 생명조차도, 나아가서는 생명보다 더욱 미세한 본능도, 그 밖의 여러 가지 다양한 힘도, 이 새로운 유체에 닿으면 평정을 잃는다. 이것이 우리를 어디로 데려가는지, 우리를 어쩌려는 것인지, 우리는 이를 어찌할 것인지 알 수 없다. 이것이 전성기를 구가하며 군림할 때 저편에 있는 누군가가 그 답을 알려줄 것이다. 그때까지는 이것이 우리에게 원하는 것을 모두 내어주고, 남김없이 꽃을 피우는 데 방해가 될 만한 것들을 모두 없애버리면 된다. 지금은 그것이 바로 우리의 가장 으뜸가는 의무다. 이 유체는 나아가 다른 의무도 알려줄 것이다. 높은 지대의 물이 낮은 지대로 내려오는 법칙에 따라 평야의 작은 강들을 길게 연장시키듯, 이 유체는 나와 내 몸을 배양함에 따라 다른 다양한 의무도 배양할 것이다. 필요하다면 연장시키기도 할 것이다.

이렇게 해서 우리의 희생으로 축적되는 힘을 누가 이용하는지는 알려고 들지 말자. 꿀벌은 자신들이 모으는 꿀을 자신들이 먹을 수 있는지 어떤지 신경 쓰지 않았다. 우리는 우리가 우주에 끌어들이는 정신의 힘을 누가 이용하는지 알지 못한다. 꿀벌이 자신들이나 아이들에게 필요한 양보다 더 많은 양의 꿀을 모으려고 이 꽃에서 저 꽃으로 날아다녔듯, 우리도 이 신비로운 불꽃에 자양분을 주는 것이라면 무엇이든 찾아다녀야 한다. 유기체로서의 의무를 다했다는 확신을 가지고 만반의 준비를 하도록 하자. 이 불꽃은 우리의 감정과 감각으로 배양하자. 보고, 느끼고, 듣고, 만지는 모든 감각을 동원해서, 나아가 불꽃 그 자체의 정수 — 다양한 발견이나 경험, 불꽃이 방문한 모든 것을 관찰한 후 찾아낼 수 있는 사상 따위 — 로 이 불꽃을 배양하자. 그러면 인간적인 의무에 열의를 가진 인간에게는 모든 일이 필연적으로 수월하게 흘러갈 것이다. 그의 노력에는 아무런 목적이 없을지도 모른다는 의심이 그의 탐구 열의를 더욱 확고하고 순수하고 고귀하게 만들어줄 것이다

★1— 과학적 분류에서 사육 꿀벌이 차지하는 위치는 다음과 같다.
강(綱)…곤충 목(目)…벌목 과(科)…꿀벌과 속(屬)…꿀벌속
종(種)…서양 꿀벌(원어에서는 멜리피카 mellifica : 꿀을 만든다는 뜻이다)
mellifica(꿀을 만든다)는 명칭은 린네(스웨덴의 식물 학자)의 분류 용어다. 이는 그리 적절하지 않다. 기생하는 몇 종류를 제외하고 꿀벌과의 모든 벌이 꿀을 만들기 때문이다. 스코폴리(오스트리아의 식물 · 광물학자)는 세리페라 cerifera(밀랍을 만든다), 레오뮈르는 도메스티카 domestica(사육의), 조프루아(프랑스 박물학자)는 그레가리아 gregaria(무리지어 산다)라고 명명했다. 이탈리아의 꿀벌 아피스 리구스트리카(서양 꿀벌)는 아피스 멜리피카(사육 꿀벌)의 변종이다.
★2— 이러한 예는 분봉에 의한 제2 무리, 제3 무리에 흔히 나타난다. 그들은 제1 무리보다 경험도 부족하고 신중하지도 않기 때문이다. 그들은 자꾸 이동하려고 하는 처녀 여왕을 지도자로 앉혔으며 그 구성원은 대개 어리다. 그들은 원시적 본능의 힘에 약하다. 단, 이러한 무리는 가을의 첫 북풍을 이겨내지 못하고 자연이 내린 시련의 수많은 희생자들 중 하나로 전락한다.
★3— 여기에서 다시 한 번 꿀벌의 건축물을 다루고 있으므로 내친김에 애꽃벌(*Apis florea*)의 흥미로운 특색을 언급해보겠다. 수벌용 벌집 방의 벽 중 몇 개는 육각형이 아닌 원통형이다. 한쪽의 형상에서 다른 쪽의 형상으로 이동했지만, 좋은 쪽을 결정적으로 채택하는 단계에까지는 이르지 못했다고 생각된다.
★4— 마찬가지의 사실이 비휘너에 의해 보고되었다. 이는 상황에 대한 순응이 백년이란 시간 동안 천천히, 무의식적으로, 운명적으로 행해지는 것이 아니라 곧바로, 지적으로 행해짐을 증명한다. 즉, 바베이도스 섬에서 사는 벌들은 1년 내내 사탕을 얻을 수 있는 제당소製糖所 때문에 꽃들을 아예 찾아다니지 않는다고 한다.

★5— 세 가지 용어, 꿀벌상과(*Apiens*), 꿀벌과(*Apides*), 꿀벌속(*Apites*)을 혼동하지 않도록 하자. 이들 용어를 계속 사용할 텐데, 이 용어는 에밀 블랑샤르(프랑스의 박물학자)의 분류를 차용한 것이다. 꿀벌상과에는 꿀벌의 다양한 과가 모두 포함된다. 꿀벌과는 이러한 과들 중에서도 으뜸으로, 세 가지 아과亞科, 큰침 없는벌속, 꿀벌속, 뒤영벌속으로 나뉜다. 꿀벌속에는 사육 꿀벌의 다양한 변종이 포함된다.
★6— 예-뒤영벌의 기생체는 뒤영벌 기생벌이며, 광채꽃벌을 희생자로 삼아 살아간다. J. 페레는 『꿀벌』에서 기생체와 그 희생자인 피기생체가 매우 비슷하게 생겼다는 사실에 대해 다음과 같이 의견을 피력했고, 이는 매우 타당하다. "이러한 두 종류의 곤충이 동일 유형의 한 가지 형태이고, 서로 매우 밀접한 인척 관계로 맺어져 있음을 인정하지 않을 수 없다. 생물변이설을 주장하는 자연과학자에게 이 인척 관계는 단순한 관념이 아닌 현실이다. 기생종은 수확하는 종의 한 자손에 지나지 않고, 기생 생활에 순응해감에 따라 수확에 필요한 여러 기관들을 잃었을 것이다."
★7— 큰침없는벌에서 왕위의 원칙, 곧 어미 벌은 유일하다는 원칙이 엄격히 지켜지는지는 확실하지 않다. 블랑샤르는 그녀들에게는 침이 없어 꿀벌의 여왕들처럼 서로를 쉽게 죽이지는 못하기 때문에 필시 같은 벌통에 암컷 몇 마리가 함께 살아 있을 것이라 했는데, 이 추측은 옳다. 단, 암벌과 일벌이 매우 비슷하게 생긴 데다 프랑스의 기후에서는 침없는벌을 키울 수 없어 아직까지 확실하게 확인된 바는 없다.

꿀벌의 생활

2판 1쇄 발행 | 2023년 7월 26일

지은이 | 모리스 메테를링크
옮긴이 | 김현영

발행처 | 이너북
발행인 | 이선이

편 집 | 김미월
마케팅 | 김집
디자인 |이유진

등록 | 2004년 4월 26일 제 2004-000100호
주소 | 서울시 마포구 백범로 13 신촌 르메이에르타운II 305-2호
전화 | 02-323-9477, **팩스** 02-323-2074
E-mail | innerbook@naver.com
블로그| http://blog.naver.com/innerbook
포스트| http://post.naver.com/innerbook
페이스북| http://www.facebook.com/innerbook
인스타그램 @innerbook_

ISBN 979-11-88414-72-7 03860